“江时戈，你有怕过什么事情吗？”

“有，怕你不知道我喜欢你。”

有爱的青春陪伴者

"医"心一意喜欢你

天神遗孤 著
TIANSHENYIGU
WORKS

花山文艺出版社

图书在版编目（CIP）数据

“医”心一意喜欢你 / 天神遗孤著. —石家庄：花山文艺出版社，2018.6
ISBN 978-7-5511-3973-1
Ⅰ. ①医… Ⅱ. ①天… Ⅲ. ①长篇小说—中国—当代Ⅳ. ①I247.5
中国版本图书馆CIP数据核字(2018)第104835号

书　　名：“医”心一意喜欢你
著　　者：天神遗孤

策　　划：张采鑫
特约编辑：李文诗
责任编辑：卢水淹
美术编辑：胡彤亮
责任校对：齐　欣
封面设计：米　籽
内文设计：Insect
封面绘制：瓜田李下
出版发行：花山文艺出版社（邮政编码：050061）
（河北省石家庄市友谊北大街330号）
销售热线：0311-88643221/29/35/26
传　　真：0311-88643225
印　　刷：长沙鸿发印务实业有限公司
经　　销：新华书店
开　　本：889×1194　1/32
印　　张：9
字　　数：234千字
版　　次：2018年6月第1版
2018年6月第1次印刷
书　　号：ISBN 978-7-5511-3973-1
定　　价：34.80元

“医”心一意喜欢你

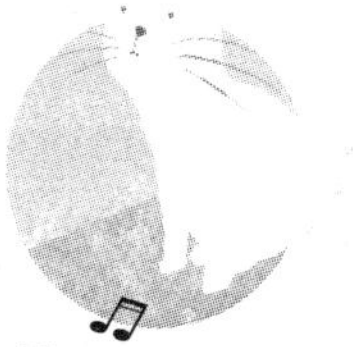

目录

目录♪

第一章
久别重逢

这世上只有爱你的人，才会疯狂地寻找你。轮回流转之间，他终是在茫茫人海中找到了她。

永兴市，6月，今天天气炎热，温度少有的飙升，一下子就进入到盛夏的高温当中，阳光烤得街上的人汗水直流，胡乱擦擦之后都想快点儿回家。

只是这些困扰对于此刻坐在酒店餐厅中的人们来说是体会不到的，美酒佳肴、空调宜人，还有悦耳的钢琴声。

可不一会儿这让人心情愉悦的琴声戛然而止，坐在一边的男人好奇地看了下，注意到钢琴师跟着一个侍应生到了靠窗的餐桌旁，距离虽远了些，但听得出那个女客人正在高声责备。

原因他大概猜到几分，那钢琴师刚刚弹的是他很喜欢的《爱之梦》，可能这钢琴师对这首曲子不熟，弹错了几个音，因此才招来客人的不满。

这想法在他脑子里转了下，他的视线很快就被吸引住了，因是冲着阳光，背对着他的方向使他只能看到这钢琴师的背影，那是一副剪影般的美妙身材。

让人看了只想在心底赞一声真是好一把水蛇腰。

女人绾起的长发由一根白玉簪子固定，纤细的颈子微弯，视线从略单薄的背而下，那束起的腰盈盈婀娜，使人的视线禁不住反复留恋。

训斥的声音更大了，连他都禁不住皱眉，但还不到时候，英雄救美要在最危急的时候，再等等，只希望这女人的正面和背影一样美妙就好。

坐在男人对面的朋友看出他的出神，出口问："看什么呢？"

他扬起下巴示意了一下方向："你看。"

那人回首望去，女钢琴师正稍稍侧身颔首致歉，即使距离不近也能在阳光下清晰地辨出那精致的面容，从鼻梁到下颌的美好弧度让人瞬间惊艳。

果真是个美人，是时候了。

可没等他有所动作，对面的友人瞬间站立起来，那表情是自认识以来就从未见过的，还来不及询问，友人已起步离开。

看着面前年约五十的妇女一张嘴反复张开吐出侮辱性的语言，俞菲都对一直听着的自己产生佩服之感了，要知道如果以前有人这么和她说话，她都不用动手，三两句话就能把对方噎得愤怒跳脚。

时间果真最能改变人。

她倒是有一肚子能够反驳对方的话，但刚刚回到永兴市，房租才交上，怎么敢得罪客人丢了工作？

她弯起嘴角轻声道："对不起女士，是我的疏忽，我重弹一次可以吗？"

中年妇女的脸上满是风霜，眉头一皱显得皱纹更深，她哼一声："弹什么弹啊，再弹一遍也是垃圾，我和我老公的结婚周年纪念全让你毁了，把你们经理叫来！"

妇女对面的年老男人也是一副不高兴的模样："可不是，这肖邦的曲子被你糟蹋成这样，你还有什么脸再弹琴，赶紧找人去。"

侍应生和俞菲对视一眼，心底都清楚这对夫妇是存了心找事想免单。

俞菲可不想刚来就给经理落下个坏印象，并且基于准则，她非常友好地提醒："先生，这首曲子不是肖邦创作的。"

男人的脸抽搐了下，尴尬地别过脸。

看到老公吃亏，妇女更不乐意了："你什么意思？故意找碴儿是不是？"

"女士您误会了。"

"明明就是，我告诉你……"

妇女的话还没说完，就被一段琴声打断，依旧是刚刚的曲子，却有着截然不同的味道。

众人不约而同地往琴声方向望去，俞菲本来坐着的地方此刻换成一个衣装笔挺的男人，男人修长白皙的十指在琴键上弹奏着，温柔缱绻，仿佛他指下并非黑白琴键，而是他心爱的情人。

一首《爱之梦》弹奏得如此美妙，连闹事的夫妇都安静了下来。

曲毕，他站起身走向他们，这才让众人看清他的面目，他皮肤很白，衬得眉浓如墨，一双眼眸漆黑锐利，散发着沉稳冷漠的气息。

他身量很高，很快就走到了他们的面前。他直接对那对夫妇道："听说今天是二位的结婚周年，这是我送上的曲子。另外，这顿就记在我账上好了，算是我借下二位的喜气，周年庆祝应该高兴些，你们觉得呢？"他略低沉浑厚的声音镇住那对夫妇。

反正有人付钱，人也骂过了，就这样吧。妇女讪讪点了头，也就不再出声了。

他转身离开，走得有些快，俞菲愣了下神才反应过来，马上追过去小声喊：“等等。”

她音量不高，但他却立刻停住了脚步，转身直直地望向她。

俞菲这下终于仔细看清了他。

面前的男人可以说十分俊美，高挑的个子，出众的容貌，还有周身散发出的气质都能够让她感受到他的特别。

尤其是那双看着她的眼睛，在白皙的肌肤映衬下，越发显得漆黑深邃。

这种目光不禁让她有一瞬间遐想，就好像……他在等着她一样。

这是一个年轻俊美的男人，也是一个令人心动的男人。

但俞菲知道，谈恋爱这件事对她来说太遥远，更何况是这样优秀的人。

她走到他面前，顿了一秒才说：“刚才谢谢你。”

他的视线落在她身上，突然说了句：“我叫江时戈。”

俞菲愣了一秒，笑了下回：“江先生，谢谢你为我解围。”

面前的男人皱起眉头，他紧盯着俞菲，让俞菲甚至以为自己脸上沾了什么东西，下意识地抬手摸脸，却见他突然冷冷一笑，转身离开，这次他直接走了出去。

俞菲有些奇怪，甚至比刚刚被刁难还要在意，这位江先生为什么露出那样的表情？

“哎，小江！”路远峰喊了句，急匆匆地付了钱追了上去，临走前回头看了眼俞菲，心底不禁叹了声，这样的美女竟然错过，绝对会让他抱憾的，但此刻不去追这位江大教授，恐怕再见他就更难了！无奈之下，路远峰只好离开。

之后俞菲继续工作，然后下班。

她先是搭了公交车到家附近的菜市场，买了菜和一些生活必需品之后走回家。天气依旧炎热，使她加快了脚步，很快回到了租的老小区房子，而从始至终她都没有注意到一辆黑色的轿车不远不近地跟在她的身后。

看着苗条婀娜的身影渐渐消失在视野，江时戈尤不知足，他的视线贪恋在她身上，像是要将她看穿。

直至她走进楼中，他的手紧紧握住方向盘，深吸了一口气。

忍耐，他对自己说。

但她竟然忘了他！

忘得那样干干净净！

他出现在她面前，说了自己的名字，她竟然睁着那样一双无辜的眼睛看着他。

找了近五年的人终于出现在面前，这期间无数次他都对自己说放手吧，可是他做不到！

她用那样陌生的眼神看着他，可他仍旧做不到放手！

休不得，不得休，那么……就让他们重新认识一次吧。

江时戈缓缓抬起头，望着老旧的楼房，轻轻勾起嘴角。

手机开始不断振动，他接起，那边传来略带怒意的轻软男声："小江，回来了也不说一声，还要不要做朋友了！"

他深吸了口气，回："在哪儿？"

对方报了地址，他又看了眼楼房的位置，才启动车子离开。

俞菲回到家，看到屋子没人就知道妈妈又出去打牌了，按照以往她肯定是要半夜才能回来。

换了衣服去洗澡，洗到一半热水没有了，俞菲连吐槽的心情都懒得重复，将就着冲了下就出来了。

回到房间，她把收拾到一半的衣服全部挂到衣柜里，收拾完之后才坐下。

这是她回到永兴市的第一个月，阔别五年的城市再回来时竟然觉得陌生起来。

手机响起，是好友井岚的短信："新工作怎么样？什么时候休息，我们好好聚一聚？"如果说唯一能够让她联系到从前的人，那就是井岚了。

看到这样久违的关心信息她的心头一暖，快速回复之后，她拿起梳子把半湿的头发梳开。

望着镜子里的自己，俞菲有些感叹，现在的自己竟然能够忍受这样的生活，以前她是想都不敢想的。

就连今天遇到那样心动的男人，她也很自持地明白自己与对方是完全不可能的。

按照现下很流行的话来解释，她现在的情况就是恶毒女配的标准结局，即使她的人生里没有男女主，她更不是什么恶毒的人，但她明白，她的人生已经枯萎。

大一时父亲因事故而亡，欠下无数债款，原本阔绰的家产全部变卖抵押，平日里来讨好的亲戚在她家破产的那天全部消失，最后她只能休学，带着妈妈离开永兴市，躲避那些不断骚扰的人。

一走便是五年。

最后赖以为生的，竟然是从前为了炫耀而学的钢琴。

这是她现在唯一能够谋生的能力。对于新工作她很满意，工资攒上几年，或许能在永兴市周边买个小房子，对于未来，她还是有所期待的。

只是对于爱情，她就没什么奢望了。

当天晚上，她梦见了今天遇见的那个江先生，梦里的他依旧沉默，那双漆黑的眸紧紧地盯着她，他的眼神复杂带着冷意，可她一点儿都不害怕，直到清晨醒来。

俞菲只当是一夜思梦，洗漱穿衣上班，生活依旧继续。

她刚到酒店，同事拉着她的手焦急地说："俞菲，出这么大事你还敢来上班哪？"

俞菲闻言诧异，她刚回永兴市不久，至今知道她回来的只有好友井岚，就算有人找麻烦也不会这么快吧？何况她自认现在性格平顺，根本不会主动招惹事端，能出什么事？

同事将她带到经理办公室。

王经理的脸色很难看，眉头紧皱。

王经理问了她昨天那对夫妇闹事的详细过程，然后语气沉闷地跟她说，那个被她指出错误的男客人在昨晚突发心梗过世了，他老婆认定是因为遭到刺激才造成的突发死亡，今早带着一帮人来酒店闹。他没有办法，只能和他们协调赔偿问题，否则招来记者更会给酒店声誉造成极坏的影响。

他们的条件之一就是必须立刻解雇昨天的钢琴师——也就是俞菲，这也是他将俞菲叫来的原因。

飞来横祸就是指现在这种情况了，俞菲真的觉得委屈：“经理，因为这个你要开除我？”

王经理心里也明白其实这件事和俞菲无关，那家属纯粹就是想出气，但为了平息事端，最好的办法就是牺牲她了。

“俞菲，你站在酒店的立场理解一下吧。”

她知道事情已成定局，多说无益，忍着情绪点了头，反正会有遣散费，拿着对付一阵再找新工作吧。

结果到了财务部，话就变了——你给酒店招来这么大的麻烦还想要遣散费？

就连这个月的工资都不给她，俞菲带着怒意再去找王经理，被告知他已经走了，说是处理赔偿的事情去了。

俞菲也反应过来了，这分明是摆了她一道。工资都不给，更别说什么遣散费了，她板着脸对财务部经理说这种无故解除员工且拖欠工资是犯法的。对方不屑地哼一声说，你惹了麻烦没管你要钱就不错了，还扯什么犯法，有本事你去告啊。

俞菲被这句话激得又气又怒，心想你这么想上法庭，那她就来次真格的。

带着一肚子的闷火，她去更衣室脱下制服，把自己的东西装入包内，到卫生间擦掉早上化的妆，郁闷地将卸妆纸扔到垃圾桶后，重重地吐了口气。

钱钱钱！

从前最看不上的东西，现在却要弯着腰求人给，她闭了闭眼。

“欠债还钱天经地义，你爸欠了钱就该你还，这道理你懂吧。”

“还钱！不还钱把你和你妈一起卖了信不信！”

“你们俞家害死了我的老公，要不是你爸非拉着我家老许出去，他怎么会死？我们孤儿寡母的可怎么活啊……”

俞菲抬起头，从镜子中反射出自己的容貌，一如从前的眉清眸澈，然而那时的自己没有现在的冷静，只能一脸煞白地握紧拳头站在他们面前，不断地说对不起。

对不起，是这世上最没用的话了。

甩甩头抛却从前的记忆，她拿出手机，早已失去骄傲的资本，她不得不为自己争取，而如今在永兴市能帮她的就只有一个人了。

晚上七点，俞菲站在咖啡店的路口等人。

“菲菲！”一声呼喊让她转头。

人群中跑出一个女人，个子高挑，两条腿裹在牛仔裤里显得又长又细，女人冲到俞菲面前给她个熊抱，抱了好几秒才松开，然后有些不满地说：“你这个没良心的，一走这么多年，现在才联系我，你是打算与世隔绝啊。”

面前的人小麦皮肤，笑容明媚，虽称不上漂亮，但阳光的气质绝对让人心生好感。不过她的样子着实让俞菲吃了一惊，所以刚刚俞菲才没能在第一时间认出她：“小岚，你怎么瘦成这样了？”

井岚笑着转了个圈：“我减肥成功啦，厉害吧！”

俞菲约见的人正是自己的好友井岚。井岚是俞菲的大学室友，记忆中的她还是个胖胖的可爱妹子，这几年不见，她竟然摇身一变成为纤瘦高挑的气质美女了，时间真奇妙。

井岚挽住俞菲的胳膊，笑嘻嘻地往咖啡店走：“来，我们去里面叙叙旧。”

俞菲停住脚步：“别去这家了，去别家吧。”

井岚歪着头：“你以前不是最喜欢这家的咖啡吗？我特意挑这里和你见面的。”

俞菲笑笑没说话，拉着她到附近不远的小餐馆去了。

饭桌上两人聊了许久，重逢好友的俞菲心情也很是不错，相对冲淡了今天的不愉快，最后俞菲简单地将事情和井岚说了下，想问问她有没有可以帮忙的朋友。

井岚听完气愤不已：“就因为这个解雇你，还不给工资，也太过分了吧！这样，我有个朋友在律师事务所当实习生，我明天请假陪你去一趟问问吧。”

“谢谢你啊小岚。”

“见外啊，和我说什么谢谢啊。”

俞菲想起个事，难得有些八卦地问：“对了，你后来追上那个吴梓了吗？”

井岚神色一顿，点点头，没等俞菲往下问就说：“以后我再详细跟你说，现在你那个事更麻烦。”

俞菲脸上的笑容也不禁敛去，再遇到这种事情，她除了疲惫，还是疲惫。

临别时，她和井岚约好隔天八点在地铁站聚头去律师事务所。

回到家时已近晚上十点，桌上摆着吃完的残羹，她看了眼妈妈的房门是紧闭着的，沉默着将碗筷收拾好，洗澡睡觉了。

第二天早上，两人到了永兴恒信律师事务所，井岚去见了自己的朋友，但被告知没有预约是见不到律师的。她们失望地走出来，井岚看到俞菲的表情对她说："你等等我，我再去问问我朋友。"她一个人转身回去，俞菲拎着包站在门口。

远处一辆黑色轿车快速驶来停到车位，一气呵成的车技惊得旁人吹了声口哨。车中的男人走出来，穿着白色T恤和黑色长裤，阳光打在他白皙的脸上，衬得玉白的人发丝黑亮，眉目清澈，配着那沉静淡漠的脸庞越发让人移不开视线。

俞菲一眼便认出了此人，这就是前天为她解围的那个江先生，她的心底突然敲起了鼓。

江时戈将车锁住，直接走进事务所，路过俞菲时连一眼都没有瞧她。

显然他不记得她了。

俞菲突然有些恼火，脸色更加惨败，感受到深深的疲惫和烦闷。她走到角落处蹲下看着地面，连呼吸都觉得困难，接下来要怎么办？为了回永兴市本就不多的积蓄都用光了，律师一时半会儿也见不到，酒店那边的工资要不来，下个月的生活费都成问题，还有妈妈的药费……想到这些，俞菲就觉得头疼。

脚步声由远及近，一双锃亮的皮鞋停在她面前，她仰起头，再次看到那张俊美的脸，表情依旧冷漠。

"你怎么在这儿？"他的声音低沉清冷，听不出他是询问还是关心。

他还是和第一次见面一样，那样沉静，那样意气风发，即使他没笑，也没有穿吸引眼球的衣物，可只是这般静静地站在她面前，就能辨出他与蹲着的她有着天壤的差距。

心脏突然被刺痛。她别过脸，语气有些呛："关你什么事？”

本以为说完之后对方会生气离开，结果他还站在她面前。

俞菲突然感觉自己就像个赌气任性的小女孩儿，相比对方自己实在是幼稚极了。其实刚刚她说完那句话就后悔了，对方帮过自己，她怎么也不该用这种语气和他说话，压抑着心情，她小声补了句：“对不起啊。”

他没回话。

这样蹲着和人说话实在不太好，她站起来，由于起得太猛没有站住，身形一晃往前倒去。

江时戈立刻伸手握住她的胳膊，她这才站稳，他的力道很大，五指包裹着她的手臂，一时并没有放开。

直到她抬头看他，江时戈才松开手。

“谢谢。”

他仍是沉默地望着她，薄唇抿成一条线，虽显得冷漠，但目光仍是专注地落在她身上，这隐隐给俞菲造成一种他的眼中只有她的错觉。

她很快强迫自己撇开心思：“我来这里是想找律师咨询点儿事情的，可是没有预约就没见到，算了吧。”她吸了口气，“还有前天真是谢谢你了，虽然我最后还是丢了工作。”说完她自嘲地一笑，侧头看了眼事务所门口，心想井岚怎么还没出来？

“丢了工作？”江时戈皱眉，“怎么回事？”

俞菲愣了下，舔舔嘴角，简略地将事情说了一遍，时不时地看一眼门口。

江时戈听完对她说：“你跟我进去吧，我让朋友给你解决一下。”

“不用了，”俞菲低着头，“就算问了也没用，我也没那个时间精力打官司，就这样吧。我等我朋友出来就回去了，也不用麻烦江先生。”

“就这样吧？”他冷笑一声，“你就是用这种理由来安慰自己逃避现实？如果你经理改变主意不愿意赔偿那个女人让她去找你呢，你怎么办？你就打算这辈子在还债的日子里人不人鬼不鬼地过了？”

俞菲傻了，只是见了一面的人竟然用这种责备的语气跟她说话，是谁都会蒙的吧。

她抬头，发现对方的目光锐利如刀，看得她心头一颤。

她别过脸，咬着下唇，最后狠了狠心，说：“我没钱打官司。”她的脸开始发热，神情中带着狼狈难堪，真恨不得马上就地遁走。

俞菲在心中暗暗发誓，她日后绝不要再见到这个江先生！

“不用花钱。”四个字，轻轻松松地从他口中吐出。俞菲方才反复地顾虑与纠结的事，对他来说丝毫不是问题。

“啊……”俞菲愣住了，但还是犹豫，“这样好吗？”

江时戈的脸上闪过一丝不耐烦，他问她：“你想不想把钱要回来？”

“当然想啊。”

“那就别废话了。”他上前拉住她的手腕带着她往前走，“跟我过来。”

两人进门正碰到要出来的井岚。看到俞菲被一个男人抓着时，井岚一脸为难的表情瞬间变化成惊诧：“怎么回事？”

江时戈放开俞菲。

俞菲解释说：“这位是江先生，他说能帮我。”

井岚眼睛一亮，惊喜道：“真的呀！太好了！谢谢你啊江先生，我叫井岚，是俞菲的朋友。”

“江时戈。”他淡声报上自己的名字，“跟我过来吧，我带你们去见谈律师。”

他走在前面带路，井岚挽住俞菲的胳膊，小声说：“好帅呀！”

俞菲掐了她一下示意她收敛，三人坐上电梯，都没说话，俞菲站在江时戈侧后方，不禁偷偷抬眸看他。

这样近距离的观看比之前更能清晰地看清他的长相。年轻俊美，她的脑海里浮起这四个字，与他年轻的年龄十分不符的是他的态度。

能够这样冷静分析她的境况，连语气都一如初见时的不急不躁，这实在让俞菲有些对他刮目相看，再加上刚刚他对她说的话，虽然不中听但句句都有道理，这个男人的确有着和年龄不相符的冷静沉着。

电梯到了，江时戈将她们领到一间办公室门前。

他转头对俞菲说："你有什么问题就和谈律师说，他会帮你的，千万别藏着。"

俞菲点点头。

他推门走了进去，俞菲和井岚跟上，第一眼便看到背对着他们的高大男人，想必这位就是江时戈说的谈律师了。

谈律师正在打电话，听到声响疑惑地转头，看到江时戈后微挑下眉便转回去继续聊了，江时戈让俞菲她们坐下等等，然后就出去了。

井岚凑到俞菲耳边激动地说："谈清让啊，恒信的王牌律师，就算打起官司也不怕了。菲菲，这次真的是走运了！"她这激动的样子让俞菲想起大一时她拉着自己说吴梓的情景，别看她人瘦了，兴奋时还是眼冒星星，俞菲也禁不住跟着她一起笑了。

谈律师约莫三十岁的样子，与江时戈差不多的身材，修身的白衬衫裹住健硕的躯体，从紧绷的上臂衣袖就能看出这人肌肉结实，一定爱好运动，更何况刚刚即使匆匆一瞥也能辨出的英俊容貌，也难怪井岚这么兴奋了。

俞菲、井岚等了大约五分钟，谈清让才挂掉电话，他转身坐回办公桌："两位遇到什么麻烦了吗？"

“对对。”井岚拉着俞菲站起来坐到他对面。

“带基本资料了吗？”

“带了。”俞菲从包中拿出个人资料递给谈清让，资料下面已经简要地说明了情况和要咨询的问题。

谈清让接过，当看到俞菲的名字时眼神一顿，他立刻抬头仔细地看着她的脸，像是在找寻什么。他放下资料问她：“俞小姐……是永兴人？”

“对。”

“永安大学的？”

“是啊，怎么了？”

谈清让心中“咯噔”一声，但良好的职业素养让他再次拾起资料，简略地看了下问题，又细细地核实过情况后，他告诉俞菲酒店拖欠她工资这件事确实侵犯了她的权益，而且她也不必担心那个闹事的人来找她索要赔偿。

这话一出俞菲心底松了一口气，正巧这时江时戈回来，俞菲站起身笑着和他说：“江先生，这次真的谢谢你呢！否则以这位律师的身份，肯定不会接这种小案子的。”

江时戈看着她的笑颜愣了一下神，淡淡地“嗯”了一声。

俞菲注意到他冷淡的回应笑容也收了几分，心想接下来要真的打起官司，还不知要等多久，当务之急还是赶紧再找一份工作吧。

江时戈说：“这样吧，过几天先让谈律师跟你去酒店一趟，先和酒店负责人和谈一次，毕竟事情还没有到无法回转的地步，能够尽快解决想必对你也有好处。”

这提议正合她心，但俞菲也知道这位谈律师是绝对的大忙人，她不好意思地说：“会不会太麻烦谈律师了？”

江时戈问谈清让：“问你呢，麻烦吗？”

谈清让看着他，停顿几秒轻叹口气，然后对俞菲说：“周二上午十点到十二点，我只有两个小时的时间。”

俞菲对谈清让笑了笑说：“谢谢。”

“你该谢他。”谈清让对俞菲道。

俞菲当然明白这件事能够这样顺利地解决绝对是因为江时戈，她刚要致谢，井岚凑到俞菲身边笑着说：“两个都得谢，这样，两位今晚要是有空的话，我家菲菲做东请你们吃饭好不好？”

谈清让没说话，江时戈淡淡地拒绝：“下次吧，我今晚已经有约了。”

听到他这么说，俞菲心底顿然产生阵阵失落感，但下一刻一部手机递到她的面前。江时戈看着她：“把电话输进去吧，以后好联系你请客。”

俞菲的心像是被点亮了一盏灯，她接过手机将自己的号码输了进去。

一旁的井岚说：“今天幸亏是遇到江先生了。对了，江先生也在这里工作？”

江时戈拿回手机，手指碰到俞菲的指间，他看了下坐在一旁的谈清让：“我刚刚说了，今晚有约的。”

俞菲明白了，原来他是来找朋友的，怪不得呢。不过也幸亏遇到他，否则这件事不会办得这样顺利。

之后谈清让的同事来找他，俞菲、井岚就离开了。

待两人走后，谈清让转头看着江时戈：“我可不记得你之前说过要来找我。”

江时戈坐到沙发上，双腿交叠，看着手机屏幕没有回话。

谈清让接着问：“什么时候回来的？”

“上周日。”

“怎么没说一声？”

“本来是打算待一天就走的。”

“那现在呢，你是不打算走了吧。”谈清让点起一支烟，走到江时戈身边将烟盒递到他面前。

江时戈瞥了一眼微摇头。

谈清让“啧”了一声，坐到他对面：“以前不让你抽，你都一盒一盒地不停抽，现在她回来了倒是打算戒了？”他吐出烟雾，沉默了一会儿才问，“这个俞菲就是那个俞菲吧？”

他的话说得让人有些不明就里，但江时戈明白，随即点了点头。

谈清让问：“那件事过了多久了？”

“五年零四个月。”

当江时戈清晰地说出来准确的时间时，谈清让就知道自己说什么大概都没用了，但该劝的还是要说：“阿时，五年了，该放手了，你不记得你被她害成什么样子吗？难道你还想再经历一次？我不想再见到你那个样子了。”

本来那样优秀的他，在那个俞菲消失后变成了那副鬼样子，以前什么都不碰的全都碰了，什么禁忌也都打破了，只要能发泄连命都可以不要，那根本不是自己认识的阿时！

闻言，江时戈抬起头看着他缓缓道：“我不会再那样了。”

这并不能让谈清让放心，他是唯一知情的人，他眼睁睁地看着阿时一步步陷落，当阿时变成那副样子，他不断地责备自己当初为什么不狠命拦着，这一次，他不能再犯同样的错误。

他重重地吸了一口烟，将烟头碾灭后双手交叉严肃地对江时戈说：“阿时，你没必要在她身上浪费时间。”

“她把我忘了。”江时戈看着他，一字一句地说，“在做了那样的事之后，她把我忘得干干净净，我站在她面前说了我的名字，她一点儿反应都没有，清让你说，我能放手吗？”

“不过你放心，这次我不会像之前那样了，我保证。”因为这次，他是猎手，而她是他即将捕获的猎物。

谈清让看着江时戈渐深的眸子，低声叹息：“这样下去，你会完了的。”

在以为得不到回应时，江时戈才轻声说：“我早就完了。”

从遇到她的那一刻起，他的内部就不再完整了；从她毁了他的那一刻起，他就已经崩坏掉了。

一个素未谋面的男人三天之内连续帮了你两次，还让自己的朋友亲自给你摆平官司说明什么？

都不用俞菲想，井岚直接给出标准答案：“那个江时戈想追你吧？”

“不可能。”俞菲马上否定。

无论从容貌还是条件来说，这位江先生绝对是众多女人首选的恋爱目标，几年前俞菲还青春正茂时她还能自信地这么想，但现在她真无法这样下定论。

“得了吧，要电话号码只要了你的，看都不看我一眼，你还否定什么。”说完井岚哧溜吃了口面。

两人从事务所出来后就直接找了个面馆吃饭，话题自然是刚刚见过的两位美男。

听到井岚这么直白的问话，俞菲没接话，放下筷子揉了揉胳膊，一会儿又滑到手指。

井岚看到问她：“你老揉胳膊干吗，被蚊子叮了啊？”

“没有。”俞菲拿起筷子也吃了一口面，怕井岚继续说便挑了话题，“你还说我，刚刚我都没说话你就主动说要请吃饭，还请两个人，你是不是对那个谈律师……”

这次换井岚不搭话了。

俞菲扳回一城，笑着说：“这样不太好吧，你昨天不是跟我说追到吴梓了吗？你不是要劈腿吧？”

井岚戳了戳碗里的面，别扭地回：“哎呀，直接说了吧，你退学之后的第二个学期我和吴梓就在一起了，后来……因为一些事，上个月分了。”

这消息让俞菲稍稍觉得意外，不仅仅是吴梓那个外貌协会的竟然会接受当时还是小胖妞的井岚，还有就是她最清楚井岚对吴梓的狂热喜欢了。这么说两人交往也快五年了，谈了这么久竟然分手了。俞菲侧眸看着她，不知是该问下去弄清缘由好安慰她，还是干脆避过这个话题不谈？

井岚抬起头看到俞菲担忧的眼神，笑着拍她一下："别这么看我，我没事啦，失恋期都过去了，再说比起你来我这算什么啊。而且我俩分手就是不适合，不存在什么劈腿出轨的，我要是伤心劲儿上来了，你就准备好承接我的汹涌眼泪吧。"

俞菲点点头："那你可别真自己忍着。"

"放心吧，我可没你那么厉害，出那么大事儿还自己扛着，当初大家都以为你去美国留学了，后来才知道你家……"井岚叹了一口气，"俞菲，说真的，你就那么一走了之，当初我可真生气了。"

"对不起啊。"

井岚摇摇头对她说："我不是想听你道歉，菲菲，虽然我俩以前不经常在一起玩，但我俩是好朋友的对吧，我那时只是以为你没把我当朋友。"

俞菲连忙解释："不是的……"

"你听我说完，后来我想明白了，你那时不联系我是为了我好，是怕那些人来找我麻烦是吧？"

"嗯，他们找你了？"

"可不是，不只是我，当时和你玩的每个人他们都找了。那时我才明白你为什么不告诉我，不过有一点儿我没说错吧，我们是朋友的对吧？"

俞菲郑重地点头说："对。"

"那以后你再有事不能瞒我了。"

"好。"

事情顺利得不得了，连俞菲自己都觉得惊奇，感叹最近真是转运了。

难得放松，她也没回家，在街上逛了逛之后，进了一家店要了杯饮料，坐在店里看着窗外艳阳天，阳光照得人心情也无比轻松。

这就是新生活吧，俞菲想，为了回永兴市的确遇到不少波折，然而似乎回来之后她的人生之窗开启了一条细缝，虽然只能感受到些微空气，但已足够她呼吸了。

“哎，这不是那谁吗？”有人走到俞菲身边，声音惊讶，“你是不是前几年老来那姑娘，总带一群人来着。”

俞菲抬头一看，是店老板。

他看着她一乐：“果真是你啊。”

俞菲想了下，以前的确会来这里，没料到竟然会被认出来：“老板记得我啊。”

“怎么不记得，我这小店位置偏，你那时候一来就带一群人来光顾，再说姑娘你长得这么标致我怎么会不记得，这几年怎么没来啊？”

“搬家了，才回来。”

“怪不得呢，我还以为你不喜欢我家店了。这样，今天给你免单，算是庆祝老客人回来，我让他们再给你拿杯你以前常点的饮料。”

“谢谢老板。”

老板摆摆手表示不客气，一会儿服务生就将饮料送了过来，俞菲喝了口，觉得很好喝，可也记不起从前的味道。

经老板一提，她倒是能想起大学时经常和一群人玩来着，当时年少哪懂生活，只晓得天天和人唱K嬉耍。一群人男女都有，走到哪里都觉得有气势，又被人菲姐菲姐地叫着，她花钱买单也高兴。倒也不是没有想追她帮着买单的，但发现她毫无此意也很大方后，最后还是她买单。不过后来有个人加入，安安静静地一直跟着他们，有次还小心翼翼地劝她不要和这群人玩，她当时没理那人。自从那人来了之后付钱的人就不再是她，只是时间不长，因为她家里出了变故……她隐约记得这回事儿，却对那人是一点儿印象都没有了。

回忆起被追的事情，她难免想到井岚说的那句话：那个江时戈想追你吧。

脑海里浮现出他的样子，冷漠又俊美的年轻面孔，修长微冷的指尖，还有那双深黑的眸子，俞菲的心突然颤了一下，她深吸一口气，陷入了思考。

事实上，像俞菲这般的相貌品性，追求者自然不少。明里暗里示好的，想要潜规则的都有，但大部分人很快会知难而退，一是因为俞菲的拒绝，二是因为她的家庭。

就算有扬言一定要将她拿下的脑抽男，只要她稍稍露出以前的性子，对方立刻就萎了。

对于这个江时戈，俞菲也没有过多地去往别处想，毕竟她的家庭情况是这样，而且她认为很难的事，对他来说只是举手之劳，他们之间的相差太大了。

她晃了晃头，甩掉纷杂的思虑，当下最要紧的还是尽快和酒店解决工资和遣散费的事情。

周一的清晨，俞菲穿着职业装去面试，这次的地点是一家新开的特色餐厅，他们想找一位外形良好的女性钢琴师来调节气氛，工资虽然不高，但胜在空闲时间多。

面试进展得还算顺利，她弹的曲子中虽有一点儿错误，但店主觉得她的演奏中有一种有别于其他人的活泼轻快，他很喜欢。

面试之后，俞菲就出来了。

其实俞菲天分很高，学过的曲子大都熟稔于心，但因为家中没有钢琴练习，突然遇到不常弹的曲子时，就偶尔会弹错音，那天她弹的《爱之梦》就如此，还被人刁难了。

想到那件事，俞菲记起明天就是和谈清让约好去酒店的日子，但她还没有谈清让的联系方式，想问江时戈，却发现对方有她的号码，她却没有对方的号码。没办法，她只能再去一趟恒信事务所了。

这时，手机短信提示音响起。

“我是江时戈，这是谈清让的电话号码。”

后面附上一串数字。

俞菲看着短信，嘴角轻轻弯起。他发的短信和他的人真是一样的风格，够简练。

俞菲先把江时戈的电话号码存好，又添加了谈清让的号码。因为怕打扰到谈清让，于是她发了条短信说了情况和地址，正要离开时身后有人突然喊：“等等。”

她转过头，是刚才面试餐厅的店员。

“你着急走吗？老板想再听你弹一首曲子。”

一般这样被叫回来被录取的机会就大多了，她欢喜地盈起笑容：“当然没问题。”

她转身时嘴角挂着轻快的笑容，修身窄裙裹起的细长白腿在阳光下泛着光泽，连背影都显得柔美轻盈，她一定很高兴，餐厅对面那辆车里的江时戈想。

可是他看到她那般欢悦的表情时，真恨不得冲上去将她扑倒撕碎！

她竟然还能这样笑！

在对他做了那种事，说了那些话后，她竟然能够抛却一切这样快乐地笑！

真想把她锁起来啊，但还没到时候，他对自己说，他要的不仅仅是这些。

点开手机，他低头看着手机屏幕上的电话号码，眸光越加深暗。

这一次，他绝不会再让她消失！

第二天，当俞菲再出现在酒店时，立刻吸引了不少人奇异的目光，大约都在猜想她怎么还回来，身边还带了一个男人。

俞菲约了经理十点在办公室见面，可等到了十点半人也不出现，坐在一旁的谈清让脸色已经微微不耐烦了。

他看向俞菲，她今天穿着格纹衬衫和牛仔裤，扎着的马尾辫显得整个人精神干净，她这副样子和从前她给他留下的印象截然不同。如果不是确定是她，就算某天在街上遇到，他也绝认不出这就是当年的那个光艳动人的俞菲。

她到底哪里让阿时那样偏执得无法放手？谈清让不懂。

想起那天他问阿时到底想怎么样的时候，阿时的表情透着复杂微妙，勾着唇淡笑着说："不过是将她从前加诸我身上的全部还回去罢了，你觉得我现在还会对她抱有什么感情吗？"

他知道，阿时想要报复。他的目光又投射到俞菲身上，那么，阿时会赢吗？

俞菲感受到了他的目光，可她觉得他的视线更像是一种观察，并没有夹杂什么情欲，即使如此，她仍是有些不自在。

门被推开，经理板着一张脸进来。他坐到自己的皮质软椅上，厌烦地看着两人，直接来个下马威："俞菲啊，你说你给酒店造成这么坏的影响，我不追究你已经是网开一面了，你还蹬鼻子上脸找人装什么律师，你是真想上法庭跟一个酒店对着干啊，你可想好了？"

装律师？

谈清让闻言眉梢一动，他高大的身躯带给对方不小的威慑力。他说："你好，我是俞菲的代理律师，谈清让。"

与谈清让从酒店里出来时俞菲还有些缓不过神，现在她终于明白为什么井岚听到谈清让的名字时会那么激动了。

果然是王牌律师！

整个过程不超过一个小时，战况之惨烈连俞菲都庆幸自己是和谈清让统一战线的。

因为经理最后实在是惨了点儿。

谈清让免费给那经理上了一场法律课，拿出材料证据指出他拖欠工资以及无故解除员工等罪名，还非常贴心地给他普及了处罚年限以及不少类似案件的惨烈后果，有些经营者不出三个月就倒闭的更是比比皆是。最后，他平静地问“如果事情闹大，你还能不能继续在这家酒店当经理”时，那经理的表情瞬间变得一脸惨败。

最终，经理打电话给财务部经理，让俞菲去领工资与遣散费，连对她说话都是客客气气的。

没有谈清让的帮忙，事情绝不可能这么快顺利解决，她抬头看了他一眼，对方正目视前方，硬朗的脸部轮廓很具威严。

能文能武，能够在短时间内就洞悉人的弱点并加以利用，不愧是恒信的王牌。俞菲再次心怀庆幸。

两人一前一后地走到谈清让的车旁，他对她说：“我送你回去吧。”

“不用了，谈律师还要忙吧，今天已经够麻烦你了。”她将事先准备好的钱递给谈清让，“谈律师，这次真的谢谢你，我知道这些钱不够，但我之后一定会补上的。”

谈清让低头看着她：“我说了，你该感谢的人不是我。”

俞菲“嗯”一声：“我知道，江先生我也会感谢，如果今晚你们有时间我请你们吃饭吧，这钱你先收下。”

谈清让听完她的话一时有些懊恼，知道这下她肯定会主动找江时戈，有一瞬间他甚至想将所有都和盘托出，不要让阿时继续害人误己。

他明明不想他们两个再有纠缠，可偏偏又不甘心她这样忽略江时戈。他接过俞菲手里装着钱的信封：“钱我拿了，这些也够了，饭你也不必请，我先走了。”说完转身留给俞菲一个扬长而去的背影。

莫名地，俞菲感觉他有点儿责怪她的意思，这种情绪让她困惑不解，却也没过多地放在心上。

尽管谈清让说不必请客，俞菲还是给江时戈打了个电话，毕竟没有他的帮忙，谈清让肯定不会接这么小的案子。

电话没有打通，俞菲想他可能在忙，于是打算等下再打。

之后她便坐地铁回家了。路上，她接到了之前面试餐厅的电话，对方通知她下周一上班。

俞菲坐在地铁上，眉头舒展，嘴角挂着轻快的笑容，心情说不出的畅快，她已经很久没有这样的感觉了。

某酒店休息室。

江时戈没注意对面的人说什么，眼睛不时地看着手机，预想中的第二个电话并没有打来。他轻哼了声，真是和以前一样没有耐心啊，只是一个电话没打通就不再打了。

“我的江大教授，我求你看我一眼成不？”路远峰都要跪了，“刚才让你接电话你不接，现在心思全在手机上了，你到底有没有听我说话啊？”

江时戈抬眸看着他，声音依旧清冷：“你说什么了？”

路远峰扶额：“你赶紧跟我回美国啊，那边的项目催得要命，Bean扬言我再不把你拉回去我也不用回去了。”

路远峰和江时戈是同一个心理实验研究所的同事，江时戈虽然年纪不大，但早已取得心理学博士学位，而且他大学时发表的几篇论文就在业内广受关注与赞誉，实验室主管Bean费了好大的力气才将他挖来，结果来趟中国竟然说暂时不回去了。

“我短期内不会离开中国的。”江时戈把玩着手机，“Bean那边我会自己和他解释，你不必担心。”

路远峰意识到他来真的，不甘心地问："这项目我们做了两年了，眼看着就出结果了你真的不跟我一起走？"

江时戈摇摇头。

"好吧，每一阶段的结果我会E-mail你，你要是能回来就尽快啊。"

"我知道。"

路远峰一看他这态度估计就悬了，这家伙整颗心根本就不在这儿。

江时戈的手机响起，他低头看到名字时眼睛一亮，但还是等到响了四五声才接起，明明嘴角都是弯的，却用冷淡的语气开口道："你好，什么事？"

俞菲听到他的声音时心脏"咚"地一跳，他的声音的确很好听，就像井岚给她普及的那个词——低音炮。

"我是俞菲。"

"我知道。"

她的心跳又加快了几分，呼口气抚平情绪，她缓缓地将今天的事情和江时戈说了一遍，并表达了感谢。

"你要请客？"江时戈听完问她。

"当然，"她顿了顿补充说，"不过，谈律师今晚好像没空。"

"我有空就行了。"他看了看手表，"晚上八点，我去接你。"

"不用麻烦，"俞菲说，"这样，我去找你吧。"

"也行。"江时戈将自己的地址告诉她，然后也没多说便挂了电话。

路远峰看完全程，只有一个评价："你就装吧。"

江时戈没理他。

"那你接下来干吗啊？"

"等人。"

“女人吧。”

和猜想的一样没有得到答案，路远峰从包中拿出资料放到江时戈面前：“看我多有先见之明，这个都准备好了，帮我干点儿活吧。”

江时戈没动，歪头看他一眼。

路远峰摊开手：“反正你也没事。再说了，等到那人来了看到你一副专业精英的模样，肯定对你一见倾心，死心塌地地爱上你！”

不知是无聊还是真的被路远峰说动，江时戈到底还是拿起了资料。

俞菲到家换了套衣服，又细细地化了薄妆，请人吃饭表达谢意总不能表现得太随意。

当她到酒店休息室的时候，一眼便看到了坐在角落的江时戈，他正认真地和人讨论，没有注意到她的到来，修长白皙的手捧着蓝色封皮的资料夹，时不时地低头核对，纤长的睫毛微微颤动，侧影完美如画。

下一刻，他忽地抬头望着她的方向，他看到她了。

她能注意到他深黑的眼睛忽地一亮，显得英俊的容貌格外动人，有一瞬间她甚至以为他要对她笑，那定是初雪将融般美丽。

路远峰察觉到江时戈的停顿，顺着他的方向一看，瞬间睁大眼，美人啊！

俞菲穿了一件浅绿色的真丝针织衫，露肩设计，下身是白色七分裤，头发披散，微卷的黑发落在浑圆的白皙肩头处，有种说不出的清新诱惑。

俞菲注意到江时戈看向她，展颜微微一笑，当真是眸光清亮，明媚娇嫩。

江时戈坐不住了，拿起外衣走到俞菲身边说：“走吧。”

不知是不是俞菲的错觉，她觉得他的声音有些喑哑，但她没来得及多想，路远峰就过来了。

“你是小江的朋友吧，”路远峰拍拍江时戈的后背，“快给我介绍下。”

江时戈看都没看他一眼，伸手搂过俞菲的肩头，带着她边走边说：“电梯要来了。”

路远峰想追，但还惦记着身后桌子上的资料，只能含恨回去，他边收拾边惊诧江时戈竟然愿意和人约会了。

他忽地猛然一抬头，等等，那美女不就是前几天在酒店看到的钢琴师嘛，被江时戈捷足先登的那个！

去饭店的路上，江时戈突然喊了一声她的名字：“俞菲，你可以和我其他的朋友一样叫我小江。”

“我还是叫名字好了。”俞菲淡淡地笑了下，她可不想时时提醒自己比对方大的事实。

江时戈的眼神顷刻冷了下来，陷入沉默。

不知是不是错觉，这段对话之后，两人之间的气氛突然变得冷凝。这顿饭吃得并没有想象中轻松，最后俞菲在婉拒了让对方送自己回家时，江时戈的表情更为冷肃，令她莫名地惴惴不安。

快晚上十一点的时候俞菲才到家，拿出钥匙开门时发现门竟然没锁，她赶紧进门检查了一下后发现东西没有少，猜想可能是妈妈出门时忘记关门了。她松口气，换了衣服洗好澡躺在床上，漆黑的房间里，她望着天花板，不由得想起今天江时戈冷漠的态度，到后面他根本连话都不愿意说了……闭了闭眼睛，她不让自己再深想。

习惯性地摸着枕边，摸索了几下都没摸到手机，她打开灯翻了衣服兜和包，都不见踪迹。

永兴这么大，失去了联系，以后她和江时戈估计再也见不到了，这个想法一出现她就使劲儿晃了晃自己的头。

真是要死，手机丢了，她的第一个想法竟然是这个，真是着魔了。

她走到窗边打开窗户，让夜风吹吹自己不清醒的脑袋。

“嘀——嘀——”

楼下有车按喇叭，已经快十二点了，谁这么吵人？她正想着，喇叭又响了几声。

有人打开窗户骂，俞菲也探出头看了眼，隐约能看到一辆黑色轿车停在楼门口，声音就是来自它。有人气急了下楼去理论，车内的人走出来靠在车上。

身影有些熟悉，俞菲心念一动，套了件外套往楼下跑。

“你倒是说话啊，你不是我们小区的吧，大半夜的按什么喇叭，我家还有老人呢，让不让人睡觉了。”

刚出楼门俞菲就听见有人抱怨，认出是一楼的赵婶，她走过去：“赵婶，这是我朋友，不好意思吵到你们了。”

“你朋友？”赵婶不好再说什么，嘱咐道，“那你看着他点儿，别再让他按喇叭了。”

“知道了。”

赵婶走了，俞菲走到车边，稍稍靠近便闻到一股浓烈的酒气，明明刚刚在饭桌上他还说自己不喝酒的。

她轻唤一声：“江时戈。”

他抬起头，发丝凌乱，玉白的脸镀上淡红，他定定地看着她，目光阴鸷，月光下的他带着一股子森然的美丽，就像清冷薄雾中森林里高挂的一抹月光，有着致命的吸引力。

俞菲一时竟看呆了。

江时戈动作缓慢地从裤兜里拿出一样东西，艰难地递到俞菲面前：“你……手机。”手指一颤，手机落地，他整个人也瘫软下去。

她眼明手快地上前抱住他半边身子，他一只手扶到车灯上，这才没跌倒。

这到底是喝了多少啊。

江时戈看起来瘦，这样近距离一抱才感觉到这人实在是又高又沉，她怕他倒下，将他的胳膊架在自己肩上。

“你就是这么开车来的啊？”喝了这么多还来给她送手机？

江时戈缓慢地摇摇头，说了句“代驾送来的”。

“你还能走吗？你家在哪儿？”

他没回话，只是沉重地喘气，俞菲架着他，更能感受到他身上传来的热量和酒气。

没办法，她只能先让他靠在车上，捡起地上的手机后，又让代驾将车锁了，然后扛着他的胳膊半拉半扶地将他弄上楼。

好不容易进了屋，俞菲把他扛到自己的房间。她租的是小居室，客厅只有几张椅子，她费尽力气将他放到床上，擦了擦额头上的汗，心想这人看着挺瘦，分量还真是不轻。

江时戈像摊泥一样躺着，身体占满了她整张床，他双眼紧闭，胸膛起伏，屋内充斥着浓郁的酒气。

俞菲转身去客厅倒了杯凉白开，回房间推推他：“江时戈，醒着吗？喝口水吧。”

他皱起眉头，把脸侧过去了。

她又推了推他，这次他干脆将身子也转过去。

这么个大男人待在她房间总不是个事儿，幸好今晚妈妈不在家，否则更说不清了。她把手机拿出来想给谈清让打电话，却发现按键没有反应，插了充电器也没用，该不是刚刚摔在地下砸坏了吧。

俞菲转身摸了摸江时戈的衣兜，找到他的手机拿出来，刚想点开手腕突然就被大力攥住！

江时戈睁开眼，眼底布满血丝，他力气很大，她被抓住的手腕生疼，她挣了挣，尽量耐心地说：“你醒了啊，我是俞菲。”

“我知道是你……”他的声音又低又沉，还带着酒醉后的喑哑，混合着热气和酒气的呼吸喷到她的手腕处，惹得她一颤。

“你先松开我，我的手机坏了，先用你的手机给谈律师打个电话。”

他没松开她，反而握得更紧，他看着她，几秒后才低声说：“你总是记得别人，就是不记得我！”

俞菲没太听清，懵懂地看着他。

明明这双眼睛此刻就看着他，明明她现在离他这么近，可他为什么还是觉得抓不住她呢？

江时戈手上施力将她拖到床上，一个翻转，他整个人伏在她身上。

俞菲只感到手腕传来剧痛，下一秒就被江时戈按住了，他身材高大劲瘦，这样覆在她身上将灯光都掩了去，她躺在他的阴影里，心跳加速，但更多的是不安。

她下意识地推开他想要起身逃开，可刚刚还烂醉的人现在整个身体都坚硬如铁，他一掌抓住她的肩膀将她按下去，低头开始吻她。

或者不该称之为吻，更像是啃咬。

凶狠地扯咬着她的嘴唇，强势猛烈的攻击，他用一只手掌扣住她的两个手腕，另一只手甚至探入她的睡衣！

当俞菲意识到发生了什么的时候，他已经撕开她的一半衣裳。不知是哪里迸发出的力气，她竟然抽出自己的手甩了他一巴掌，半推半爬地从他身下逃出来跑了出去。

跑出大门外，楼层的感应灯亮起，她想下楼，却不知该去哪儿，没有手机，她还穿着睡衣，甚至是有些裸露的，她哪里都不敢去，却又不想回房里，灯也忽地灭了。

黑暗中她能清晰地感受到自己上升的体温和不断呼出的气息，唇上的热度还在，舌头半麻，含着男人体味和酒气的味道染上了她的唇舌，久久不散，让她的脑袋发昏，她狠狠地用手背擦了擦嘴，可还是忘不掉刚刚的触觉。

真是疯了！

她握紧拳头，又气又恨。

不知站了几分钟，身上的热度褪去，心脏虽还怦怦直跳，但情绪已经平复下来了。

俞菲正犹豫时，楼底传来关门声，震得她心脏猛地一跳，上楼的脚步声嗒嗒作响，她紧张地看着家门，不知该不该进去。

脚步声越来越近，她这个样子怎么能让人看见，她只能在心里喊一声“拼了”，选择回去。

室内黑暗又安静，她站在客厅里，看着自己的房间门缝中透出一条光线，橘色的灯光就像是温暖的陷阱。

她的心打起鼓来。她蹑手蹑脚地一点点靠近，还没走几步，大门突然传来钥匙插入的声音，她精神一振，意识到是妈妈回来了，心脏飞快地跳动，她跑进自己的房间快速将门关上，耳朵贴在门上紧张地听着动静。

大门被关上，没过一会儿，又传来另一扇门关上的声音，俞菲暗暗松口气，知道妈妈回房间了。

精神刚放松一半，她的心又提起来，转头看向床，江时戈侧着身子已经睡着了。

这次她不敢再靠近他，她打开衣柜套上外衣外裤，在离他最远的地方观察他，看了十多分钟才肯定这次他是真的睡了。

确认之后，她的心情反而更糟糕，又气又闷，像是准备了一年的考试，到了考场才发现准考证没有了，真是一拳头打在空气里，费力受气的都是自己，想安慰自己不要和醉了的人计较，可又不甘心。

怎么也睡不着了，更不敢睡，俞菲坐在凳子上远远地看着江时戈，想着等到凌晨的时候一定得把他弄起来，要是被妈妈发现她屋子里多了个男人，事情就彻底无法收拾了。

撑了两三个小时，俞菲终是体力不支靠着衣柜睡着了，再醒来时发觉自己躺在床上，一看墙上的钟已经上午九点多了。

她猛地坐起来，房间的四周并没有异样，要不是自己身上还穿着昨天套着的外衣，她甚至会以为昨晚只是一场梦了。

走出房间，屋里只有她一个人，想必江时戈早就走了，妈妈大约也没有发觉。

所以，他喝得烂醉把她亲完了，在她屋子里睡了一晚上，临走时还把她抱回到床上去，然后就走了？

他到底什么意思？难不成因为帮了她想占便宜？

俞菲隐隐又觉得江时戈不是那样的人。

可他一时冷漠异常，一时又这样深夜到来，那样热烈疯狂地吻她，到底是想干什么？

好不容易平复的心情就这样被他打乱，俞菲焦躁极了，她觉得自从认识了江时戈后，两人的接触都是由他占据主导位置，这实在是让她不安。

给自己煮了点儿东西吃后，中午有人敲门，俞菲的心急促跳了两下，吸口气，板着脸开了门，站在外面的是个男人，不过不是她想的那个人，而是快递员。

她以为是自己在网上买的东西到了，打开一看竟然是一部最新款手机，她可不敢轻易收。打给快递官网核实后确定是寄给她的，当客服说寄件人姓江时，她反应过来了，这应该就是江时戈送的，为什么？

她记起昨晚他给她送手机时不慎将手机给摔坏了，难不成是补偿？

补偿她的手机，还是那个吻？

那个吻，彻底搅乱了她死寂的心。

几天后，俞菲到新应聘的餐厅上班，逐渐适应了工作，也慢慢把江时戈的事情放在了脑后。

再见到江时戈是一个星期后了。

餐厅里的客人不多，老板就提前让她下班了，她走出餐厅时一眼就看到了站在街边的江时戈。

也实在很难不注意到他，他靠在车旁，双臂环抱，穿了件低领开衫，稍稍露出精致的锁骨，配了条牛仔裤。他薄唇轻抿，肤白如玉，在阳光的照射下更显得人年轻焕发，无须任何装饰，青春是他最吸引人的资本。

俞菲看到他的时候，身旁还有两个学生妹讨论他是不是旁边学校的学长。

他怎么会在这儿？

一看到他，俞菲瞬间就想起那个深夜疯狂的吻，脸上一热，犹豫了下决定还是不要去打招呼了，刚转身想走，身后传来他的声音："俞菲。"

她抬起头，两个学生妹正看向她，圆圆的黑眼睛亮晶晶的，也是那样的青春洋溢，她忽地心中有点儿冒火。

江时戈慢慢走到她身边，对她说："下班了？"

她没抬头看他，闷闷地"嗯"了一声。

"一会儿有事吗？"

"什么？"她顿了一下，"有事的。"

"那等等再办吧，你先跟我来。"他伸手将她的包拿走，转身回了自己车里。

见俞菲不上车，他把车窗拉下对她说："上车啊。"

俞菲的脸红了又白，不经意又看到那两个学生妹的眼神，咬了咬唇，还是上了他的车。

她进车拿回自己的包后，问他："要去哪儿？"

他启动车子上了路："到了就知道了。"

俞菲看着他的侧脸，看不出他有什么情绪，难不成他忘记那晚的事情了？

过了会儿，江时戈问她："你怎么没用手机？"

他这一问，俞菲心中的钟就被狠狠地敲了一下，她想直接问那晚你到底是什么意思，可忍了又忍只是回道：“我不能要，等下我回家还给你吧。”

江时戈云淡风轻地说：“那是我赔你的，何况那部手机的市价和你之前的手机买的时候价格差不多，你不用太在意。”

五年前的手机和现在能一样吗？现在那部手机两百块都卖不到。她对他的态度有些不高兴，坚持说：“我不要。”

他看了她一眼，这次没说什么。

车开了二十多分钟，他一直沉默，俞菲不是很习惯这样安静的场面，她忍不住问：“你找我到底有什么事？”

“看电影。”

俞菲愣了几秒，心底的情绪又放大几分。

看电影？

一个星期没见，对那晚的事情他没有一句解释，一来就找她看电影？

她心底的焦躁又增了一分，努力压抑平复。

约莫半小时后，两人到了商场的电影院，江时戈对她说：“你在这儿等着，我去买票。”

电影是迪斯尼改编真人的经典童话，来看的大部分都是情侣，俞菲感到别扭极了。

偷偷去看身边的江时戈，黑暗中他的侧颜线条分明，更显俊美，只是脸上毫无表情，猜不透他在想什么。

俞菲低着头，别说电影剧情，就连听演员的台词她都觉得焦躁烦闷，只想着什么时候电影结束好离开。

漆黑的放映厅像张巨大的黑网，铺天盖地地笼罩着她，连呼吸都觉得压抑。

“怎么，不喜欢看？”黑暗中，江时戈突然靠近她的耳边轻声问。她感觉到他的气息，陌生又熟悉，他又靠近了些，“早知道让你选好了。”他口中的热气吹拂到她的耳郭，仿佛在轻舔慢咬她的耳朵，温柔又热烈，她脑中闪过回忆里的触感，下一秒耳朵连着脸颊开始发烫，心脏扑通直跳，浑身都燥热起来，她惊讶羞恼又愤恨。

恼的是他，更恨自己。

电影终于结束，俞菲侧身低着头，感觉自己像一只投降的鸵鸟，心有不甘却提不起劲儿，只盼着赶紧回家逃离这一切。

江时戈带她走出商场，这时候已经快晚上十点多了，除了刚刚看电影散场的人，周围几乎可以说是空旷寂静，去开车的时候车引擎忽然发生故障，不能开了。

两人只好等出租车，看着一辆辆的空车被截走，江时戈不耐烦了。

“我去前面看看，你先在这儿等着。”他说完往前面远处的路口走去。

俞菲拿着包独自站着，晚风递送，觉得身体的热度渐渐下降，心也平静许多。

不能再这样下去了，无论是喜欢还是爱，她没有能力也没有资格，已经自身难保何必拖累他人，到此为止吧。

一辆私家车慢慢从远处驶来，远光灯打在俞菲身上十分晃眼，她偏过脸避开刺眼的灯光，这时那车速度减缓，灯也熄灭停在她旁边，她以为对方是接私活的司机，主动上前走了几步。

副驾驶位下来一个人，是个年纪很大的妇女。

“我就说没看错，她就是俞大海的女儿！”那妇女神情激动，张牙舞爪地扑向俞菲一把将她推倒在地，“许毅你看，这就是害死你爸的那家人！”

车上下来一个年轻男人，闻言后脸色铁青地看着俞菲。

妇女指着俞菲骂：“就是你爸，害得我家老许死在山里连尸骨都找不回来，你还敢跑了，我看你这回怎么跑！”边说边不断用力捶打她的肩膀和后背。

俞菲看到这妇女当即就傻了，回忆纷至沓来，父亲做生意在山道上发生车祸身亡，出事之后，为了偿还父亲生前欠的债，变卖家产，她被逼得一夜间长大，坚强地去面对那些讨钱的人。其中最让她害怕的，就是这个女人。这女人是她爸司机许叔的妻子，那场车祸无一幸免，无论是她爸爸还是许叔。

当时也是因为这个女人，她才会决定休学离开永兴市。

妇女转身回车里拿出两瓶东西，打开后泼到俞菲身上。

俞菲被泼了一脸，感觉湿漉漉的，又闻到异味，反应过来后，害怕地站起身要跑。

旁边的男人也被自己母亲的举动吓到了，上前夺下她手上的瓶子："妈，这是酒精，不能乱洒！"

"酒精好，烧死她！给你爸报仇！快快！"妇女催促着儿子，见他不动直接伸手翻他的兜，他想躲但没躲开。

俞菲尖叫一声，拼命往前跑，路上几乎没人，想求救都没办法。俞菲往后一看，就见妇女拿着打火机迅猛地追她，她儿子也跑在后面嘶声地喊他妈，俞菲吓得跑得更快。

"你们干什么？"突然，有人厉喝，接着俞菲被拉住。

江时戈抱住惊魂不定的俞菲，神情冷峻地瞪着追在她身后的一老一少。

妇女被江时戈吓得停住了脚步，她儿子一看也慌了，强拉着妇女回去开车跑了。

"怎么回事？"江时戈低头看着俞菲，紧张地问，"你身上什么味道？"

俞菲一看到他，就哭了出来，刚刚的惊怕恐惧全部涌上心头，在看到他的瞬间全部爆发出来。

江时戈愣了片刻，紧紧地抱住她护在怀里，下巴顶着她的头顶，拍着她的背安抚着："别怕，他们都跑了，我在这儿呢，不怕了。"

俞菲哭了一会儿平静下来，江时戈松开她："你不能穿着这身衣服，跟我过来。”

他拉着俞菲快步往前走了两分钟，到了酒店门口时，俞菲的脚步顿住了。

江时戈当然知道她的顾虑，但现在哪是避讳这些的时候，他的语气甚至有些严厉：“快进来，你浑身的酒精一个不小心就完了。”说完握住她的手大步走进酒店。

他迅速开了一个房间，进门就把她推到浴室里：“进去把衣服脱了扔出来给我拿走，你好好洗洗澡，我现在出去给你买衣服。”

“这么晚了你去哪儿买衣服啊？”她的声音还带着淡淡的嘶哑，一双眼睛更是通红，这副惹人疼爱的模样江时戈哪里见过。

他呼吸一顿，别过脸低声道：“你别管了，我有办法，你洗澡时注意点儿脚下，多擦点儿沐浴露。”

闻言，俞菲脸红发烫，不是很习惯被男人关怀这样私密的事情，她胡乱地点点头，关上浴室的门，一会儿打开一条门缝将衣裙递出去。

直到听到水声响起，江时戈才安了心，拿起衣服走出门外。

俞菲听着关门声，呼了口气，片刻后才专心冲洗身体。

洗了将近两个小时，确定身上再没有酒精味俞菲才出来，江时戈还没有回来，她裹着浴巾躺在床上用被子挡住身体。

平静下来后才能仔细梳理情绪，想起刚刚发生的事情她真觉得自己九死一生，要是没有江时戈，在空旷的大街上她会不会就真的被烧死了？

还好有他，还好遇到了他。她的心渐渐沉静下来。

眼皮沉重，视线中的天花板有些模糊，惊惧之后的放松总是会让人觉得疲惫，很快，她睡了过去。

她做了个梦。梦里，她还是那个无忧无虑的大小姐，暴发户的爸爸将她视为掌上明珠，宠得她无法无天，那时她的人生那样明媚，连笑都是恣意桀骜的。

天阴了，风雨接踵而来，旷野中，只有她一个人，她被淋得湿透，衣服贴在皮肤上，黏腻不堪。

怎么回事？

爸爸呢，她的家呢？

没有，什么都没有了。

“俞菲……”

她转过头，竟然看到了江时戈，他看起来比现在年轻，青涩稚嫩的样子，一双黑亮的眼睛紧紧地望着她，他好像有些犹豫，神情却是坚定的：“我喜欢你，你愿意和我在一起吗？”他的声音甚至带着颤抖，即使如此，他仍是站在她面前等着她的回答。

耳边听到些微声响，梦境破裂。

脚步声缓缓从远处走来，她觉得床边一陷，有人坐在她的身边，可接下来再没有动作。

很久很久，久到她的耐心都要用光了，忽地眼前一暗，灯光被遮蔽，她心脏猛然一跳，倏地睁开了眼睛，撞入一双墨色的瞳中，那双眸子深沉阴暗，仿若积攒着重重迷雾和乌云，遮蔽了一切。

是江时戈，他半弯着腰靠近她的脸，距离近得她都能感觉到他呼吸间的气息，还有……独属于他的味道。

他要做什么？

俞菲的心忽地一跳，有种东西在体内炸开，表面是平静的，但内部早已崩塌溃弃。

发现俞菲睁开眼，他的神情并未有任何变化，他不紧不慢地坐起来，将两个袋子放到俞菲的床头。

“你身上没有酒精味了。”

他是在闻她身上的酒精味？

“衣服买来了，我先出去，你换好叫我。”他起身走了出去，绅士地关上门。

俞菲看向门，似乎想透过屏障再仔细观察一下他的表情，刚刚……他只是确定自己身上的气味吗，是她误会了？

可是有一瞬间，她真的觉得他想要低下头吻她，如果他真的吻了，她会怎么办？

推开他再给他一巴掌，还是……继续装睡？

俞菲的思绪陷入混乱，干脆不再去想，掀开被子换上新衣服。江时戈给她买的是半袖衣裤，典型的运动装，除此之外她发现他还给她买了一杯饮料，竟然是她以前很喜欢喝的那家咖啡店的特色玫露咖啡，那家店离这里可不近，因为买这个他才回来得这么晚？

紧接着，俞菲警告自己不要再胡思乱想，只是碰巧而已，一定是。

她起身去给江时戈开门，侧身让他进来。

“刚刚那两个人是怎么回事？”他一进来就直接问。

俞菲别过脸并不愿意回答。

停顿片刻，江时戈把一旁的咖啡放到她手上：“先压压惊吧，估计你也吓坏了。”

她沉默地喝了几口咖啡，熟悉的味道从味蕾间散开，不安的心情渐渐平复。她抬起头看到江时戈的表情，思索片刻回：“那个女人的老公……因为我们家死了。”她深吸了口气，“我家赔偿她之后，她还是不甘心想报复，然后我就搬家了。没想到这才回永兴就遇到，真是该还的躲也躲不了。”

闻言，江时戈皱着眉：“她之前也有过这种过激行为吗？”

“嗯，以前她拿刀子来我家闹，差点儿伤了我妈。”直到现在她还能记起那女人疯狂狠厉的表情，嘶吼着对她说要她家血债血偿。

“我们去报警，现在就去。”江时戈脸色森冷，“她已经知道你回来了，绝对不会再放过你。”

“不至于吧，永兴市这么大，怎么会那么巧再遇到，再说下次我会小心……”

他冷厉地打断她：“你能保证今晚的事情不再发生吗？”

她一愣。

“你不能，我也不能，而且我可以断定她绝对会费尽心机地再找到你，否则她永远都不会死心。”他伸手按住她的肩膀，像是在抚慰她的情绪，“你要相信我。”

“为什么你这么确定？”她有些蒙，没有注意到他的动作。

他看着她，好像要诉说什么，可最后他只是松开了手，淡淡地回：“因为我是心理专家。”

俞菲有些意外，又有些了悟。沉思片刻后，她点点头答应了江时戈的提议。

俞菲喝完咖啡后，两人去了警局做笔录。俞菲的那身被泼了酒精的衣裙作为证据，江时戈将车牌号告诉了警察。警察对俞菲说他们会核对监控录像，也会对酒店人员进行查问，之后有消息会再通知她。

将近凌晨两点时，两人从警局出来。他们沉默地并排走着，和周遭安谧的环境融为一体。

她蓦地想起那个深夜，他还是月光下森冷魅惑的模样，可她的心境已截然不同，她想弄清楚一件事。

“江时戈，”她停住脚步低着头，紧握着拳头，“今天没有你的话，我可能真的完了。”

他也停下，不动声色地观察着她，眼神放肆，神情愉悦：“我同意。”

她抿着唇，额头渗出小颗汗珠，觉得很难堪，可又对这种境况无能为力，不能再欠了，人情债，欠着欠着就还不清了。他到底想要什么直接说出来也好，即使她不会答应，起码有个明确的答案。

俞菲狠狠地咬了一下唇，豁出去了。

“我知道你想说什么，”江时戈却打断了她想说的话，“你想谢我。”

俞菲脸色煞白地点头。

他走近几步，站在她面前，遮住了路边的灯光，稍稍低头靠近她，声音含着些微的笑意和轻慢：“收下那部手机，就足够表达对我的谢意了，愿意吗？”

她愣住了，惊讶地抬起头，诧异悬在心中，忍不住问：“为什么……”

“因为我们是朋友啊，朋友之间帮下儿忙，你没必要这么在意。就算我们不认识，看到那种情况我也会出手，更何况对方是你。”

用了朋友的身份，你的警惕才会渐渐放松，你的心门才能打开，这样，我才能将你牢牢地困在我手中。

江时戈眯起眼睛，愉悦地欣赏着俞菲从忍耐到欣然的表情变化，那瞬间被点燃的面容粲然芳华，让人真想珍藏这永远的美丽。

他忽然明白为什么他的叔叔热衷于收集蝴蝶标本了。

当看到美丽的东西时，的确会忍不住想要用尽一切力量保留住，即使……会杀死它。

走了十多分钟后，江时戈拦到一辆出租车，坐上车后他对司机说了俞菲家的地址。

他靠向椅背，注意到俞菲欲言又止的样子。

他问：“怎么了？”

“你……怎么知道我家地址的？”那晚他也是突然跑到她家，可她明明没有提过。

江时戈一僵，继而忽然笑了：“那天在清让办公桌上看到了你的资料，放心，没其他人知道。”

狭窄的车内，他侧着身子看着俞菲露出清浅的微笑，如春雪初融般，他的语气低柔含笑，似乎是在安慰她，又有点儿蛊惑的意味。

俞菲低头“哦”了一声，感觉有点儿呼吸不畅，想深呼吸一下又忍住了。

这是他第一次对她笑，她想着，因为他将自己当作朋友了所以才笑的吧。

朋友……朋友……

车到了俞菲家，江时戈看着她进楼之后才离开。

俞菲轻手轻脚地开门，连客厅的灯都没有开，摸黑脱下鞋子往自己房间走，黑暗中突然有声音响起：“才回来啊。”

俞菲的脚步顿住，瞬间，客厅的灯被打开，俞菲的母亲王颜沉着脸看她。

“和同事聚会。”俞菲说，“妈，你吃饭了吗？”

王颜打量了下她，眼神暗了暗：“嗯，叫餐了。”

“对了，这个月的生活费。”俞菲从钱包里拿出钱递给王颜，有些小心翼翼地问，“妈，你最近吃药了吗？”

“我又没病吃什么药。”王颜看到钱数后，嘴唇抿成线，“菲菲啊，不是妈说你，你现在不要大手大脚地花钱了，也该懂事了。”

俞菲“嗯嗯”两声。

王颜对她露出一个不争气的表情，不满地回房间了。

俞菲闭着眼长长地吐出一口气，把客厅灯关掉后回了房间。这一晚上折腾得她很累，长期不运动的小腿开始隐隐作痛，手摸到枕边的手机，拿出电话卡，坐起来把江时戈送她的手机拿出来换上。

新旧手机摆在一起，好像对比着她的人生。

她看着旧手机出了神，这还是爸爸送给她二十一岁的生日礼物，也是那一年，他离开了她。

俞菲关灯睡觉，室内寂静黑暗，隔了一会儿，她睁开眼，脑子里乱糟糟的，大都是关于江时戈。她想了许多，最后停在他说的那句“因为我们是朋友”。

所以，那晚之后的事情他应该是不记得了吧，那个吻也不过是酒后的放肆，并没有其他意思吧，可能是她误会他了。

朋友好，这个定位对她来说再适合不过，但即使是朋友，她也没有打算与他深交的想法。

事实上，他算得上是这几年与她走得最近的男人了，也是……最扰乱她内心的人。

但到这里就够了，他的帮助她会还，但绝不能再进一步了。

第二章
温柔的陷阱

第二天晚上，谈清让把江时戈约到一家酒吧，两人聚在一起实在难得，他们年纪不同，因为父母相识所以自小认识。谈清让的事业在国内，江时戈一直待在美国，近期才回来，可回来的原因两人心知肚明。

谈清让开门见山地劝道："阿时，到此为止吧。我查过了，俞菲她根本没去美国，而是去了其他省，这些年过得也不容易，多大的恨也该过去了，你何必非要钻这个牛角尖？"

谈清让知道俞菲对江时戈做了什么，也明白她狠狠地伤了江时戈。但再纠缠下去，陷进去的还会是江时戈，他不能让事情重演。

经过俞菲的事情后，性格大变的江时戈已经与从前的小江判若两人了。

"我知道她后来去了哪里，又经历了什么，我也明白你担心我，可我已经不是十几岁了，我清楚我在做什么，我能为自己的事情负责。”

谈清让呼吸一窒，挥挥手：“算了，我也懒得管了。”

谈清让问：“俞菲真的一点儿都想不起你了？”

“嗯。”江时戈垂下眼，转着杯子里的酒，“偶尔提起一些细节时，她什么反应都没有，可能是真忘了，也可能是装的。”他也不知道希不希望俞菲记起来，又想这样一直骗着她，又希望她能够想起来，哪怕她会恼羞成怒地离去，起码也能够证明他在她的记忆中存在过，绝不是像现在这般连丝毫反应都没有，只当他是个陌生人。

他心底有些冒火，举杯将酒饮尽。

“虽说以前你们交往也不多，你这样做就不怕她真想起来？”谈清让问。

“我知道可能会暴露，但是……”

“什么？”

但是，他就是忍不住，情不自禁地想要对她好，就算在深夜跨过半个市区也想让惊惧不安的她喝上一杯从前最喜欢的咖啡，明明可能会让她产生怀疑和警觉，但看到她对他粲然而笑时，他立刻就将一切抛之脑后，只想让她永远这样对他笑。

谈清让问他到底想做什么，其实，他迟疑了。

原本的坚持似乎在与她的相处中渐渐软化，知晓她从前过的日子时，他只恨自己没早点儿找到她，但他知道，还不到时候，无论是要狠狠地报复，还是将一切坦诚相告，都还不是时候。

为了整理心情，江时戈那天后没有再主动找俞菲。

本来俞菲工作的餐厅老板和同事都在打趣她有男友，就算俞菲解释也不信，可接连一周都没人再出现，俞菲也没有很频繁地接电话发短信，大家渐渐开始相信了。

即使大家不再打趣她，俞菲也总会想起江时戈，可每次她都在心底提醒自己不要去想，可就在提醒自己的同时，她又在想他了，这真让她苦恼。不过，好在近期的生活一切都算顺利。

俞菲每天在餐厅弹着轻柔舒缓的曲子，偶尔会有客人点曲，或是情侣浪漫，或是夫妻纪念，这样的生活的确给她很大的放松，比起之前的工作，显然现在的这份工作更让她轻松愉悦。

可这并也不意味着这份工作没有难度，其实最近有一个客人就让俞菲有些在意，对方是个年约三十的英俊男人，几乎每次都是他一个人来，安静地坐在角落里，脸上挂着温和的微笑，非常专注地望着她。他有时每隔一天来，有时连着一周都不来，每次都会点一首曲子，不同的风格，难易都有，每当她弹琴时他都会神情专注地看着她，但他的重点并不在于她，而是她的曲子。

可无论她弹得如何，他都没什么反应，几次过后，她也只当他是个喜欢钢琴的普通人，直到今天他在让她弹过《瓦妮莎的微笑》后，他站起身朝她走来。

“你好，我叫柏楼。”

俞菲站起来：“你好，有什么问题吗？”难道是刚刚自己出错了？

“没有，你弹得非常好。虽然冒昧了，但我想问下你有没有兴趣参加乐团？”

俞菲一愣，对方有所预料般地笑了，他拿出名片递给她：“如果有兴趣想要谈一谈，可以打电话给我，地方你来挑。”然后他付账离开。

俞菲注意到他的手机忘在桌上，顺手拿起追到门外。

“柏先生。”

柏楼转头，俞菲将手机递给他：“你忘东西了。”

“我说总感觉少了点儿什么呢。”他迟疑了一下，看着俞菲，想问什么似乎又怕太刻意。

他这副模样倒是逗笑了她，她说：“我姓俞。”

他松了口气，双目含笑地说：“谢谢你，是丁勾于的那个字吗？”

“不是。”她回答时有些走神，不知是不是错觉，她总觉得以前也被问过类似的问题。

“我知道是哪个了。”柏楼打断她的思绪。那想法只是在脑中轻轻一掠，再记不起来，她的注意力回归，看到柏楼的手指在空中比画几下，“是这个俞吧。”

她点点头。

“俞菲。”低沉的嗓音在不远处响起。

两人都侧过头望去，江时戈站在距离她三米的地方，眉眼含笑地望着她。

柏楼敏感地察觉出对方的敌意，他对俞菲说：“那俞小姐要是有想法可以随时给我打电话，我先走了。”

俞菲转过头，对他笑了下：“好，谢谢你的光临。”

柏楼离开，江时戈走近微微低下头问：“这人是谁？”

俞菲没回，小小退了一步问他：“你怎么来了？”

江时戈的视线停在她身上，从上到下地打量一番，然后轻声说了句：“我想见你了。”

我想见你了。

多么让人心跳加快的话。

她抬头看着江时戈，心生恼火，他总是这样，扰乱她的心情后再一走了之，他是什么意思，她不想再这样下去了。

她冷着一张脸，眸光如刀，带着寒气与怒意，像是充斥着熔浆的火山即将爆发。她盯着他：“江时戈，你到底想干什么？”

她不是在询问，而是质问，这不是现在的俞菲，而是五年前的她。江时戈心跳加速，竟然萌生退意，有一瞬间他似乎觉得时光又回到从前，她也是这般冷冷地看着他，说的话如同刀子反复地插入他的心脏，可他不能反抗，无法反抗，心甘情愿地成为她的囚徒。

俞菲上前一步，逼问他：“你刚才说那话到底什么意思？”

对于她的问题，江时戈只是稍稍停顿，然后用很正常的语气说他路过这里，想到她在这里工作就来看看她。

不知他是真的这样想，还是故意装傻，俞菲顿时泄气，冷着脸走回餐厅继续弹琴。

江时戈跟在她身后，挑个位置坐下点了杯咖啡，一副很闲逸的样子，他支着胳膊侧头看着她。俞菲感觉到他炙热的视线，有种被俘获了的错觉，心神不宁地不小心连着弹错了几个音，知道江时戈肯定发觉了，一时懊恼不已。

江时戈耐心地在店里等了一个多小时，期间偶尔有服务生去和他说话，说的时候眼神会时不时地看她这里一眼。显然他的到来让店里的人都抓到了新闻，她可以预想到明天再上班时肯定会被同事抓着问。

一曲终了，俞菲兜里的手机振动，把手机拿出来，有一条未读短信。

她点开，短信来自江时戈："要加班吗？"

她抬头看他，他似有感应地也看向她，注意到她手上的手机，他嘴角轻弯了下。

俞菲别过脸，片刻后站起身，迎着同事们的目光，她走到江时戈身边："你再等我一下，我收拾东西马上下班了。"

他轻点头："好。"

几分钟后，两人从餐厅出门。

天微微擦黑，俞菲转头问江时戈："你等挺久了吧，以后别这样了，我上班时间也不固定的。"

"我问你同事了，她说你一小时后下班，反正我都来了，也不差这一小时了。"

俞菲心想怪不得他给她发短信问自己加不加班，等了会儿她对他说："你没吃饭吧，饿吗？"

江时戈"嗯"了声说："还行。"

俞菲想了想说："我请你吃饭吧，算是谢谢那天晚上你给我买衣服。对了，衣服的钱还没给你呢。”她翻出包里的钱递给江时戈，“这是那天你买衣服和咖啡的钱。”

江时戈低头看了一眼，没接：“不用了，没几个钱。”

俞菲还想坚持，江时戈问她：“你和井岚也分得这么清吗？”

“这不一样……”

“那你没把我当朋友？”

俞菲有点儿急了，忙解释：“当然不是。”

“那收起来吧。”他说，“朋友之间不必在意这么多，我交朋友都这样。不过，你要是非想还就换个方式。”

“什么？”

“周末我想去钓鱼，你也来，到时候门票的钱你出好了。”

如果只能这样也行吧，她答应了，说：“好。”

江时戈启动车子上了路，在俞菲没注意时，他稍眯了眯眼，嘴角轻轻露出一个笑容，那笑容说不出的邪魅，转瞬即逝。

路上车不多，江时戈的车速比常人要快一些，却也很稳，俞菲记得在事务所时他倒车的技术，知道他的车技很好，刚想到这儿她的手机响起。

俞菲从包里拿出手机，滑了几下屏幕才接通，她还不是很适应新手机。

江时戈就听俞菲用很正式的语气一句句地回。

“是我，我是俞菲。”

“已经确认了？”

“好，我现在就过去，谢谢您了。”

她挂掉电话对江时戈说：“到前面路口你把我放下吧。”

“出什么事了？”

俞菲犹豫了一下，对他说：“警局通知我说人抓到了，要我过去一趟。”

江时戈想起之前有人朝她泼酒精两人一起去警局的事情。

“我送你吧。”还不待俞菲拒绝，他补充道，“天这么晚了，你又是一个人，要是对方家属闹起来你也不好办。”

俞菲想想也是，就没再反对了。

过了大约半个小时，俞菲和江时戈到了警局。警察告诉俞菲他们确认了监控录像和经过调查后，根据江时戈提供给他们的车牌号找到了车主，经过一番周折才找到了犯罪嫌疑人，目前已经被扣留。但由于对方并没有对俞菲造成实质性的伤害，所以处罚并不会很严重，并且在了解事情始末之后建议最好和解。

然后，俞菲见到了那个妇女的儿子许毅，对方神色疲倦，胡子拉碴地坐在椅子上，看到她时猛地站起来，神情十分激动，大步朝她走来。

江时戈不动声色地靠前将俞菲护在身后。

许毅根本顾不得江时戈，他的注意力全放在俞菲身上：“俞小姐……”

俞菲的表情很平静，走到他面前看着他。她记得他应该和自己差不多大，但现在他的外表却比同龄人老了五六岁不止，他和她都一样，才二十岁左右就失去了父亲。

“俞小姐，我替我妈给你道歉，对不起，真对不起。”许毅低着头，不断地说，“我妈她就是糊涂，那天真是冲动了，后来她也后悔了。她真没想把你怎么样，算我……我求你行吗？别追究下去，我妈她那么大岁数，在这儿待一天她都受不了……”

他这个样子蓦然让她想起五年前的自己，她也是这般对他妈不断地道歉，只能无力地道歉祈求他妈的谅解。

见俞菲不说话，许毅更着急了：“俞小姐，我工作调动马上就去龙回市了。我本来就打算带着我妈和我媳妇儿一起走的，这一走估计就不回来了，以后你不用怕我妈再打扰你，行吗？”

龙回市在大南方，距离永兴市的确够远，她也知道面前许叔的儿子肯定不愿自己妈妈惹事的，但她有些担忧不得不顾虑。

俞菲想了想，问：“你能保证你妈真的不会再来找我？”

许毅看事情有转机，忙点头：“真的，我老婆检查出怀孕了，我妈知道后就跟我说绝对不会再找你们了，就打算好好过日子，结果没想到警察来了。”他叹口气，“总之，我可以保证她再也不会去找你们，真的！”

俞菲看着他忐忑焦虑的脸，低头想了下，现在显然她就是追究下去也没有什么意义，警察也说了，对方没有实质性的伤害无法定罪。何况她也不想再增加他们对她的怨怼，而且还有妈妈，她不能让妈妈再受刺激了，他们既然说已经要举家离开，这算是再好不过的结果了。

思虑一番后，俞菲答应许毅只要做到他承诺的，她可以和解。许毅很高兴，连连感谢，承诺自己保证做到，俞菲不想多待，办了手续后和江时戈一起离开了警局。

已是深夜了，江时戈开车送俞菲回家，路上他问：“就这么算了好吗？”

俞菲回：“反正他们都要走了，离得远远的，也不怕出事。何况，她老公已经死了，我也不想把事情做绝。”

江时戈没再说什么，很快将俞菲送回家。

俞菲下车，对他说：“那我回去了。”

他点点头。

俞菲看着他，犹豫片刻后说了句：“回去开车小心，天黑了开车速度别那么快。”

江时戈心念一动，除了至亲，从未有人和他这般说话，习惯了夸赞与吹嘘，当听到担忧的话时没料到竟然会觉得这样暖心。

冷峻的脸庞渐渐软化，他弯起嘴角，朝她笑了笑，语气甚至是温柔的：“我知道了，谢谢。”

很温和的语气，很有礼的回答，冰与火之间的感觉在俞菲身上反复降临，她关上车门，朝他挥挥手走入单元楼。

她一步步踏上楼梯，心情很平静。事实上，直到今天之前，她都十分恐惧那个妇女再找来，有时候回家时她总会害怕那妇女会不会躲在暗处再次朝她泼酒精，真的就把她烧死，或者拿着刀等在她家门口，一心要为许叔报仇，这种想法之前一直徘徊在她的脑子里，现在终于可以放了心。

其实她刚刚站在许毅面前时，心底都是有些惧怕的，但因为江时戈站在自己身后，她突然就不那么害怕了，甚至还能冷静地分析事情。或许，是因为有能够依赖的人了，明明知道不可以，却还是忍不住这样想。

女人是不是都这样口是心非，理智告诉自己要拒绝，心里仍抗拒不了渴求，就这样分成两半，理智与感性，一半是现实，一半是梦想，简直是要把自己撕裂。

她走到家门口旋转钥匙进去，难得看到妈妈在家，而且坐在客厅里好像在等着她一样。

王颜看到俞菲回来后表情仍旧是僵着的，她的声音冷硬："菲菲，你最近回来得挺晚啊。"

俞菲换上拖鞋，说："工作有点儿忙，我以前不也是回来得晚嘛。"

"这么大姑娘了，晚上别老出去玩。"

俞菲没有解释什么，点头说："知道了。"她把钥匙和兜里的东西随手放到桌上，打算回房间换衣服洗澡。

王颜一个箭步冲过来，拿起桌上一张折过的卡片："柏楼……"她抬头看着俞菲，"是谁？"

俞菲愣了下才记起，她回："是餐厅的客人。"

"餐厅？"王颜皱起眉头，"你不是在酒店工作吗？"

"那个辞掉了。"

"什么时候的事，你怎么不告诉我？"王颜语速加快，抓着俞菲的手臂用力，"你还有什么瞒着我，你说！"

俞菲疼得吸口气，解释说：“没什么了妈，这就是小事儿没什么可说的啊。”

“你是不是交男朋友了？”

俞菲摇头。

王颜松开她，奔入她的屋子把那天江时戈给她买的衣服拿出来递到她眼前：“那这个呢？你以前从来不穿这种衣服，这不是你衣服吧！”王颜神情激动，把衣服用力地扔到她身上。

俞菲被砸得愣住了，没有出声。

王颜愤怒地看着她，见她不回话，原本冷厉的神情突然变得凄苦，她一步步踝蹬上前抱住俞菲：“菲菲，你别扔下妈，妈就剩你一个了……”

她真的觉得很累，很疲惫，妈妈抱住自己的双臂就像是两股粗大的麻绳紧紧地箍在她身上，将她不断地往深渊里拉，天空、阳光、空气、自由都没有了，只有无际的黑暗与窒息感。

隔了一会儿，俞菲伸手拍了拍王颜的背，柔声道：“妈，我是你的女儿，不会丢下你的。”

王颜愣怔地看她，反复确认地问：“真的吗？”

“真的。”她勉强地笑着，“还有，我没有男朋友。”

王颜松口气，看着她欣慰地点点头。

俞菲将王颜扶到椅子上，去拿了药给她。

俞菲蹲在王颜身边，把水杯和药放到王颜的手里，轻声说：“妈，这药对你有好处，别忘记吃。”

王颜看着手心的药片，又抬头看着俞菲，问：“我吃药的话，你就不走吗？”

俞菲暗叹口气，“嗯”了声说：“我不会走的，你是我妈啊，这世上我也只有你了，我能去哪儿呢。”

闻言，王颜笑了，利落地吃了药，俞菲哄着她回房间睡觉去了。

疲倦的心情再次出现，俞菲换了衣服去洗澡。之后她把江时戈买给她的衣服叠好放到衣柜的最下面，就像她决定封存自己的情感一样。

回到床上睡觉，她闭着眼睛，觉得身子很沉。

这次她没再想到江时戈，她的人生将近枯萎，已无任何转机，不能依赖他人，不能这样陷落，她只能依靠自己，就像五年前一样。

周末上午，阳光明媚，温度适中，周日比起平常热闹许多。

井岚站在街边打着哈欠，她看了眼身旁的俞菲，困倦地说："菲菲，你叫我来干什么啊，我可不想打扰你的约会。"

"别乱说。"俞菲提醒她，"我和他不是你想的那种关系。"

"都多明显了，你别再自欺欺人啦，现在不是以后也会是。"

俞菲冷着脸，坚定地回："以后也不会是。"

这话让井岚的困意消了些，她问："为什么啊？"

俞菲垂下眼帘，陷入沉默。

到了地方，江时戈下车从后备厢拿出渔具背上，他今天穿了身深色运动装，显得身姿挺拔、年轻俊朗。他背着大包利落地关上车厢，动作利落潇洒，吸引了不少人的目光，他就站在那里，沉静如玉，像是深山中潺湲流动的清泉，湝湝逶迤，澄澈明亮。

对比自己的灰暗，俞菲实在不想污了这清澈的泉水。

江时戈挑的是永兴郊区附近的一个大型鱼池景点，里面人群熙攘，热闹非凡。

俞菲去租了鱼竿，鱼食江时戈都备好了，几人并排坐在池边钓鱼。钓鱼需静心，大家都耐心地等着鱼儿上钩，期间江时戈和俞菲说话，都被俞菲用理由挡了回去，井岚看了两人几眼，没说什么。

温度渐渐升高，俞菲擦擦额头上的薄汗，把鱼竿放下，站起来说："我去买点儿喝的，都想喝什么？"

江时戈说："我和你一起去。"

"不用了，"俞菲拒绝，"也不是很远，我自己去就行。"

他抬头看着她，眼睛眯了眯。俞菲心里"咯噔"一下，他的眼神像是看透了她的行为。她别过脸退了一小步，井岚过去挽住她的胳膊："菲菲，我和你去吧。"

"好……好哇。"她匆忙地回，拉着井岚赶紧走了。

江时戈看着她们的背影，眼眸轻转，握住鱼竿的手轻轻颤动，惊走了即将上钩的鱼儿。

"你到底怎么了啊？"井岚对俞菲说，"这一天都觉得你不对劲儿，看你那样……你真不喜欢江时戈啊？"

俞菲焦躁又烦恼："你别问了。"

"可是——"

"走吧。"俞菲拉着她走到小亭子去买了几瓶水，刚付好钱，身旁有人小声喊了句："俞菲？"

她抬起头，看到一个黝黑的男人，他看到她"啊"了一声："果然是你！"

俞菲轻皱眉头，没有认出对方。那人看出来有点儿不满地说："几年没见你不会都不认识我了吧，我何溪啊！"

他看俞菲还是懵懂的样子继续说："我俩大学一个专业啊，以前还总去KTV一起唱歌来着，"他一拍手，"我那时还追你呢，你不会真不记得了吧。"

"不好意思啊。"他说了半天，俞菲还是记不起来。

他听到她的话有点儿愣，过会儿耸耸肩，跟个流氓似的："不记得就算了，你把电话告诉我吧，到时候我把以前一起玩的人约出来，你一见肯定就想起来啦。"他接着问，"对了，你家到底怎么了，听说你爸出意外了，因为这个你才不上学了啊。”

“你怎么说话的。”说什么不好偏说菲菲爸爸的事情，井岚听着都觉得不舒服，更何况俞菲了。

他呵呵一笑：“对不起啊，我想到就直接说出来了。”

俞菲忽地想起大学时的确有个很讨厌的人围着她，一边追她，一边只要聚会就要她去付账，美其名曰她家有钱不差这点儿，真是不要脸到一定地步了。

她看着他问：“你以前是不是染黄头发的？”

“对呀，你想起来啦？”他把手机拿出来催促着俞菲，“说手机号啊。”

俞菲拉着井岚转身走了，他跑过来拦：“别走啊，俞菲你就这么对待老朋友呀，太不够意思了吧。”

“怎么回事？”江时戈不知道什么时候过来了，他走到俞菲身边。

江时戈抬眸，看了何溪一眼：“有事？”

何溪直觉面前的男人不好惹，见俞菲没有理他的意向，呵呵两声说了句没事，让开了路。

看着三人离开，他低声不忿地骂了句，回去越想越生气，想到刚见的男人，似乎感觉有点儿眼熟，但这念头一闪而过，最后也懒得计较了。

江时戈接过两人手上的水，安静地走在她们身边。

井岚抱着俞菲的胳膊愤愤道：“刚才那人说的都是屁话，菲菲你别放心上啊。”

俞菲说：“我没事的。”

“那人我记得，当初他老来宿舍楼底下找你，挺烦人的。”说到这儿，她看着俞菲，“你当初不是和他们一起玩吗，怎么不记得了？”

“真没什么印象。”俞菲笑了一下，“再说了，无关的人我为什么要记得？”

江时戈顷刻觉得有把刀子戳中他的心脏，捅进去之后还转了个方向，直到把他的心脏绞碎为止。他疼得停下脚步，手上紧紧地握住瓶子，瓶身被捏得凹进去，气愤、酸楚、恨意、怒火纷纷涌上心头，原本的迟疑瞬间消散，没错，他要报复！

怎么能放弃，怎么能放手？！

俞菲发现他停下后，转头看他。

江时戈心里痛得要死，也不能表现出来，他稳住心神，低声说了句：“你们先回去，我再买点儿东西。”

俞菲说：“好。”

到了下午，几人都收获满满，江时戈后来虽然也没钓上几条，算起来却是数量最多的。

井岚说要去卫生间，就剩下俞菲和江时戈两个人单独站在一起，江时戈把渔具整理到包里背上，对俞菲说：“走吧，出去等她。”

两人并肩走了出去，一同进到车里等井岚，没一会儿，江时戈点起一支烟。

她靠在椅背上，只有淡淡的烟草气息围绕在两人身边，她第一次看他吸烟，每次相处都没见过他有这习惯，想来，她真的不了解他。

“你如果不喜欢，其实可以不用来。”江时戈突然开口，语气冷淡，“你直接说就行。”

一颗石头重重地压在她的心头，像是要喘不过气来一样，她沉默片刻后说：“我没有。”

他手指动了一下点点烟灰，轻描淡写的语气：“你今天挺奇怪的。”

“是吗？”俞菲伸手把车窗按下，脸朝外呼口气，“你可能误会了吧。”

他转过头，似笑非笑地看着她："是因为你碰到的那个人，你认识他吧？"

他问这话显然是不信她了，也许今天真的表现得太过反常了，之前井岚也瞧出问题了。她说："不是，那人我不熟。"

他眼神暗了暗，又问："不是以前的朋友？"

"不是。"她回得很快，语气甚至有些冲。

江时戈突然笑了笑，看着她说："生气了？"

她立刻回："没有。"这一句明显带着情绪，她自己都感觉出来了，更何况江时戈。

事实上，她的确有点儿不高兴。她感觉到自己的每一个情绪和动作都无法逃过他的眼睛，可能是因为他职业的原因，太能够洞察人心。她焦灼又有点儿心惧，他会不会发觉了什么，会不会已经发现……却只是一直在旁边冷静戏谑地看着她的反应。

俞菲想不透，这种被动感让她越来越不安，渐渐化作愤懑。

江时戈笑起来，伸出手摸了下俞菲的发顶，轻柔的动作，带着点儿温柔宠溺的感觉："怎么和小孩子似的？"

他的手抚过她的头发，并没有过多流连，亲昵又不越矩，但非常有效地再次引起她心脏的急促跳动。

她板着脸，侧过头严肃地看着他："江时戈。"

"嗯？"他的神情有点儿轻佻，吸了口烟慢慢吐气。

烟雾中，她有些辨不清他的表情。

她对他说："我比你大。"

江时戈挑下眉头，继而微微一笑，沉静又动人："好，我以后不那么说了。"

俞菲没说话。

"不生气了？"他问。

俞菲抿着唇，过了一会儿轻轻点头。

江时戈看着她的侧脸，长长的睫毛低垂着，鼻梁秀挺，双唇饱满，染着淡绯色的唇膏。她的侧颜很美，以前他就很喜欢看她的侧脸，那时只敢坐在远处偷偷看，现在好了，她就坐在他身边，只要稍稍伸手，就能触碰到她。

思及此，他突然伸出手捏住俞菲的下巴使她抬头冲向自己，在她惊诧的眼神中渐渐靠近，他时间掐得很准，没等她反应就松开了她："以后累了就不要强撑着出来，对身体不好，你眼底都青了。"

"是吗……"她愣了愣，这次顾不得什么，拿出包里的小镜子观察，果然看出眼底有些发暗。

她没有发怒，这是在江时戈的预料之中的，他摩挲指尖，回忆着刚刚柔嫩丝滑的触感，璞玉一样的细腻，他真想再放纵自己一次。

她收了镜子，隔了一会儿问他："你刚刚说我可以直接和你说不来，是因为我身体的原因？"

"嗯。"他点点头，压抑着内心的欲望，"我不希望你勉强自己。"

即使俞菲做好重重心防，在听到这句话时也禁不住心弦震动，第一次有人和她说，不要勉强自己。

她看着他的表情，清冷中带着淡淡的笑意，她低着头，真的搞不懂他要做什么。

追求她，可他并不像其他追求者一样频繁出现，或用鲜花礼品轰炸。

只是朋友，他又每每会做一些让她误会的动作，又说这些动人的话。

"江时戈，"俞菲抬起头，目光平静，"你交过很多女朋友吗？"除了情场老手，她想不出别的原因。

"没有。"他否认，"可以说，我还没交过女朋友。"

俞菲不太信，他这样的人，怎么可能没有过女友？

江时戈补充说："是真的，我家教很严，长大后又没遇到有感觉的人，所以才没交过。”他看着她，眼神戏谑，“你为什么对这个感兴趣？”

俞菲张了张口，不知怎么回答，只见他眼底的笑意渐深，她后悔不已。

没多久，井岚回来，江时戈启动车开向市里，半路时井岚说有事先下车走了，车内又只剩下俩人。

江时戈问俞菲：“一天没吃饭，饿了吧？”

“还行。”

“想吃什么？”

其实她并不想吃饭，可也不好拒绝，便说：“都可以，你喜欢吃什么就去哪儿吧。”

江时戈闻言轻笑了一声，到了红绿灯时停下，他看着她问：“你没有喜欢的菜吗？”

俞菲看到他笑，脸上有点儿发热，他之前都不怎么笑，可每当他笑着的时候都有一种说不出的味道。她别过脸小声说：“不能没有吗？”

“倒也不是，”他眉眼弯着，透着暖意阳光，他就是那种冷着脸时沉静动人，笑时又阳光温柔的长相，“你平时在家做菜吗？”

俞菲尽量保持平静的表情，生怕让他瞧出什么。她回答：“做得不多。”

他想了一会儿，对她说：“要不去我家，我给你做菜吃吧。”

她一惊，现在赶紧避开他还来不及，怎么敢答应去他家：“不……不好吧。”

他仍是笑着：“没什么不好哇，这里离我家挺近。”

“算了吧，还要买菜挺麻烦的，”俞菲慌神了，“下次有机会再去吧。”

“那约好了。”

俞菲一愣：“什么？”

江时戈眉眼绽开：“那下次就去我家吃饭。”

车子停下，原来已经到她家楼下了。

俞菲深深地觉得自己又掉入一个大坑，而且隐隐觉得她在这个坑里越陷越深，有种再也爬不出来的预感。

俞菲从来都不是性格柔软的人，至今为止，每到一个阶段，她都有不同的变化。

少女时清秀高傲，成年时清丽倔强，如今是清艳柔美，即使平时性格趋于和顺，那也是因为她不愿惹麻烦事，可一旦触及她的底线，她立刻便会张开羽刺反向攻击，非杀得对方片甲不留才会收手。

但她无法对江时戈竖起盔甲，不仅仅是因为他帮过她，也是因为她先动了情。

爱情当中，谁先陷落，谁便是弱者，反复挣扎也无可奈何。

俞菲没有回答他，打开车门小跑着进楼里。

江时戈看着她的背影，隔了片刻才启动车离开。

两人都没注意小区门口站着一个人，眼神狠厉，带着满腔的怨愤怒视他们，死死地盯着江时戈的车直到消失，还站在雨中不肯离开。

回到家里躺在床上，俞菲脑子里都是今天发生的事情，无法忘却，她惯用的方法似乎不再奏效，明明以前很有用的。

这些年来，她一直不断地忘记过去。

她前二十年的人生太过顺风顺水，父亲为她挡去外面所有的风霜，在温室里活了那么多年，还以为自己有多厉害，其实只是个空壳子。

父亲没了，母亲又变成那样，她只能靠自己一步步地坚持，怎么敢回忆过去，连对比一下都不愿去想，她是真的怕，怕一想起从前，想起父亲，就走不动了。

只有忘记过去，她才能强撑着往下走。

通过不断地暗示自己，她成功了，真的忘记了许多，只看眼前的事情，今天遇到那个叫何溪的人，她能隐约想起当时有多讨厌他，就算厌恶那么深，五年过去，她也不记得了。

这样很好，她做得很好，以后也要这样做。

那天之后俞菲开始躲着江时戈，也是不想再受他时冷时热的态度影响，她的想法很简单，惹不起我还躲不起吗？

结果……真的躲不掉。

江时戈来的次数不多，可偏偏每次都能抓到她下班的时间，也没有一直等着她，时间刚巧得在她出门时堵住，她连跑的机会都没有。

不管怎么说，他帮过她，她也不能朝他发脾气，委婉地和他说不要来餐厅，他三两句就把话头拨开，真是软硬不吃。

但她也有自己的办法，毕竟她拒绝人的经验不少，下班时拉着同事一起走，对于他的邀约更是婉拒，他也并非热情之人，这样一来，一个月他们也没怎么见面。这期间，她涨了工资，她带着妈妈去了以前常光顾的餐厅吃饭，还逛街买了新衣服，王颜全程十分高兴，只是偶尔会闪一下神，似有心事。

这一天，俞菲再躲不过去了，因为江时戈开车专门来接她，不只是他自己，还有谈清让，这让她实在无法在谈清让面前说出拒绝的理由，便上了车。到达地点时才知道，原来是一家KTV。

他们进去，江时戈带着两人往前走。

到了房间门口，江时戈转身对俞菲说：“其实这地方有点儿乱，你要是想走也没关系。”

他说这话时神情很认真，双眸紧紧地看着她，像是建议，也像是劝阻。

俞菲忽地有点儿恍惚，突然有一种感觉，对他说的话有些熟悉，好像很久之前经历过，也有人这样劝她，她垂眸想了下，没有任何记忆，是错觉吧……

后来的后来，她才知道，那不是错觉，是事实。

然而现在她对他说："没事的。"

江时戈仿佛早有预料，表情带着冷意："那好。"日后你要记得，这都是你作茧自缚的结果。

他进去时，里面有人喊："江哥来了！"

江时戈带着俞菲进去，大家刚开始看到他时都江哥地喊，当看到他身后的俞菲时脸上的表情各有不同，连本来在前面唱歌的人都停了，关注地看着他们。

屋里四男两女，都在看着俞菲，其中有个女孩儿的表情，俞菲一看就觉得不太对劲儿。

江时戈走到她旁边，轻声介绍："这是我朋友，俞菲。"

"朋友？江哥你第一次带人来哦。"

"你别瞎搅和成吗？！"那个表情不对的女孩儿喊了句，站起身拉住俞菲的胳膊，"你好，我叫林彤，坐这边吧。"

俞菲感受到她的敌意，挣开她的手："你好，谢谢，不必客气的。"

江时戈坐下，叫林彤的女孩儿坐到江时戈身边，几人围着江时戈说话，他都是一副淡淡的表情。

没过一会儿，林彤走过来："俞菲姐，一起来玩啊。"

俞菲挑下眉，说："叫我俞菲就行。"

"好吧，那你来玩吗？"

江时戈坐的方向正在她对面，隔着人群，他很专注地看着她，嘴角轻弯朝她笑了下，随即又恢复沉静淡漠的表情。

原本的想法改变，她说："好哇，玩什么？"

林彤没想到她真的答应。

然后，一群人闹哄哄地要玩“真心话大冒险”，林彤提议的，目的很明确。

谈清让表示不想玩，起身到前面唱歌去了，众人刚拿出骰子玩起来的时候，他的歌声响起。

江时戈叠着双腿，抽出一支烟，打火机“咔”的一声点着，昏暗的房间内他的表情半明半暗。

“我赢了！”林彤激动地喊一声，骰子点数正对着江时戈，她看着他，眼睛闪闪，“你选‘真心话’，还是‘大冒险’？”

江时戈说：“‘真心话’吧。”

林彤得了机会，问了个在场人都能猜出的问题：“你有喜欢的人吗？”

他利落地回：“有。”

林彤看着他：“那现在这个人在这里吗？”

江时戈歪头：“每次只能问一个问题。”

林彤不甘心地咬唇。

下一局该江时戈了，他稍稍倾身拿起骰子，有一瞬间，他似乎抬头看了俞菲一眼，视线刚刚碰上，他便转移了方向。

骰子落下，点数正中俞菲。

这群人当中俞菲是唯一的生人，而且还是江时戈带来的，就算他说是朋友，两人的关系大家也是心知肚明，他们不约而同地看了眼林彤，对江时戈接下来的动作十分期待。

他朝俞菲笑了笑，表情暧昧又危险：“你选什么？”

他一对她笑，林彤看她的眼神就像看仇人一样，她想了下：“‘真心话’。”

大伙估摸着肯定会问感情问题，都想好好闹一番，结果江时戈问了句：“你来过这里几次？”

这话一出，有人顿时就忍不住了：“江哥，不带你这么放水的啊，护人也不能这么明显吧？”

江时戈沉默地吸烟，透过烟雾盯着俞菲。旁边的人暗示俞菲说话缓解气氛，她直接道：“今天第一次。”

大家不是很在意她的回答，主要就是想翻过刚刚那茬儿。

江时戈又问了句：“只有这一次？”现在他倒是不追究什么只能问一次了，不过俞菲也没在意，毕竟也不是什么情感问题。

“是啊。”她随意说，然后回头看了门一眼，心下有点儿担心，“你们先玩，我去趟洗手间。”说完她站起来走了出去。

俞菲出去后，有人说：“江哥，是不是我惹她不高兴了？”

“她不是那种人。”说这话时，江时戈的表情清冷淡漠，眼睛轻眯，饮水时喉结上下轻轻滚动，在昏暗的房间内有一种惑人的吸引力。

林彤看得心脏怦怦直跳，脑中有了计划，抓起骰子喊：“接着玩啊。”

江时戈弹了下烟灰，站起来：“你们玩吧，我出去透个气。”

林彤看他跟着俞菲也走了出去，表情顿时垮了下来。她旁边的朋友劝她：“好了，不是早就知道他这样，那个女人肯定也没什么，别担心。”

“不是的，”林彤低着头，想起刚刚江时戈朝俞菲笑的样子，心底的旋涡越来越大，她轻声说，“不一样——”

朋友问：“什么不一样？”

林彤摇头没回答，只是默默想，他对这个俞菲……和对其他人不太一样。

KTV地方很大，俞菲没找到洗手间，走了好一会儿到了前面的落地窗边，这边人少安静，倒是令人心情平静。

她的眼神越过窗户，看着楼下一盏路灯时出了神。

有些记忆深埋脑海，好似已经遗忘，可当触及场景时就会像电脑点击文件一样跳跃出来，一幅幅画面争先恐后地涌入脑海，俞菲突然记起一件事。

她想到刚刚江时戈的问题。

——你第几次来这里?

——今天第一次。

——只有这一次?

——是啊。

不对，她以前来过这里，很久之前，在她还在上大学的时候。

那时，她也是站在这里，低头看下面的路灯，但是，她在看什么?

第三章
最初的招惹

五年前，冷饮店，俞菲和七八个人吃完东西，正待在店里消磨时间。

俞菲倚靠在椅子上，把玩着手机，这是她爸给她买的市面上最新款的高档手机，她喜欢得很，觉得各种功能都有趣。

一人靠过来，是何溪，他说："俞菲，你这手机真好看，借我用用呗。"

俞菲睇了一眼，看到他时露出轻蔑的表情："凭什么啊。"

何溪摸摸自己的黄头发，想了下说："朋友嘛，借着玩也没关系吧。"

"我们熟吗？"她不耐烦地说，"离我远点儿。"这人总围着自己身边转还老想着占便宜，她真是烦死他了。

说这话时俞菲瞥了他一下，眸光闪烁，娇艳无比。就算是被赶何溪也不觉得生气，真恨不得她再骂自己两句，看他几眼。

他的视线从她的脖颈流连到胸前，越过平坦的小腹到那一双又白又直的长腿上。

俞菲今天穿了件牛仔短裤，踏着一双高跟鞋，脚上染着绯红的指甲油，显得两只脚纤细嫩白。

“喂！”她冷不丁喊了一声。

何溪的视线转向她的脸，她脸色不豫：“你别坐我旁边了，你跟那个谁……”她看了一圈，指了指角落里一直安静的少年，“你过来换一下。”

何溪不愿意：“为什么啊？”

俞菲双腿交叠，嘲讽道：“我怕你口水流一地，店老板还得花钱去买清洁剂消毒。”

“哈哈哈！”这话一出，周围七八个人都忍不住哄笑开了，还有人趁机调笑逗趣。

何溪脸色变青，站起身走出冷饮店，一群人没在意他，只推搡着角落里的少年，在众人的嬉笑中，少年坐到了俞菲的身边。

少年虽然沉默，但他的坐姿很正，俞菲瘫软到椅子上，眼神轻佻，高跟鞋碰碰他的腿，懒懒地说：“坐这么直干什么，不累啊？”

少年看起来很紧张，隔了一会儿才说：“还……还好。”

她轻笑了声，觉得他的反应挺好玩，靠近他说：“你叫小江是吧，是长江的江，还是生姜的姜？”

“……长江的江。”

她还想逗逗他，何溪又进来了，黄色头发下那张黝黑的脸上带着笑容，就像不记得刚刚的事情一样：“我哥们儿刚跟我说有一地方挺好玩的，大家要不要去啊？”

一群人来了精神，问：“什么地儿啊？”

“永兴最大的KTV，离这儿不远，重新装修得超级豪华，可好玩了！”

他们当然想去，但没一个消费得起。有男生笑着说：“菲姐，去呗！”

俞菲还没说话，身旁的少年先开了口："那地方不好，还是别去了。"

这阵子都是这个小江付的钱，就算看他年纪小也不能得罪，一女生哄着说："有什么不好哇，小江你不会怕吧？姐姐罩着你，去吧。"

少年听着那女生的语气皱了眉，但还是不说话。

大家看他不愿意都出言劝他，俞菲见他们的注意力都放到他身上，心里有点儿不舒服，本来的想法改变，她站起身说："别说了，走吧。"低头瞥了身旁的人一眼，"你去不去？"

少年抿着唇不说话。

俞菲没那么多耐性，心想爱去不去，她大手一挥："你们先出去打车。"

反正有人付钱就行了，众人欢呼一声，结伴走出冷饮店。何溪站在门口，看着付账的俞菲，脸上露出一个得意的表情。

俞菲走出店门，那几个人竟然已经打车走了，俞菲低斥一句，懒得说什么，刚要去前面打车，一个人站到她前面拦住路。

是那个叫小江的少年，他低头站在她面前，像是鼓起很大的勇气，可说出的话就显得十分底气不足了："你……你别去，那地方什么人都有，太乱了。"他犹豫了一会儿，小声说，"你不想去就不要去。"

他在劝阻她，而且确实说中了她的心情，这种被洞悉的感觉让俞菲不太舒服。

"你抬起头。"她说。

少年缓缓地抬头看向她，视线刚和她撞上，脸颊绯红地马上别过脸。

"你喜欢我吧？"俞菲抱着双臂眯起眼，对挡在她面前的少年说，"叫我一声姐姐，我就亲你一下，怎么样？"

在她的注视下，少年精致的面孔染红，那声姐姐最终还是没叫出声。

少年的脸变得通红，连脖颈都染上颜色，俞菲看着他晕红的耳朵，觉得真像一只害羞胆怯的小白兔。

她仔细地看了看他，实际上，她对他印象不深，只知道他不太爱说话，一起玩也总是在一边静静坐着，不过说起来，他长得的确好看。

他皮肤很白，眼睛透黑，睫毛长得像小刷子一样，鼻梁高挺，样貌精致俊美，是个真正的美少年。说是少年，因为他看起来年纪确实不大，个子虽然比她高，可神情骗不了人。

就像现在，他挡在她面前，被她调戏得手足无措。她转念一想，可就算这样，他也没有让开。

俞菲笑了一下，上前揉揉他的脑袋："小孩子就别出来玩了，小心真被怪姐姐骗走。"

他愣住了，完全没有预料到她的动作，整个人像只被煮熟的虾，红透了脸低着头，过了会儿小声说："我十八了。"

她没忍住，"扑哧"一声笑出来，刚要说什么手机铃声响了，她接起，那群人开始催她了。

俞菲说了几句把手机放回兜里，歪头看他："我要是非去你能怎么样？"

"我……"他迟疑着什么也说不出口。

俞菲忍俊不禁，直接越过他往前走，他反应过来又挡在她面前，她看着他"啧"了一声："真要叫姐姐呀，叫吧。"

他最恨自己比她小，本来就不甘心，怎么肯叫她姐姐。他努力平复自己急促的心跳，吸了一口气说："你别和他们在一起，他们就是为了你的钱……"

俞菲有点儿烦躁了："关你什么事，我爸都没管我你来瞎凑什么热闹，走开。"她推开他，街边正好有辆出租车，拉开车门进去说了地址，再没理他。

俞菲拿着手机刷消息，天色渐暗，司机在前面骂了句："什么鬼天气啊，说下雨就下雨。”

她看了眼窗外，真的淅淅沥沥地下起小雨来，还好路程不远，她很快就到了目的地。何溪他们已经在柜台前面等着了，看到她来喜笑颜开地让她挑房间，她随便选了个，接下来他们就开始点各种酒和吃的。

看着他们欢喜兴奋的脸，俞菲突然有些胸闷：“你们点吧，我先上去了。”

有几个零零散散地应了几声，俞菲就自己上去了，等到一群人都走了，何溪趁机转身去了另外一个包房。

“王哥，我来了。”

叫王哥的是个四十多岁的男人，脸上有道疤，看到何溪来他把兜里的东西扔到桌上，何溪忙拿起来，他斜睨着说：“小子，你可别玩脱了，你出事不要紧，可别拖累不相干的人。”

“王哥你放心吧。”何溪谄媚地笑道，“屋里那么暗，我和他们都熟，谁能发觉啊。那小妞带劲儿着呢，等她迷糊了，我往外一扛说送她回家，不会有人管的。然后我就把人送这儿来，事情办成了，哪个女人会说出去，敲她两笔都可以。”

王哥摆摆手示意他走。

何溪点头哈腰地出去，走到俞菲订的包房门前，他摸摸兜里的药，她不是觉得他配不上她嘛，没关系，把她搞臭了，到时候要她跪下求他！

一想到美丽高傲的俞菲会祈求哭泣，他就得意得不行。

推门进去，一眼就看到了坐在中间的俞菲，他走过去倒杯酒递给她：“菲姐，喝点儿啊。”

俞菲冷冷地看他一眼，觉得他像个小流氓似的：“刚才在冷饮店早喝够了。”

何溪坐到她身边，劝道：“饮料和酒能一样嘛。”

她心烦得很，看到他更甚，不客气地说：“让你坐这儿了吗？”

何溪的脸抽搐两下，心想今天以后看你还敢用这种语气和我说话。可现在他只能把酒放到正对着她的桌子上，嘿嘿两声走了。他坐到边上和别人说话，时不时地转头看俞菲有没有动那杯酒。等了一阵子，他见俞菲起身出去，着急地喊："菲姐，你上哪儿啊？"

俞菲头都不回："上厕所，愿意来你就来。"

这地方很大，俞菲转了一圈才找到卫生间，出来后又迷路了。包房里面乌烟瘴气的，她一时也没想回去，走了两分钟她看到前面有落地窗。

窗外乌云蔽日，雷雨倾泻，真和那出租车司机说的一样——鬼天气。

她靠着柱子拿出手机，想起爸爸说这个月要出差又不能回家，妈妈也和阿姨们去搓麻将了，回到家也是自己一个人。她叹口气，看窗外人们撑起的伞就像一朵朵小蘑菇，她轻轻微笑，无意间注意到一个不对劲儿的人。

路灯下，有一个人站在那里，似乎正在看KTV的正门。大雨滂沱，他整个人都被浇透了，即使距离不近，也能看出那异常苍白的脸色。

俞菲仔细观察他的穿着，认出后忍不住低骂了一句："这个傻子！"

她想了想转身走了，怎么也找不到原来的包房，又不愿意去问侍应生，十几分钟后又回到那扇窗前。

这次多了一个人，有人撑着伞站在他身边，可他还是不走。

俞菲的手机响起来，她接起听了几句，说："我知道了。"

挂掉手机，拉住路过的侍应生让他给自己带路回包房，俞菲刚要推门进去，就听到有个女声说："她都说上厕所了，你就这么想她啊？再说了，俞菲本来就是应该掏钱的，否则她那个性格谁跟她玩啊？"

“小点儿声。”是何溪的声音，“你先把麦克风关了。”

俞菲没有进去，她当然知道这帮人为什么聚在她面前，他们把她当冤大头，她把他们当玩乐，既然她爽了，花那点儿钱没什么心疼的。

不过花着钱还被骂，她就不乐意了。

反正里面没她的东西，也没必要通知他们了，她随即转身让另外一个侍应生带自己出去。

俞菲独自站在KTV门口等车，十多分钟后拦到了，进车前她转头看了眼路灯下，他还站在那里。

司机喊了句：“姑娘上车不？”

“哦。”俞菲缓过神来，进去了。

这次她直接回了家，就算没人，那也是她的家。

几分钟后，何溪给她打了电话，俞菲拒接了。她忍不住轻笑起来，谁叫他们非要去那么贵的KTV，真以为她是傻子吗？

过了一会儿，她发了一条短信，很快被回复，她看过之后放心了。

没过多久，那群人接连给她打电话，她直接把手机关机，靠着椅背看向窗外，天空黑压压的，车辆急速驶过。

她不是傻子，可有人是，不过，傻得挺可爱的。

俞菲突然想起这件事，她低头看着路灯笑了下，原来她曾经被人这样喜欢过。现在想起那个少年的举动，她心中不禁一暖，那时太年轻，学不会低头，其实就算是过去让他回家也好哇，以前的自己实在是太不懂人情。

唏嘘片刻，她转身见到了侍应生，找到卫生间后，回去的途中遇到了出来透气的江时戈，两人结伴一起走回包厢。

里面热闹非常，游戏已经结束，年轻人三三两两地凑在一起又笑又闹，那两个小姑娘挤在俞菲身边劝酒，到最后她喝得半醉，还是江时戈解围把她救了出来。

时间已经很晚了，江时戈开车送俞菲回家。

俞菲迷迷糊糊地靠在椅背上，她很久没喝酒了，又是几乎什么都没吃连喝了那么多杯，一下子就进入酒醉状态。

江时戈单手把着方向盘，若有所思地看着前面，表情有点儿冷，不知在想什么。突然，他感到右手一热。

俞菲摸着他的手背笑了笑，对他说："小哥皮肤挺嫩啊！"

江时戈："……"

她醉了，估计完全不知道自己在说什么，脸颊酡红，眼睛亮晶晶的，像是在闪光，江时戈看到心下一紧，马上移开手。

俞菲双唇微嘟，声音娇漫："真小气，摸一下都不行。"

他的心脏跳起来，紧抿着唇，夜色中的侧脸清俊白皙，轮廓分明，从额头到下颌直至脖颈微凸的喉结有一种如同夜神的性感。她看得动了心，到了红绿灯时，江时戈把车刚停下，她的手又伸过来了。她这次摸向江时戈的脸，边摸边评价："你好白啊！"她突然蹭过来抱住他一只胳膊仔细观察他的脸，然后毫不客气地伸手又摸了一把，"滑滑的。"

江时戈顿时觉得浑身燥热，身上的其他感官都消失，只感受到脸上的触感，可理智还在，他单手把她扯下来，按到座位上快速给她系上安全带，声音严肃冷厉："不准乱动！"

俞菲被凶后眼巴巴地看着他，可怜兮兮的。

江时戈心中软了一块，又有些欣喜，发现了她的另一面，他觉得新奇又有趣，而且酒醉后人的精神状态最放松，她的表现可以说明他的猜测。

绿灯了，他开车，见俞菲闷闷不乐的样子，他默默把手放到她旁边。

俞菲瞟了他一眼，手指轻轻摸他的指尖，见他没发现窃喜地笑，然后小心翼翼地摸，偶尔他的手会拿开一下，然后又放到她身边。

快到俞菲家，他把车速放慢些进入小区，见她还笑吟吟地看他，他挑了下眉开口问："这么喜欢玩我的手？"

她眯着眼"嗯"了声。

半醉的她皮肤带着一层红晕，眼眸清亮，娇憨无限，笑着看他的样子如桃花般娇艳。江时戈小腹一紧，伸手摸了摸她的脸，指下肌肤细润如脂，粉光若腻，他低声喊她："俞菲——"

她歪头蹭了蹭他的掌心，声音轻软："嗯？"

他靠了过去，哑声说："你总是这么招我。"

她不解其意，微启双唇轻轻地"啊"了一声，片刻后，唇上一热。

第二天俞菲醒来时，都不记得自己怎么回的家，不过想想也猜到估计是江时戈把她送上来的。对于两人越陷越深的关系，俞菲扶额叹息，暗暗告诉自己以后不能再喝酒了。

可她没想到江时戈来得让她猝不及防，一清早接到他的电话时，他已经在她家楼下等着了。

这时候，找借口都没理由，只能抓紧时间梳洗出门，临走的时候觉得奇怪，妈妈好像不在家？

这时候江时戈的电话又打了过来，她匆忙下楼，果然看到了他的车，她从善如流地进到车里，他露出一个微笑。

"饿了吗，附近有家店小笼包不错，现在去吧？"

俞菲犹豫了，她现在对他感觉很复杂，不知道他到底想干什么，拒绝时又觉得力不从心，还好这时手机响了。

她想着正好可以借故拒绝，来电是个陌生号码，她接起。

江时戈注意到俞菲的脸色越来越难看，接连问了好多问题，她着急地喊："你们别报警，我这就过去！"

挂掉电话后，她说："你把我放下吧。"

江时戈："你要去哪儿，我带你去。"

俞菲迟疑了两秒，也顾不得什么说了地址。

俞菲说的地址位于永兴市中心的一家大型商场，她看起来很焦虑，不断地揉着双手，江时戈问她怎么了，她只是皱眉摇头。

到了地方，俞菲迫不及待地跑进去，江时戈很快锁住车跟在她身后。

她坐电梯到了四楼，同时给对方打电话，找到了店铺位置，给她打电话的店员指了指角落里，她侧头望去，神情一滞。

走过去蹲下来，她轻声喊："妈……"

王颜抬起头，满脸风霜，看到俞菲诧异地眨眼："菲菲啊，你怎么没上课啊？"

俞菲忍着泪意，吸了一口气说："我早就不念书了，妈你先起来。"

她把王颜从地上拉起来，注意到王颜手里攥着一个包，王颜把包递到她面前笑着说："妈给你买的，喜欢不？"

俞菲吸口气舒缓情绪，朝她点点头，把包拿走，轻声说："妈你在这儿等我一下啊。"

她走到店里把包放到柜台上，小心地赔着道歉："对不起啊，"缓了一瞬她继续说，"我妈……我妈她有点儿糊涂，真不是小偷，您就别报警了。"

店员斜睨她一眼，不满地说："你看把我这包弄得皱皱巴巴的。脑子有病就别出来晃，进我这店里跟打劫似的，拿了包就走，我叫她还跟我趾高气扬地喊——"

"对不起，真对不起——"

江时戈过来了，隔着玻璃窗看到俞菲正低头给人道歉："这包多少钱，我买可以吗？"

店员哼了声，让收银员给她开发票。

俞菲默默刷卡，王颜凑过来说："哎呀，这么麻烦，就像以前一样，东西拿走，钱到时候让他们来家里一起算嘛。"

店员还想说什么，俞菲拦了下，对她说："谢谢了。"

店员“啧”了声，也没往下说，这年头家家都有难言的苦，事情既然解决了也没必要再刺激对方，真犯病了到时候被赖上的反而是她呢。

江时戈看着俞菲息事宁人地快速解决了事情，显然她已经十分熟练，表明这类事情并不是首次发生。从始至终他都没有进到店里，他知道现在自己出现只会让她更加难堪。可如果事情失控，她需要他时，他再进去。

他的视线投向俞菲身边的王颜，王颜年轻时是个娇美的女人，就算上了岁数，依然保有良好的身材和习惯。她的头发盘得很细致，皮肤细白，脸上的皱纹较多，整体来看和平常人没有两样，甚至还更干净整洁，但他观察片刻后渐渐脸色阴沉，皱了眉头。

这时，走进去一个女人，浑身喷的香水很呛人，她口气很差地问店员：“怎么回事？我就走一会儿就出事了，还能不能干了？”

店员忙推卸责任，指着俞菲母女：“是她来店里偷东西，不能怪我啊店长……”

俞菲对那女人说：“东西我付过钱了，给你们店添麻烦了挺抱歉的。”

那女人看到俞菲后缓缓把太阳镜摘下，上下打量了她几秒：“你不认得我了？”

俞菲皱眉。

那女人呵呵笑，讽刺道：“您是大忙人，记不住我也正常，不过你既然偷了东西，这事儿就不能这么算了。”

俞菲心下一紧，表情严肃地看她。

那女人得意地看向俞菲：“大一的时候你告诉他们因为我说错话，就把我们全扔到KTV，你记得吧。”

俞菲看了那女人几眼，想起她就是在包房里骂她的那个人了。

"你当初害我丢了那么大的人，今天到你还债的时候了。"

俞菲禁不住冷笑一声，这世上倒打一耙的人真是不少。

"你想报警的话可以，正好我也一起了。"俞菲微笑，"专卖店竟敢私自弄假货掺着卖，你以为我看不出来？至于证据嘛，"俞菲掂了掂手里的包，"现成的就在这儿呢。"

看着对方怒不可遏的扭曲脸庞，俞菲露出解气的笑容，不要以为她家道中落就可以任人欺辱，这么多年熬过来，没几分本事怎么熬得过来。

更何况，她不会允许任何人伤害她妈妈！

两分钟后，俞菲拉着王颜出来："妈，我们回家。"

"嗯。"

她抬眼看了下不远处的江时戈，继而低头往前走，江时戈沉默地跟在她们身后。

俞菲现在只想快点儿把妈妈送回家。出了商场没走多久，王颜突然停住脚步，她从俞菲的手中抽出自己的胳膊快速往前走，在一辆黑色轿车前停下，俞菲跑过去问："妈，怎么了？"

王颜回头看了眼正从商场门口出来的江时戈，表情森冷地瞪俞菲："他是谁？"

俞菲转身也看到了江时戈，她这才认出面前的车是他的，她张口想要解释，王颜的手却挥了过来！她啪地打了俞菲一巴掌，咬牙切齿地愤怒喊："你敢骗我！你不是说你没有男朋友吗？这车就是那小子的对不对！别想再骗我，那天下雨我看到他送你回家了！"

"你才多大啊，怎么能这么乱搞男女关系呢？你知道楼下赵婶和那些邻居说得有多难听吗？"她狠狠抓住俞菲的胳膊，用了十足的力道，"你把他带回家了，对不对？"

见俞菲沉默，王颜急了："你说话啊！"

俞菲刚开始被她打得一怔，脸上慢慢显出红印。听到妈妈说出那些话后，她的心反而渐渐平静了，她低头看着王颜，轻声细语说："回家我再跟你说。"

"不行！"王颜很激动，"就现在说，我去把那个男人叫过来！"

"妈！"俞菲喊她，对着她缓缓道，"你如果现在不回家的话，那我以后也不会回去了。"

王颜激动的表情变得沉重，她低头想了一会儿才朝前走去。

俞菲到街边打车回家，路上王颜一直抿着嘴沉默，低压的气氛充斥萦绕。

出租车开到家楼下，王颜先走了，俞菲付了钱后，慢慢爬楼梯上去。

推开家门，俞菲就见王颜坐在椅子上表情哀苦，估计就等着她回来了。

这些年来她早就习惯这一套了，先是怒骂，再是哭诉，可王颜这是第一次动手。她意识到不能再这样下去，人的行为一旦转化为暴力，如果再不制止，事情就会失去控制，等到恶化后，那时她就是再想帮自己妈妈也没用了。

王颜见她进来，严肃地说："菲菲，你拿凳子坐到妈妈前面。"

俞菲依言坐到她面前。

王颜语重心长地劝："菲菲啊，妈妈也知道你已经二十一岁了，对某些事情会好奇，但不能这样的。你要爱惜自己，听妈的话，跟那人断了！现在就打电话，当着妈的面打！"

俞菲知道，一旦她抗拒，妈妈立刻会大吵大闹地嘶吼，不断说以前的事情来刺激她，非逼着她答应才行。

"妈，我以前和你说过，我已经二十六了。可能你忘了，但我已经不是二十一岁了，我们家早破产了，爸爸也死了……"

"够了，不要再说了！"王颜朝她吼，"你爸爸那么疼你，你怎么能说你爸爸死了呢？他就是出去做生意没回来，还没回来！”

“爸爸死在路上了，他回不来了。”

王颜再次扬起手，俞菲等着巴掌落下，但没有。

她抬起头，看到妈妈满面的泪，举着的手掌轻轻颤抖，她顿时觉得心里苦极了，站起身劝说：“妈，我们去看医生吧……”

“我没病！我不去！”王颜大喊，“你爸没死，大海没死！”她跑回屋，“哐”的一声关上房门，把俞菲留在外面，也仿佛把一切真相都堵在外面，不肯听，不肯看，只愿去了解自己能够接受的。

俞菲站在客厅里久久没有动弹。

然后她给餐厅打电话请假，之后打给了江时戈，她已经下定决心，他接起后她直接问：“你在哪儿？”

江时戈说：“你家路口。”

她下楼，很快找到江时戈的车，拉开车门她坐进去。

江时戈侧过脸静静地看着她，他总是这样沉静，用他那双墨黑的眼睛专注地望着她。她每次看到他的眼睛，都会不禁心跳加速，总觉得他看自己的眼神和其他人不一样，那双眼睛里好像有股力量在不断地把自己拉向他。

她抗拒着，躲避着，可仍旧在一步步地朝他走，但现在，她走不下去了。

俞菲与江时戈对视了一会儿，低下头说：“今天麻烦你了。”

他片刻后才回：“没什么。”他发觉到她的不一样了。

俞菲问他：“有烟吗？”

“有。”江时戈说，“但吸烟对身体不好。”

俞菲被他逗乐，瞥他一眼：“那之前是谁在车里吸烟的？”

“你不一样。”

他自己的身体自己不在意，倒是在乎她的身体好不好。

俞菲很想说你又用这种话来扰乱我了，可她只是叹口气，说：“算了。”她看向窗外，语气淡冷，“我才回永兴市不久，你知道的吧。”

“嗯。”

“其实不是我想回来，是我妈想回来。如果不是她，我真想这辈子都不再来这里。”

江时戈的语气有点儿冷：“为什么？”

“因为……害怕。”

这个回答有点儿出乎他的意料，他以为她会说这里没有让她想念的，或者是没必要，但她竟然会说自己害怕。

下午的天气最是炙热，江时戈开了空调，俞菲不觉得凉爽甚至有点儿冷。

“我上大学的时候我爸做生意在山里出车祸死了，车和尸体一起掉下悬崖找都找不到。我爸过世后我才知道家里已经欠了不少外债，好不容易把房子和值钱的东西都卖了之后才终于还清了。后来，在我爸的葬礼上，那个泼我酒精的女人拿着刀子来闹，我妈吓到了，然后……她就病了。”

她说这些话时江时戈注视着她，她表情平静，语气清淡，仿佛不是在说自己身上发生的事情一样，没有任何情绪。

江时戈突然明白为何俞菲的性格会变化这样大，经过这些事，她身上的尖锐早就被磨平了，羽刺只有在自身和朋友受到威胁时才会再次露出。

江时戈心口钝痛，开始矛盾起来，转过脸不再看她。

她的声音又响起，变得有些凄怆：“我妈不是身体生病，而是——”不愿说出那个词，“她忘了很多东西，忘记了我爸爸的死，还以为他在回家的路上。当我是二十一岁，家里还很富裕。我赚不到钱的时候，她以为是我把钱都花了，我工作回家晚，也当我是出去玩乐。房子不一样了，她就以为是在旅游，似乎总能给自己找到合适的理由，但就是不相信我爸死了。”

“我带她去看过心理医生，医生开了药，只是去了几次她就不肯再去了，不断地反抗，后来就放弃了。但即使我妈这样，我也不会不管她。”她侧过头，轻声说，“我家没钱，我爸死了，我妈又病着，今天这样的麻烦以后还会发生。”

她喊他一声：“江时戈。”

他看向她，双眸暗沉，静如深潭。

她露出一个苦涩的笑容，轻声说：“不要再来找我了。”

俞菲打开车门离开，慢慢走回家。天空云层叆叇，阳光照在她身上，她却冷得发颤。

这样也好，不再因为他心跳慌乱，害怕越陷越深，她要的不就是这样吗？

走到小区前手腕突然被抓住，她转头看到了他，他把她拉到小区门口凸出的建筑物旁边，正好形成一个死角可以遮挡住周遭的视线。

江时戈的表情一如从前般沉静，他拉住她的手没放开，俞菲挣了两下没挣开，抬头盯着他。

话说到这个地步，他还想干什么呢？

自己已经表明得很清楚了，玩，她没那个时间精力；来真的，她更不是适合他的人。

就这样当个偶尔联系的普通朋友已经挺好的了，不要再加深彼此的锁链，让他们越缠越紧。

他上前一步，距离她更近，低下头遮住了阳光，他很认真地说：“你接下来要怎么做？”

俞菲移开视线，没有开口。

“你母亲的情况已经很严重了。她需要马上治疗，否则病情会越来越严重，你也会受到她的影响。你不能让情况再恶化下去。她在逃避，但你不能。”

他每说一句，她都跟着颤抖一下。

他拉着自己的手宽大温热，像是深渊中投射进来的一束阳光照在她身上，那样暖意洋洋，让她贪恋得舍不得放开。

可是，她害怕，抓住唯一的希望之后，他又放手了，自己怎么办？

她记得他以前说过他喜欢玩赛车，玩腻之后就放弃了。如果他只是一时兴起，她不顾一切地扑过去之后，迎接她的不是温暖的光，而是燃烧的烈火怎么办？

她怎么办？

他看出她在颤抖，不禁握住她的肩头，缓声说："我会找专业的医生为你母亲治疗，我也会在一旁协助。"

"为什么？"她霍然抬头看着他，压抑着内心的情绪质问，"为什么要帮我，偏偏要帮我？"

"因为我不想看你过得这么辛苦，因为我心疼。"

他的话像是一只大手推开了她的心门，她再无法掩饰，彻彻底底地暴露在他面前。

俞菲低下头，声音带着哭腔和颤抖："江时戈你别这样，我玩不起的。"

江时戈深深地看着她，又听到她说："我真的不知道你到底想怎么样——"

他伸手捏住她的下巴，迫使她抬起头，她听到他低沉喑哑的嗓音说："我想这样。"

他堵住她的唇，她刚开始还慌乱地挣扎，可不一会儿就陷入他温暖的怀里，安顺又脆弱地接受他的亲吻。

他将她压在墙壁上，狠狠地亲吻，彼此火热的呼吸让她的身体变得酥软，他搂住她的腰，那样紧实有力，像是要将她融到他的身体里。

她从他的反应中感受到他想表达的话，一个人的肢体动作远比任何言语更加直接。

终于，她伸出手，轻轻地搂住了他的腰。

他僵住了，稍稍起身低头看着她的脸。

俞菲眼波流转，唇已经被他吻得染上颜色。

他那样专注地望着她，她羞怯地转过头，可很快她移回视线，眼神轻柔地望向他。

他们对视了很久，忽地，江时戈笑了，不同于之前的笑容，现在他笑得自然满足，真和俞菲最初想的一样，如初雪将融般美丽。

他低下头，俞菲闭了眼，湿热的触感再次传来，她上前一步，紧紧地拥抱住她的火焰。

不知过了多久，他们分开，江时戈将俞菲搂在怀里，彼此都在喘着粗气。

她靠在他的胸膛上听到他有力的心跳，粲然一笑。

江时戈将脸贴在她的头发上，轻声低语："终于，抓住你了。"

俞菲因为担心家里的妈妈要回去，江时戈握着她的手说明天来找她，她没有拒绝。

第二天一早她去上班，王颜的门关着，她朝门的方向说："妈，我上班去了。"

没有回答，俞菲抿着唇去上班。

下午，俞菲弹琴的时候注意到之前的一位客人又来了，她记得对方叫柏楼，挺特别的名字。

他坐在靠近她的餐桌，听到她的琴声后惊艳微笑。

难得有人这样欣赏自己的琴声，俞菲也很愉悦，失去了从前的家产，靠自己赢得他人的真心赞同与赏识，这令她更加高兴，甚至想等会儿去问问他想听什么曲子。只是似乎不巧，中间他接了个电话，朝她点头笑笑之后就结账离开了。

虽有些遗憾，但俞菲也没有过多地放在心上，下班之后她直接回了家里，因为还担心家里的妈妈。

回到家后屋内依旧安静，俞菲放下包后突然注意到王颜的房门开了一条缝。她心头一紧，走过去推开房门，屋内整洁如新，但日用品和照片都没有了。她连忙将衣柜打开，里面的衣服都消失了！

在屋里转了一圈，终于在床头找到一张字条：菲菲，妈去机场了，你也收拾行李过来，八点的飞机。

俞菲立刻抓起桌上的包跑出去，拦了辆出租车："师傅，南头飞机场，快点儿！"

司机加速开车。

俞菲焦急地给妈妈打电话，但打了几次她都不接，气得把手机一摔重重地靠在椅背上。

她真想不通妈妈想干什么，当初哭着说要回永兴市，她把原来的工作辞掉，花光了积蓄才回到这里，现在竟然又要离开！

俞菲意识到，就像江时戈说的，不能再逃避了，否则妈妈的情况会越来越糟。

离飞机起飞不到一个小时，给妈妈打电话已经是关机状态，她的手机也快没电了。

她心底焦急万分，要是妈妈真的独自坐上飞机走了，她是一定要找的，到时候可能连现在的工作也保不住，还有江时戈……

她扶着额头叹口气，疲惫感再次袭向全身，仿佛进入深深的黑洞之中，永无明日地蜷缩。

手机振动，她低头一看，是江时戈的电话，心念一动，她连忙接起。

"喂。"

江时戈轻轻皱眉："你怎么了？"她的声音带着暗哑，明显不对劲儿，即使她在掩饰，他也辨出其中细微的情绪变化。

俞菲没想到他这么敏感，刚要回答时司机停车了，跟她说："姑娘到机场了，赶紧走吧，不然赶不上飞机了。"

想到妈妈，她耽搁不得："等下我再跟你说，我先走了——"话说到一半，手机已经没电自动关机了。

俞菲付了车费跑进去，候机大厅内人来人往，根本看不到王颜的身影，她焦急万分，只能一层层地找。

电话被挂断，江时戈再拨过去时无法接通，他的面上含着冷意，握着手机的指尖微微颤抖。

机场？她要走？

难道她要再一次地舍弃他吗？

昨天她明明没有拒绝，为什么今天就要突然离开？！

他疾步走出门，打开GPS，确认位置后开车驶向机场。

临近晚上八点，俞菲还在找王颜，检票口附近没有王颜的身影，俞菲急得满头是汗，双腿也走得酸疼，高跟鞋已经把脚磨破了，但她还是在仔细地找，不断地问路人有没有见过王颜。

怎么办，根本找不到妈妈，难道就等她来主动联系自己？

俞菲不想再这样，抬头看墙上的钟已经七点五十分，她想再去检票口看看，抬脚往前方走去，可还是看不到王颜，她的心越来越焦躁。

身后一阵疾风刮来，肩膀被大力握住，她的身体被转了个方向，瞬间整个人被紧紧抱住。

两只胳膊像铁箍一样锁住她的背脊，紧实的力道狠狠地将她搂在怀里！

俞菲先是惊诧，下一刻就要挣扎，可还没来得及用力，耳边响起低沉熟悉的嗓音："不准走。"

"你不准走。"江时戈身躯紧绷，手臂渐渐收紧，感受到怀里的女人没有挣扎，甚至还在轻轻拍他的背脊，找到她时的狂喜渐渐浇熄，情绪冷静下来。

他松开她，双手握住她的肩膀，低头凝视着她，眼神带怒："俞菲，你把我当什么人？"

俞菲一顿："啊？"

他冷下脸，神情如初遇般冷然："你怎么能这样说走就走！你有想过我吗？"

看到他的表情，俞菲心头一疼，他这样冷厉的神情自两人熟悉后她从未见过，她忽地有点儿怕，手足无措地解释："不是的——"

"那是什么，难道昨天你就是一时冲动，只是和我玩玩的？"

听到他这么说，即使知道他是在说气话，俞菲还是恼了，她咬住嘴唇："在你眼里我就是这种人吗？"

江时戈眉头一皱，虽怨恨她，可看到她这个样子他还是禁不住心疼。他伸手搂住她，她不愿意让他抱开始推他，力道不大，可表明了她的态度。

"对不起。"他的声音低得动人心弦，"我以为你走了，太着急才……"他没往下说，手上的力道又紧了紧。

俞菲心跳不断加快，气愤、激动、欣喜一时都交织着涌上心头上，眼前渐渐模糊。

以前晚上打工的时候，看到同事的男朋友接送回家，她有时会想，世界这么大，总会遇到自己的那个他，可即使认识这么多人，始终也没遇到，可现在她可以确认，她找到了。那个时时想着她，会担心她、心疼她、爱她的人，终于出现了。

泪意泛滥，她抱住江时戈，哽咽地说："我找不到我妈了，怎么办，江时戈？"

他心一紧，轻声问："怎么回事？"

俞菲简略地把事情说了一遍，江时戈表情凝重，握住她的胳膊安慰说："你别着急，我和你一起找。"他想起一件事，"你手机关机了？"

"嗯，没电了。"磨破了的脚跟太疼，她换了个重心站着。

江时戈低头注意到，把俞菲拉到座位上让她坐下。

"你在这儿等我。"没等她拒绝，他冷静地说，"你妈看到你肯定会躲起来不肯出来，还不如我去找，而且你在这里也可以看着她有没有过来检票。"

他镇定的态度影响到了俞菲，让她焦急的心也沉稳下来，随后她点头答应。

江时戈安顿好她，疼惜地擦干她眼角的泪，她心口一跳，抬头目光盈盈地望着他。她这样的眼神让江时戈小腹一紧，忍了忍，他起身去找王颜。

俞菲看着他的背影，眼底带柔，嘴角浮起淡淡的笑，原本焦灼的心情渐渐平息，仿若迷雾散去，黑暗尽离，她终于看清自己身在何处。

只因他的到来。

江时戈走到卫生间前面，一个女孩儿正从里面出来，他脸上浮起淡笑："你好，可以帮我一个忙吗？"

女孩儿见到他眼前一亮，积极地回："好哇，什么忙？"

江时戈将王颜的外貌给她形容了一下，女孩儿转身又进了卫生间，很快拎着行李的王颜走了出来。

王颜看到他后明显愤怒起来，兴冲冲地往前走，他并没去追，只是在她身后说了一句："你知道俞菲要被你逼死了吧。"

王颜霍然转头怒视他："你说什么？"

"难道不是吗？"江时戈冷冷道，"你自己想想，她现在已经变成什么样子了。"

"你……你胡说八道！"

见她仍执迷不悟，江时戈怒了："你还想你的女儿失去什么，工作、自由、家人，接下来是她的命吗？"

"别忘了你是她的母亲！"

王颜脑海混沌起来，想起自己的丈夫，又想到俞菲，最后眼前一黑，竟晕了过去。

江时戈上前扶住王颜，又找人去叫了俞菲，他把车钥匙给俞菲让她把车开过来，然后背着王颜，三人一同回了俞菲的家。

等到把王颜放到她房间的床上，俞菲问："你找到我妈时，她就睡着了？”

江时戈没回，揉揉她的头安慰：“她会没事的。”

俞菲表情仍是担忧不安，不过庆幸起码已经找到妈妈了。她把行李放到房间里，把手机充好电，出来时看到江时戈坐在饭桌边的椅子上，她停下了。

她家室内狭小，看到江时戈坐在那张凳腿都生锈的椅子上，她有些困窘。

江时戈说：“你妈估计很快就会醒，之后我想和她谈谈。”

对于这点俞菲还是有顾虑的，她说：“我妈知道我们的事了，本来就受到刺激，醒来再看到你她会更激动的。”而且上次妈妈气急时连她都打，更何况江时戈了。

“你不用担心，我会把握好尺度。我理解你母亲的心情，夫妻之间肯定有一个人会先走，留下来的是痛苦的那个。”

这话触动了俞菲，她何尝不知道妈妈一直沉浸在痛苦当中，所以才宁愿让妈妈糊涂些，也不想再看到妈妈疯狂地嘶吼爸爸名字的景象。

江时戈问她：“你家有菜吗？”

“没有了。”妈妈平时都叫餐，她一般也都在餐厅吃，昨天已经把剩下的菜都做了。

他说：“你去买点儿吧。”

买菜倒没什么，可她一走，家里就剩下他和妈妈两个人，妈妈要是醒了闹起来怎么办？

未等她说这些，江时戈朝她淡淡一笑：“怎么，不信我？”

犹豫片刻，她说：“我信你。”

江时戈伸手抓住她的手，清热的温度传入她的掌心。

俞菲对于他的接触还有些羞赧，第一次喜欢人，每次碰触她都会觉得浑身发热，她嘱咐道：“要是情况不对，你就立刻给我打电话。”

“好。”

俞菲转身离开，临走时不放心，回头看了一眼，江时戈站在她家中，对她露出一个微笑。

她看着他定住了，有一瞬间，她仿若能从他身上看到淡淡的光晕，因他的存在，连老旧狭小的屋子也变得亮丽起来。

俞菲感受到一股震动响起，从头皮传到肌肤，至骨骼深处渐入心脏，一下下地敲着，激烈无序地响动，然后猛地在身体内爆炸开来。

她听到了，也终于明白，她再无法压抑逃避。

她绽开笑容，轻轻地关上门。

看到她那样的笑容，江时戈怔住了，可她随即离开，那种惊恐无措的感觉再次涌出，他追出一步后告诉自己冷静，她会回来的。

他转身走向王颜的屋子。

俞菲回来时，屋内一如她离开时安静，她拎着菜进门，轻声喊："江时戈？"

过了会儿从卫生间传来声响，江时戈走出来侧着头说："回来了。"

她关上门放下手里的菜，注意到他身上的衣服皱了不少，她走过去问："你的脸怎么了？"

她觉得不对劲儿，手抬起来。

他躲了下，抓住她伸过来的手："没什么。"

"你过来。"俞菲拨开江时戈的碎发，看到他额头被划破了，红色的血痕映着雪白的肌肤特别显眼。

她抿住嘴唇，拉他到自己房间，拿出消毒药水消毒后贴上创可贴。

"为什么不给我打电话呢？"

"这不算什么。"

他总是有自己的主意的，这点她早就发现了，她有点儿担忧地说："要是留疤了怎么办？"

他逗她："那又怎么样，你会因为我破相就不要我了？"

俞菲脸有点儿发热："我妈呢？"

"在屋子里已经睡了，"江时戈抬起头，"她答应去治疗了。"

这实在出乎俞菲的意外，要知道妈妈那时可是十分抗拒去看心理医生的，连药都不肯吃，今天又闹这么一出，现在竟然被江时戈说服了。她惊喜地问："真的？你怎么说的？"

江时戈眼眸低垂："也没什么，就是认真地和她谈了一下。"

"我去看看她。"俞菲走出房间去看王颜，江时戈的视线追随她的身影，眼眸深了深，没有阻止。

俞菲走进王颜的屋子，见她盖着被子沉沉睡着才放了心，注意到她脸上还带着泪痕，俞菲心像是被针扎了一下，缩成一团。俞菲轻轻帮她擦掉后，蹑手蹑脚地关上门，出来时注意到江时戈已经站在门口了。

她小声问："你要走啊？"

他点头："你妈睡了也不好做饭吵到她，今天你就待在家里陪她吧。"

俞菲心头一软，上前抱住他，鼻尖闻着属于他的气息，嘴角微微翘起。

江时戈抚着她的背，眼神复杂，片刻后他放开她，深深地看了她一眼，才不舍地下楼离开。

注意到他放在桌上的车钥匙没拿，俞菲下楼找江时戈，江时戈还没走远，她把钥匙交给他，正好送他走，在小区门口两人正碰到遛弯回来的赵婶。

赵婶看到俞菲身旁的江时戈快速打量了下马上低头，装作没看见两人。

俞菲想了想，拉住江时戈的手，说："赵婶，回家啊？"

"哎，"赵婶抬起头笑笑，"今天下班挺晚的啊。"

俞菲"嗯"一声，指指身旁的江时戈："这是我男朋友。"

话音一落，赵婶愣了几秒，随后恍然点头笑说："男朋友帅的咧。"

俞菲淡笑，拉着江时戈往路口走。

在俞菲说出那句话后，江时戈的身子僵硬了。

赵婶走进小区，江时戈还站着没动，俞菲拽了拽他："走啊。"

"嗯。"

她拉着他往车的方向走，一路上他都沉默着，她忍不住了："江时戈，你就不说点儿什么吗？"

见他低头闭口不言，俞菲停下，抬头看他："你不是问我把你当什么人，我都说了，你呢？"

江时戈紧抿嘴角，夜色下他的眉目更加英俊，玉白的脸上透出淡淡的红，那双墨黑的眼瞳染上月光，清亮含水，增了几分诱惑。

俞菲自是早就感觉到他的僵硬，但此刻看到他的表情时整个人都顿住了。

哎？

等等，他……他是在害羞吗？

因为她说他是她的男朋友？

本以为江时戈是沉着冷静派的，没想到他还有这么纯情的一面。心开始痒痒，她伸手摸了一把他的脸，调戏道："这么高兴啊？"

他恼起来，又无计可施，本以为无法触碰到的人竟然真的抓住了，而且……她开口承认了他的身份，他也没想到自己竟然会狂喜到这种地步，连情绪都无法自控！

看到她盈起的笑脸，他禁不住别过脸说："我走了！"说完便落荒而逃。

望着他离去的背影，俞菲笑出声，拿出手机给他发了短信："开车不要太快，小心点儿。"

不远处他的车没动，短信很快传回："嗯。"

还装矜持，俞菲又发："别太激动，晚上会睡不着的。"

这次他没回，车子很快开走。捧着手机，俞菲弯起嘴角，他的车很快消失在视野中。

第一次，俞菲感受到恋恋不舍的感觉，新奇又依恋，他才离开，她已开始想念。

第二天，王颜表情平静地说愿意去接受治疗，这让俞菲实在是喜出望外。

去厨房做饭时，王颜一直看着她的身影，看着看着眼泪就簌簌掉下来了。想起那个年轻人的话，她连忙擦掉，对厨房的方向喊："菲菲，要不要妈帮你啊？"

"不用了，"俞菲欢快地回，"妈你坐着看电视就行，一会儿就好了。"

"哎。"

十分难得的，母女俩在家中一起吃了晚饭，饭后俞菲还带着王颜到楼下的小花园走了两圈。

这天晚上下班回家，俞菲注意到自家小区门口的路灯下站了个人，长身玉立，身姿挺拔。

像是有所感应，他突然转头，看到了她。

他总是能很快发觉她的存在，俞菲的心忽地跳了起来，不再面对空荡荡的家，还有这样一个人在等她，她真的觉得连空气中都飘散着淡淡香气，像是刚出炉的面包散发出的香软味道，暖暖的、甜甜的。

俞菲小跑过去，江时戈也朝她走来，等站到她面前，江时戈低头问她："去吃烤肉了？"

俞菲嗅了嗅身上，有些羞怯："你闻到啦。"

他上前一步抱住她，问她："很香，一定很好吃吧。"

"嗯，员工聚会一起吃的，"她轻声说，"下次我俩一起去。"

"好。"他仍抱着她，紧紧地不放手。

俞菲不解，听到他说："这样抱着你，才能确定你在我身边。"

他还在害怕那天的事？

她的心软得一塌糊涂，双手环住他劲瘦的腰，轻声说："我不会走的。"

江时戈手臂又收了收，将她抱得更紧了些。

她的脸开始发热，脸颊偎依在他的胸膛上，两人静静地抱了一会儿才分开。

看着他的脸，俞菲低头笑出来："怎么感觉傻傻的？"

"是吗？"他抓住她的手，用适中的力道握住，淡声说，"我觉得挺好的。"

"你来了怎么不和我说一声，等很久了吧？"

"我刚到。"他拉住她的手，十指交缠，"今天怎么样？"

"还好哇，"她停顿几秒问，"我妈是由你来治疗吗？"如果是他，她多少会有些顾虑。

江时戈清楚她的想法，回道："我联系了以前的同事，近期他会回国，到时候就可以安排你妈的治疗了。"

俞菲欣喜一笑，顿了下又问："会不会太麻烦你同事？"

"麻烦什么，他又不是不收钱。"他说，"现在还早，你要回家吗？"说这话时他面上是带着笑的，声音低柔，暧昧又勾人，缠着她的手指，没有一丝要放开的迹象，男人总是这样，说出的话和实际行动截然相反。

俞菲起了心思，带着笑意和戏谑说：“我要是想回家呢？”

“可以啊，”他搂住她的腰贴近自己，“欢迎你和我一起回去。”

谁说要回他家了啊，无法抑制地，她的耳根红起来。

江时戈盯着她的表情，看着她脸上的每一丝变化，心底愉悦极了。

“你吃饭了吗？”

“嗯。”他眼神一转，提议说，“想不想喝点儿东西？”

“好哇。”

两人上车，江时戈没说去哪儿，俞菲也没有问，兜兜转转，他在一家咖啡馆前停下。

“听说这里不错，试试？”

俞菲看到牌匾，笑了：“我知道这家店。”

进到店里，店内装修清雅，音乐舒缓，四处可见的植物舒展着枝叶，蔓延绽放。

两人坐到靠窗边的位置，各点了一杯饮品，俞菲要了自己喜爱的玫露咖啡。这是她一直很喜欢的，但因为价格不低，回来后她没来喝过，当初约井岚见面时想一起喝时她也拒绝了。不过最近发了工资，可以小小挥霍一下。

尝到久违的熟悉味道，俞菲愉悦地眯起眼，不过说起来这并不是她回到永兴市后第一次喝到，在那个惊惧不安的夜晚，江时戈曾给她买了一杯玫露咖啡。想到这里，她轻轻一笑。

注意到她的神色，江时戈笑起来：“你很喜欢这个咖啡？”

俞菲看到他的笑容，脑海里突然闪出一个画面与他的脸重叠，她思绪一顿。

炎炎夏日里的游乐场，一群人叫嚣着要玩云霄飞车，俞菲没有参与，她一向对于极限运动敬而远之，他们再三问了俞菲确定她不去之后才各自去买票。

何溪还有点儿不甘心，俞菲不玩的话，就得自己掏钱了啊，他走过去说："俞菲，一起玩呗，大家都去你不去多不好哇。"

俞菲懒懒地瞥他一眼，她才不会为了所谓的合群就勉强自己："我不玩那个。"

"你是不是身体不舒服啊？"他一副很关心她的样子，"刚才买饮料你也说不想喝。"

他心里想什么俞菲很清楚，无非是看她没付账觉得吃亏了。这人真够让她恶心的，一边追她，一边还想占她的便宜。她厌恶地说："管好你自己得了，"怕他还缠着她，她加了句，"你再不过去就玩不上了。"

何溪见她真不去，低低地"嘁"一声转身走了。

身边终于安静，她坐在凉亭里用手扇风，眼睛一扫看到桌子上何溪他们买的鲜榨果汁，她嫌弃地瞥了一眼，根本就是兑出来的，甜得腻死人了，她才不喝这种东西。

她倚靠在椅子上等着，那群人像是玩疯了，玩完云霄飞车又要去玩U形滑板，她低头摆弄手机，也乐得一个人自在，就是温度越加升高，她觉得更渴了。

"找到你了！"一个人突然跑到她面前，气喘吁吁地说。

俞菲抬起头，看到少年满头的汗。

他把一杯饮料递到她面前，笑着说："给你。"

她没接："这是什么？"

少年的声音清脆，带着得意的口吻："玫露咖啡。"

俞菲一看果然是。她伸手接过来，没马上喝，而是握在手上盯着。

他看到她额角渗出细小的汗珠连忙道："我让他们加了冰块，你从一开始就什么都没喝，再这样下去会中暑的。"

她看他一眼，见他白皙的脸上都染上霞红，他大约是一直跑来的，她记得那个咖啡馆离这里可是有些距离的。

“你特意去咖啡馆给我买的？”

他羞涩地轻抿唇，动作轻缓地点头。

俞菲挑下眉，不过这样的讨好她遇到的多了，她举起手上的杯子示意下：“那谢谢了。”

她不再犹豫，低头轻抿半口冰咖啡，清甜的味道在舌尖散开，冰凉的沁爽传至全身。她弯起嘴角，殷红的唇被浸湿，像是涂上一层亮光，带着诱人的水色。

他被蛊惑住，视线留恋在那殷红的双唇之上，然后他缓缓看向那双透黑的眸，注意到她满足的笑容，他也欣喜地笑了，轻声说：“你真的很喜欢喝这个咖啡啊！”

俞菲难得地舒缓了神色，朝他嫣然一笑，光艳的容色瞬间绽放，浮翠流丹，艳若桃李。

她对他笑了。

顷刻间，他身子定住，万物皆不见，只余眼前她的笑容和自己不断敲击的心跳声……

见俞菲不说话，江时戈问：“怎么了？”

她回过神，动作缓慢地抬头看向他。

“没什么，刚刚走神了。”她眉头轻皱，想抓住脑海里刚刚闪过的画面却再记不起。她有一种很熟悉的感觉，可又像是处在充满迷雾的混沌中，找不到，寻不回。

江时戈又说：“我过几天要去美国一趟，暂时就不能找你了。”

他的话打断了她的思绪，她问：“你要去多久？”

“舍不得我啊？”他抓过她放在桌子上的手，指尖轻轻摩挲着她细嫩的肌肤。

酥麻的触感传至全身，她轻轻一颤，忙收回手低声说：“别闹。”

他微微一笑，英俊又迷人。江时戈气质清冷，但每次笑起来都有一种动人心弦的魅力，俞菲自然也难以抗拒。

她局促起来，摸了摸脖子，霎时又想起他握住她的手，那温热的触感仍停留在指尖，这样就像是他的手在抚摸自己的肌肤一样，她体温开始升高。

江时戈喝了一口茶后问："你妈还好吗？"

她默默放下手，"嗯"了一声："最近好多了，也没有经常打牌到半夜那么晚。"欣慰地笑了下，她抬头问，"你家里人呢？"她对江时戈的了解不算太多，但慢慢来，他们有很长的时间去了解对方。

"他们也在美国。"

俞菲惊讶："那你是在美国长大的？"

"不是。"江时戈坐在软椅上，姿态闲适，"我父母工作很忙，自小他们把我留在国内，由外公照顾我。"

俞菲马上脑补了一系列父母不顾儿女，江时戈幼年孤独长大的剧情，因为她也有相同的经历，更能够体会他的心情，心头一酸，她眼神也软了下来。

她心疼他。

他自然注意到她的表情，纵然恨她，也明白当她知道真相时再不会露出这样的神情，但看到她这样的眼神时他还是禁不住内心颤动。他垂下眼帘，长长的睫毛轻颤，仿若雨中的蝴蝶轻轻舞动着翅膀，脆弱又迷离。

"江时戈……"她轻声唤他，声音那样低柔。

他如梦初醒，抬起头来："你别多想，我外公是个很温善的人，父母只要有空就会来看我。"虽然次数不多，但他们对他的爱一分不少，"我一直生活在国内，直到念大学才去了美国，留在那里工作。"说起来，他当初执意去美国也是因为听说她去了那里，可找了那么多年，查遍了所有学校也找不到她的身影，直到回到永兴市再遇到她才知道，原来她一直在国内。

这些俞菲自然不知道，她在担心另一件事："那你之后还要回美国工作吗？”她记得他现在是在假期中，可之后呢，两人难道要分隔两地？

一方面她不希望两人分开，另一方面更不想耽误他的工作。

“我的假期很长，之后我会申请到中国工作。”他语气里是满满的笑意与促狭，“我才走几天你就这么舍不得我，要是真回了美国你可怎么办？”

听出他话里的揶揄，俞菲故意道：“能怎么办，我又不会效仿孟姜女把长城哭倒，我自然有办法。”

他挑眉：“孟姜女哭的可是她的丈夫，你这么比喻……”他轻笑出声，低哑的嗓音响起，“原来你这么心急啊。”

“我才不是那个意思！”俞菲闹了个红脸，连忙补救。

可显然没用，江时戈唇边的笑渐渐扩大，目光灼灼地看着她。

俞菲窘得低下头，注意到桌子一颤，江时戈站起身来，一只手撑在桌面，另一只手握住她的下巴抬起，他俯低上身，轻轻地吻住她的唇。

她惊讶地睁大眼，感觉到他轻舔着她的唇，他的气息喷在她的脸上，让她整张脸都烧了起来。

然后他坐回软椅上，看着她笑：“这个咖啡真的很好喝。”

俞菲的脸颊连着耳根都变得通红，看着他的笑容，她软成一团，连脾气都发不出来。

第四章
甜蜜的伪装

日子一天天过去，俞菲除了工作，偶尔会和井岚约饭逛街。这天两人去逛夜市，俞菲买了个杯子。

井岚说：“你那个黑漆漆的一点儿都不可爱。”

俞菲把杯子放到包里：“又不是我用，要什么可爱。”

井岚揶揄道：“哦，原来你是给江时戈买的呀。”

俞菲抿唇微笑。

之后俞菲刚到家，手机振动，上面收到一条短信，是江时戈发来的。

“我回来了。”

看着屏幕上简短的四个字，她嘴角弯起，回复：“欢迎回来，明天要来我家吗？”

“明天可能有事。”

俞菲回复“明白”，轻哼着曲子，到厨房把给江时戈买的杯子刷干净，想着下次来他就可以用了。把杯子放到桌子上晾干，她出了一下神，不知道他惊讶的表情是什么样的呢？

她轻轻一笑，很快就知道了。

第二天中午，江时戈跟俞菲说让她先去见一下主治医师，把地址发给她之后，她收拾了一下就下楼了。

刚出小区门口，电话就响了，是江时戈。

她接起："喂。"

熟悉的低沉嗓音响起："回头。"

俞菲眼眸一亮，心脏突跳。她欢悦地弯唇回头，下一秒却被捂住了眼睛。身后的人一只手盖在她的眼皮上，另一只手臂抱住她的身子，他低下头来，凑到她的耳边轻声说："想我了吗？"

那声音带着邪魅诱惑，拨动着她的心弦。

她的手抓住那只覆在她眼皮上的手掌，指节分明，触感温润，他的体温一直比她高一些，每次触碰都能给她带来源源不断的温暖。

"江时戈。"

他轻声应了下，呼吸平缓，却也没有放开她。

男女恋爱就像一场博弈，你来我往的相处间看两者的动作便能分出胜负，谁赢了，谁便是这场恋爱的主导者。

"你骗我。"俞菲的口吻平静。因她的话，江时戈并未发现其中细小的情绪。

他将她转了个圈抱在怀里，脸上盈着淡淡的笑容："我骗你？"

掌握了主动权，她戏谑地挑起眉："对呀，你不是说有事不能来吗？结果倒是躲在这里吓唬我。"

江时戈眼帘一垂，原来她是说这个。

他随即道："惊喜不好吗？"

俞菲抱住他说："你回来就好。"

江时戈怔了一瞬，继而才把她拢入怀中，她能说出这句话倒是让他小小吃了一惊。在他的记忆里，俞菲是个很独立坚强的人，就连她的父母也不曾过多依赖，但她刚刚的那句话——

他的心开始动摇，这场戏太过美妙，就像一场美梦，他从没梦到过的美梦，就想这样沉睡下去，即使包裹着层层谎言与欺骗，也是那么美好，让他舍不得醒来。

过了一会儿，两人分开，江时戈说带俞菲去见朋友，也就是王颜的主治医师——路远峰。

路远峰头发整齐，西装革履，典型的职场精英的干练形象。

在诊疗室的沙发上，他朝俞菲笑了下说："我叫路远峰，是小江的同事，你是俞菲对吧。"

"对。"

他的视线移向江时戈，语气变得调笑："我从小江那儿听说你好久了，我应该叫你弟妹对吧！"

听说她好久？

俞菲看向江时戈，他接触到她的视线立即避开了，转而对路远峰说："别瞎闹。"

"你不会还没成功吧，得努努力啊，"路远峰揶揄道，"你都把实验室那边——"

"先说正事，"江时戈打断他，转头对俞菲说，"把你妈的近况跟他详细说一下。"

注意到江时戈冷峻的表情，路远峰收了调笑："那弟妹，咱先谈谈吧。"

俞菲点点头。

江时戈这时站起身打了个电话，俞菲说了王颜近期的状态，路远峰细细地问了问题，之后让王颜到他所在的医院接受治疗。

下午，俞菲陪王颜一起去路远峰的办公室接受治疗。路上，王颜的脸色很不好，俞菲握着她的手一路细声安慰，到了医院，她一直等在办公室外面。两个小时后路远峰和王颜出来，王颜的脸上竟然有了笑容，看起来很轻松的样子。

路远峰把俞菲叫到一旁说了些注意事项，并让她停了之前王颜服用的药，母女俩心情愉悦地回了家。

在治疗的一个月期间，王颜的状况越来越好，甚至有一天早上俞菲醒来时，看到王颜正在煮粥，家里的地板也擦拭得干干净净，要知道无论从前还是现在，她都没做过家务的。

俞菲站在房门口看着在厨房忙碌的母亲，既是欣慰又是开心，眼泪含在眼眶中，慢慢掉了下来，这么些年再难过她也没哭过，但现在不一样，妈妈终于好起来了。

俞菲越来越习惯于餐厅的工作，也算是半公开和江时戈的关系，期间那个叫柏楼的客人问过她参加乐团的想法。俞菲觉得现在的生活很安稳，但对他的盛情邀请又难以开口拒绝。

柏楼心思灵活，体贴地说："等你改变想法时再联系我就好。"

俞菲笑着道谢，送他走出餐厅时正巧碰到江时戈来接她下班，两个优秀的男人一冷一暖，气场交织，竟也没输给对方。

彼此对视几秒后，柏楼微笑着和俞菲告别离开了。

江时戈随后送俞菲回家。这些日子和他交往下来，俞菲能感觉到他很顺从自己，对于她的喜好，他似乎也很快了然于心。相处间她自然是愉快的，更没吵过架，按理说他年纪比她小，怎么会心思成熟到这种地步，她的一举一动似乎都被他洞悉清楚，不知不觉间，她总觉得这样的江时戈有点儿不真实，完美得……让她心惧。

于是趁着今晚妈妈去打麻将的时候，俞菲让他上楼到家里，想要和他谈谈。

俞菲现在虽不了解事情的真相，但她思考的方向是正确的。他们现在的恋情看似正常甜蜜，而在这层恋爱的皮肉下却成长着恶性的青紫肿块，牢牢地寄生在彼此的心中，让他们都无法真正坦诚地面对彼此。只有用利刃划破皮肤，取出肿瘤，他们的爱情才会“好”起来。但她没料到，那个肿块，比她想象的要大得多、硬得多，甚至禁不起轻触，表面的皮肉就脱落下来，带着败血和脓水，那纠结着青筋的肿块就凸显出来。

听到她说出自己的想法后，江时戈沉默了很久才开口说：“你觉得这样不好？”

“倒也不是不好。”她只是觉得两人之间像是隔了一层膜，看不到，戳不破，牢牢地横在两人之间，但她又说不清这层膜到底是什么，出于女人的直觉，她能感觉出两人的关系不太正常。

这时候，江时戈忽地冷笑一声，俞菲抬起头，就见他眼底一片幽深，面无表情的脸上显得阴冷无比。

俞菲还没弄清怎么回事，肩膀被握住推倒在床。

她反应过来后开始反抗：“你突然发什么疯，我和你说正事……”

他轻描淡写地说：“你不就是觉得我太宠你了吗，那礼尚往来，你也满足我一次。”他的手探进她的上衣，低头堵住她的唇，她踢打挣扎也不肯放开。

俞菲的身体渐渐发软，意识也开始模糊起来，直到这一刻，她才真切地感受到江时戈可能一直在压抑自己，与往日的温柔缱绻不同，今天的他攻击猛烈，带着一种隐隐的危险。

这样激烈的吻，俞菲从没感受过，渐渐地，她有些怕了。

她心跳加快，却坚决地说：“不行——”

“我想要你。”他拢了拢她额头半湿的碎发，声音低得让人心颤，“菲菲，我想要你，你不想要我吗？”

他拉起她的手按在他不断起伏的胸膛上面，她清晰地感觉到了那欲望勃发的年轻身体。

他又低下头来。

她转过头避开了他的吻，可他没有停止，顺着面颊一路亲吻到脖颈，到锁骨处咬了一口，继续向下。

俞菲心跳如鼓，呼吸渐渐加重，她不是不喜欢他，但总觉得现在时机不对，不想再继续下去，她双臂抱住他的头，声音微哑地喊："江时戈，你别逼我。"

他抬起头，眼底的欲望已经消散一半："为什么？"

"我不想这么随随便便地就和你——"她有些难以启齿，"对不起。"

她的话像一把利刃穿透他的心脏，不想这么随便地和他发生关系？

这可真不像是从她嘴里说出的话，当年她对他说了什么。

"就是玩玩而已，你还当真了啊。"

"不过是你情我愿的事，怎么，你要钱？"

"说喜欢我的人多了，都是上下嘴皮碰碰随口一说，我才不信呢。"

这些话他从来都没有忘记过，他真想冷笑，可还是忍住了。戏演够了，就该散场了，但在这之前，他还得认认真真地扮演自己的角色不是吗？

如果说之前江时戈还有过心软动摇的话，那么这一刻便真的一点儿都没有了。

他面无表情地站起身，细致地整理凌乱的衣服，如果不是刚刚经历了那样的情形，俞菲也许会调笑他一句，但此刻她陡然生出一股诡异的感觉。

江时戈穿好衣服，低头看了眼还处于呆滞中的俞菲，他的目光冷静，完全没有刚才热情似火的样子，清俊的脸上浮起冰冷雪霜："我走了。"

俞菲喃喃开口："嗯。"

江时戈离开时睇了她一眼，和初遇时的眼神一模一样。

俞菲在床上躺了十几分钟，起来穿好衣服后，心情越来越糟糕，像是一块大石头压在心头，连呼吸都不畅快。

现在他们算是吵架了吗？可又不是。

想起刚刚的话题，俞菲长长地叹了口气，她自认从前自己的确有些特立独行，但真正疯狂过的，只有那么一次。

那样不负责地和人发生关系，又说了那样冷血伤人的话，她至今都后悔不已，一直避开这段回忆，也是因为内心有极大的愧疚，不想面对。

其实那天的事她记得并不是很多，唯一印象深刻的，便是体内的痛，还有她脖颈中少年的泪。

想要借身体的痛来抚平内心的痛苦实在是个十分蠢笨的方式，但那时候她太需要发泄，结果就选择了一个伤害自己和别人的方法。

现在想想，真是悔不当初。

她叹了一声。

第二天工作休息时，俞菲主动给江时戈打了电话，提到昨天的事，他避开了。

俞菲停顿片刻认真说："江时戈，我不会轻易地接受一个人，但只要喜欢上了，就不会放弃。"

江时戈停顿几秒才开口："我知道了……你要记得你说的这句话。"

俞菲回答："当然。"

刚说到这儿，餐厅同事找俞菲，说有一位姓柏的客人想要听她弹琴，俞菲赶紧挂了电话，工作去了。

江时戈坐在沙发上，轻轻抚摸着手机屏幕上的名字，声音带着一种低沉的魅惑："但愿你不会后悔。"

挂掉电话，他想起第一次见到俞菲的时候。

那是一个阴霾天，乌云蔽日，空气潮湿。他站在殡仪馆门前，外公逝世，他不想看到外公火化，那样就好像外公真的消失在这个世界上一样。

下雨了，雨点打在他身上，微疼，他一动不动，觉得喘不过气来。

过了一会儿，头顶上的雨停了，他抬头看到一个女孩儿撑着伞站到他身边。

“你亲人也过世了？”她问。

他点头。

“是你什么人啊？”

他本来不想说的，但基于礼貌还是回：“我外公。”

“里面好像要开始火化了，你不进去？”

少年沉默着，雨水从他的脸颊滴落，脸色更显苍白。

“不去的话可能会后悔一辈子的。”

“那你怎么不去？”

“我那是个八竿子打不着的亲戚，我爸怕我吓着，就把我赶出来了。”

见他仍是不动，她决定好事做到底：“你在这里怎么难过，你外公也是看不到的，还不如去送你外公一路。你外公也不想你这副样子吧，别犹豫了，就当是为了你外公也好哇。”

他心头一颤，这么多年都是外公抚养他，自己再怎么难过也要亲自送走外公啊，否则真的就像她说的一样，悔憾终生了。

反应过来，他立刻转身跑回殡仪馆。

她笑了笑，真是小孩子闹情绪了，不过还算聪明，一点就通。她无聊地在雨中踩水玩，突然听到身后有人喊了一声：“你叫什么，我之后怎么找你？”

她回头看到他站在殡仪馆门口：“我叫俞菲，你赶紧回去吧，不然来不及了。”

他点点头，马上又跑回去。

没多久俞菲的爸妈和一群她不认识的亲戚出来，一起坐车回家了。

他再出来时没见到她，费了很大的劲儿才找到，却又不敢靠近，再见时她那样高傲清艳，和那个雨天里耐心劝慰他的人完全不同。即使包裹着层层坚硬外衣，他也知道她是个心底柔软的人，最初只是想当面感谢，却在不知不觉间被她吸引，直至现在无法自拔。

江时戈回屋拿了一支烟，刚点上，犹豫几秒又碾灭了。

“真是作茧自缚。”风中传来低语，不知说的是谁。

之后连续几天江时戈都没有来找俞菲，打电话过去也是关机状态，俞菲着急了，忍不住打给谈清让，谈清让把江时戈的住址告诉了她。

俞菲去了江时戈家，事后她总会想，如果那天她没有去，他们两个人还会不会走到那一步。

但是，世事无如果，现在担忧的她没有任何犹豫地上前按了门铃。

她等了差不多三四分钟，江时戈将门打开，门缝渐渐扩大，露出他苍白如纸的脸庞。

“怎么了你？”她摸上他的脸，滚烫一片，“这么热，你发烧了？要不要去医院？”

江时戈看到门外是她愣怔一瞬，听到她的话后摇摇头。他突然用手背摸了摸她的脸颊：“怎么过来的？”

他温热的手蹭着她的皮肤，让她有种自己的脸也烧起来的感觉。

“谈清让告诉我地址的，”她的语气带了点儿责备，“这两天给你打电话你都不接，我还以为你出事了。”

她以为自己在埋怨，但用这种担忧低柔的语气说这种话，不就是在撒娇吗？

一想到俞菲竟然会朝他撒娇，他真是新奇又愉悦：“身体有些不舒服，手机没电忘记充了，你着急了？”

“当然啊，好几天都联系不到你，你先躺着去。”她抱住他的胳膊扶着他，眼神一转分不清方向。

“房间在左边。”江时戈提步往前走，俞菲顺着他的方向扶着他走。

他的房间一如想象中的干净整洁，莫名地，俞菲觉得这个房间有点儿空。

江时戈躺到床上，俞菲坐到他身边：“真不去医院啊？”

他握着她的手腕，闭了闭眼：“不想去，我的身体我知道，就是头有点儿晕，休息一下睡一觉就好了。”

可他这个样子哪里是休息一下就能好的。她问他：“吃饭了吗？”

“没。”

俞菲叹了一口气，男人真是不会照顾自己啊。她看着他苍白的面孔，衬得眉黑如墨，一双眼睛水润清亮，就像只柔弱的小动物一样，心软得不成样子。

她伸手摸摸他的头发，半心疼半责备地说：“你以后可不能这样了，一个人住要是出事怎么办？手机是干吗使的，有紧急事就赶紧打电话，可不能这么扛着。”

江时戈抬眸看了她一眼，类似这样的话……她以前也说过。

从前，在为数不多的两人对话中，每一次交集都令他十分兴奋，但唯有那次，留给他的印象很深。

那时，俞菲一向是清冷高傲的，再热闹的气氛，她最多也是微微一笑。

有次他发烧了，但知道那群人要一起出去聚会，还是坚持过去了。他刚刚融入他们的圈子，不怕得罪那些人，就怕一旦错失机会，便再没有和她见面的机会。他已经知道她对追求她的人一向冷淡至极，还不如像现在这样，安安静静地待在她身边，保护她，默默地爱她。

但没过两个小时，他脑袋就变得昏沉，身体也沉重起来，可仍是强撑着不走，一只触感凉润的手碰了碰他，他抬起头，竟看到俞菲站到他的面前。

看到他的脸色，她轻皱眉头："脸色这么差，你熬夜了？"

他紧张地摇头。

"你脸通红的，身体不行就别强撑着。"她下巴一抬示意前方，"实话跟你说，你要是昏倒了，这群人可不会这么好心把你送回去。"

顺着她的方向，他看到那群人正嬉笑地吵闹，并没有注意到他们俩。他突然高兴起来，即使脑袋都发昏了，还是止不住开始微笑，现在……只有他们两个在一起呢。

"真是病傻了，还笑。"俞菲看他一眼，说，"你手机呢，打个电话让人接你回去吧。"

他摸摸身上，过了会儿怯怯地抬头看她："忘带了。"

俞菲平时没那么多耐心，但看他现在睁着一双湿漉漉的黑眼睛，仿若雨中被淋湿的小动物一样可怜无助，心底有一块地方悄然被软化了。她拿出手机："你朋友电话多少？"

他报出号码。

俞菲转身打了电话，没一会儿谈清让过来把他带走直接去了医院。

不知过了多久，醒来时江时戈才发觉自己在医院，他第一句话就是问身旁的谈清让："阿让，俞菲呢？"

谈清让见他这样，暗自叹息一声后才说："我接到你之后就没看到她了。"

他心底一阵失落，但很快又笑起来，那么多人，她竟然注意到了角落里的他，还为他特意打了电话，是不是代表她已经开始注意到他了呢。他躺在病床上暗自欣喜着，没有注意到谈清让担忧的眼神。

“你老抓着我做什么？”俞菲动了动被江时戈握住的手腕。

江时戈从回忆中缓过神，转头看她，说：“你身上凉，握着舒服。”

“是你太热了。”她摸了摸他的额头，“我去买点儿吃的和药给你吧，医院可以不去，药不能不吃。”

“好，”他慢慢松了手，对她说，“钥匙在客厅茶几的抽屉里，房间门就开着吧，免得你回来走错了。”

“就这几个房间怎么会走错？”难得她起了消遣的心思，“怎么，别的房间你藏人了？”

“旁边的客房都堆着东西，全是灰的，你要是不怕弄脏自己，就去找找好了。”

俞菲是有轻微洁癖的，轻轻地哼了一声，她站起来：“那我不关门了啊。”

“嗯。”

她出去从茶几抽屉里拿出一大串备用钥匙，抬头时看到客厅中央的墙上挂着一幅玻璃罩着的字画。

墨黑的毛笔字游走如龙，笔力有神，挥洒之间带着一股子冷厉之气。

写的是一首诗，名叫《柏舟》。

她看了几秒，眼神一掠便转身出去了。

俞菲出门去药店买了药，之后去超市买了肉和蔬菜想晚上给江时戈做饭，接着又到旁边的餐馆买了做好的牛肉煲和米饭，拎了满满两手才回去。

把东西放到冰箱后，她端着饭菜和药回到房间。

房门一直开着，所以当她回来的时候江时戈早已听到动静，他侧头看着她端着东西进房，俞菲注意到他额头渗出点点汗珠，问："热吗？"

"嗯，你把空调关了当然热啊。"

俞菲瞪他一眼："发烧还敢吹那么冷的空调，病能好吗？"

江时戈被训得一副没脾气的样子，露出浅淡的笑。

她把小桌子放到床上，饭菜摆在他面前，水和药放在一旁。

他没动。

俞菲站在他旁边碰了他一下："吃啊，不然一会儿凉了，我知道病了的人嘴里没味道不爱吃饭，但不吃饭的话，病没那么容易好。"看他没动，她禁不住吸口气，说，"你是不是还在为那天的事生我的气呀？"

对于她的拒绝，江时戈不是猜不到原因，他太着急抓住她，以至于让她害怕了。

他伸出手将俞菲拉到自己身边，单手环住她的腰说："我没生气。"他只是认清现实了。

江时戈嘴角牵动一下，想对她笑笑，但还是没笑出来，松开她低头拿起筷子吃饭。

俞菲看到旁边的手机和充电器，拿到墙角去充电，看手机亮起，她回头朝他说："好了，充上电了，以后你可不能这么闹失踪了啊。"

江时戈没说话。

他不过是消失几天她就这样，那她自己呢？

杳无音信地离开，不给人留任何余地，就那样走了，他找她找了多久，他会变成什么样……

这些，恐怕她从没想过，或者说，她根本没放在心上。

也对，以前他对她来说，根本什么都算不上。

俞菲看他不回话也没在意。江时戈停顿几秒后默默吃饭，吃完饭后才吃了药，俞菲让他躺下休息，端着盘子出去了。

因为觉得鞋子的声音太大，怕吵到休息的江时戈，她在鞋柜中找到了软底拖鞋，换上后刷干净盘子放进柜子里。

柜子里积了一层薄薄的灰尘，可见他不常用。闲来无事，俞菲干脆把厨房里里外外都收拾了一遍。

等俞菲再看时间，原来已经过了一个多小时了，不知道江时戈有没有睡着。

她放轻脚步走过去，房间的窗帘已经拉上，昏暗的室内，江时戈闭目合眼已经睡着了。她放下心来，精神一放松，就觉得有点儿无聊。

左右看看，并没有注意到外面有什么书或者杂志，她走到最里面的房间，想看看里面是不是书房。

握上门把手时，她感觉十分干净顺滑，相比江时戈的房间，这个客房显然拥挤多了，繁乱的床单，椅子上搭着的外衣，桌上还放着一杯水。

这并不像江时戈说的是客房，更像是……他一直住的房间，即使这个屋子不大，但整体环境气息和他现在的房间完全不同。

莫名地，她感觉这个房间仿佛有着一股引力，像是在拉着她往前走。

理智告诉自己不要进去，但她还是忍不住想看看，天人交战间，最后她决定放弃。

正要关门时，她眼角的余光看到右侧的墙面上贴着一些东西，刚刚合起来的房门又被推开了一些，等她看清了墙上的东西，顿刻整个人都僵住，寒意从脚底迅速蔓延至全身，激得她头皮发麻。

一瞬间，她甚至不敢去看墙上的东西。

怎么可能……

本是雪白的墙壁上，密密麻麻地贴满了照片，不同的日期，不同的天气，不同的场景，但每一张照片上面，都有她。

密密麻麻的照片贴在墙壁中央，都是偷拍她的照片。

双脚缓慢地挪到房间内，每一步都走得那么轻，她惊恐地仔细看着墙面上的照片，很多，时间最早的应该是她还在酒店工作的时候，照片上她还穿着酒店的制服，背着包正在等公交车。

她记得这天，是她第一次见到江时戈的那天。

俞菲浑身打了个冷战，鸡皮疙瘩纷纷冒出，她现在只有一个感觉——毛骨悚然。

脑子像是被搅乱的奶昔，浑浑噩噩完全想不清楚，她不知道为什么这个房间有这么多自己的照片，也不敢深想下去。

因为那个猜测实在是太可怕了。

不知过了多久，她悄悄退出房间，轻轻地关上门，低头一看，自己的手都在不受控地颤抖。

冷静下来，冷静下来。

她退了两步，心跳得飞快，脑子里有个声音在不断命令——离开这里，必须，马上，立刻离开这里。

要悄悄地，绝对不能出声。

为什么不能出声？她不敢往下想，即使心底已有了答案还是不敢去确认，正是怕真想到了那一步，连走的力气都没有了。

她极力地保持镇定，就像什么也没发生过，装作正常离开一样，她拿起客厅的包，正朝门的方向挪了几步，身后响起低沉熟悉的声音。

“你要去哪儿？”

俞菲整个人僵住，深呼吸两次才慢慢转过身，可当她看到靠在墙角的人，就像被抽干了力气。

江时戈站在房间门边，因为室内的窗帘拉上了，使她看不清他的表情，但她能感觉到他一动不动地盯着她，沉默得令她心头发寒。

这一刻她突然觉得江时戈特别冷，即使从前他也是清冷疏离的，但从没有像现在这般冷得让她害怕。

视线向下，她看到他那双干净素白的手，在几个小时前，她还握着这双温热修长的手，可如今她的第一个想法就是——是这双手拍的那些照片吗?

他的手突然蜷缩了下，俞菲的心随之猛地一跳，瞬间明白他没耐心了。

她打起精神，把包抱到怀里，像是能够保护自己一样。她尽量用正常的语气回：“我有事，先回家一趟。”

江时戈并没有回答。

俞菲的心打起鼓来：“我先走了。”

“呵——”短促的冷笑响起，江时戈慢慢从房门口走过来，终于看清了他的脸，俞菲更加紧张起来。

江时戈沉默地盯着她，一步一步朝她走来，每一步都像是走到她的心尖上，到她面前一米的距离时他终于停下，然后忽地露出一个笑容，如此温柔，她却从中品出一丝丝的冷。

“我都病成这样，你还是要走，真和以前一样狠心啊，姐姐。”最后两个词从他嘴里弹出来，尾音稍稍上扬，像猫尾巴一样拂过你最细嫩的肌肤，心痒又动人。

姐姐?

俞菲一愣，不懂他为什么这样喊她，即使她比他大三岁，但他也从没有这样喊过她。

见她露出迷惑的神色，江时戈突然上前一步低头攫住了她的唇，热烫的舌深入。她吓了一大跳，怀里的包掉到地下，连着后退了几步直到撞上身后的墙，他上前压住她狠狠索取。

她真的怕了，重重地咬了他一口。

江时戈稍稍起身，尝到咸腥味，却笑了起来。在俞菲愣怔惊惧的眼神下，他又低下头开始强吻她，直到这微热的血腥味在两人口中弥漫，他才满意地松开压住她的手。

俞菲弯着腰靠在墙上大口喘气，等缓过气后抬头瞪着他。

“姐姐怎么这样看我呢?”江时戈做了个无辜的表情，“是你说的，叫你一声姐姐，就亲我一下，不记得了吗?”

“你在说什么……”俞菲看向江时戈的眼神越发迷茫。

他说的话和他刚刚的行为都令她疑惑不解，包括那个房间里的照片，面前的江时戈，不是她熟悉的那个人，他的神情、语气和动作都和往常不同，就像换了个人一样。

江时戈坐到沙发上，支着腿仔细地看着她的脸，而后轻轻地啧了一声：“真可惜啊，我明明给了你那么多次机会的。”

她皱皱眉头重复：“机会？”

“是啊，我说了我的名字，你就像完全不认识一样；我给你买你最喜欢喝的咖啡，你没有反应；问你有没有去过那个KTV，你竟然说没有。你还真是狠心，其实我有想过，就算你不记得我也没关系，只要你稍微问一下，或者你提一下你曾经去过那里，我也可以放下一切让你一直开开心心的，可你真的还和以前一样，永远都不在乎其他人。”

他用这样残忍的方式，揭露出真相，每说一句，都像是要敲碎她的心。

“还没等我说出真相，你倒像是等不及地想要戳穿一切似的，没关系，那我就如你所愿！”

他眼底一片冰冷，忽地上前伸手抓住她的胳膊将她拉到他身上，俞菲猛然扑到他的怀里。他伸出手来，俞菲警觉地别过脸低声喊：“不要——”

在她惊恐的注目下，江时戈拨开她额头上的沾染了冷汗的碎发，甚至还轻柔地擦干她的额头，他的动作那样温柔，修长热烫的手指一点点触碰着她的皮肤，换作旁人来看，简直就是一副她被无限宠溺的画面，但在他怀中的俞菲却冷到了极点。

她终于明白了，那些熟悉的感觉，那些一闪而过的记忆到底是怎么回事了：“你早就认识我。”

他低笑了一声，仿佛她说的这句话愚蠢得可笑。

这笑容刺激了她的神经，一瞬间愤怒压过了恐惧，她怔怔地瞪着他，咬牙切齿地说：“你从一开始就在骗我！”

江时戈扬着眉，满意地看着她的反应：“是啊。”

是啊……是啊……

他承认了。

这个瞬间，她忽然听到一声清脆的响声，心底那根一直紧绷着的弦，断了。

她的身体软了下来，被他的双臂紧紧箍住，密实地紧贴在他身上。

她的目光停留在他的脸上，明明是那么熟悉的人，现在却觉得无比陌生，她简直不敢相信，从前的一切都是假的。

那个深夜她被洒酒精时，他的焦急是假的吗？

她去机场找母亲，他追来时的紧张是假的吗？

他在国外时，突然给她打电话的思念是假的吗？

俞菲不敢问，怕问了，得到肯定答案时，整个人都会垮掉。

而此刻的江时戈就坐在沙发上静静地抱着她，看向她的眼神像是穿透了一切。

……为什么？

她想问他，双唇翕动，却发不出声来，泪水无声地涌出。

江时戈看到她的泪水，无动于衷地笑着：“知道我什么时候找到你的吗？”

“对了，就是那天在酒店遇到你的那次，看到那些照片，你也知道了吧。”感受到怀里的人猛地一颤，他勾了勾唇，“从那天开始我就推了美国的工作一直跟着你，我知道很多呢，你每天七点准时出门，会在门口买一杯豆浆，做3路公交车，喜欢在车上听音乐，到了中午——”

“够了！”她闭上眼，实在无法再听下去，她之前偶尔会觉得江时戈太过了解自己，但从没想过是以这种方式。

他这副样子，简直是到了偏执的地步。

看到她痛苦的神色，他像是安抚般吻了吻她的脸，她马上别过脸，不愿接受他的亲吻。

她以为他会发怒，但他竟然没有，甚至还顺从了她的话没有继续说下去，这并没有让她安心，反而更加紧张忐忑起来。

俞菲睁开眼，看到他用一种近乎怜悯的表情看着她。

“所以，为什么要把钥匙都拿走呢，要是留下来一串，我就能把房间锁上了，或者你要是没那么多好奇心，也不必到现在这个地步不是吗？”

像是所有的错都是她犯下的，他只是无辜的旁观者，从始至终都静静地看着她的反应，等着她进入圈套，而她真的进了圈套时，又来斥责她的不是，这是什么道理。

“是你骗我的。”她瞪着他说。

江时戈闻言没有任何愧疚之色，他稍稍歪头玩味地说：“谁叫你这么没有防备呢？男人就是这样的，就像大自然里的雄性用美丽的身体吸引雌性一样，男人用笑容和蜜语引诱猎物，捕获到了之后，就狠狠咬住，绝不松口。”他忽然低下头，狠狠地咬向她的锁骨。

俞菲痛得仰起头，伸手推他，谁料他一个转身将她按向沙发，感受到她的颤抖，十分惬意地抱住她。

“你开始害怕了，怕什么呢，我又不会伤害你。”他用十分低柔的语气在她耳边说着，“我爱你的，姐姐。”

俞菲感到无比的绝望，错了，一切都错了，不该是这样的。

他不是她的阳光，而是终究成为她的烈火，将她燃烧殆尽。

“我那么信任你……”像是控诉，又似委屈。

“信任什么的我不需要，我只要你留在我身边就够了。”

“你觉得，我还会留在你身边吗？”

听到她的话，他并未露出惊异之色：“怎么不会呢，你爱我呀！”

俞菲正要反驳，却被他截了话：“我知道姐姐一向口是心非，你以前就是这样，想要的不直接说，明明不喜欢去KTV，却因为众人不重视你就强撑着非要去，那时我就觉得姐姐别扭的样子真的很可爱。”

俞菲脸上一热，一时又想不出反驳的话来。江时戈伸手点了点她的鼻子：“嗯，就是现在的这种表情，真的很可爱，可爱得让我甚至忍不住，想吞到肚子里……”

她打了个冷战：“开什么玩笑……我才不会爱你……”

江时戈低下头，用一种无可奈何的眼神看着她：“你明明对我并不是完全信任，却也接受我了不是吗？”

“咚”的一声，俞菲听到自己的心脏被猛烈的撞击，羞愧难当的她还是不肯服输，即使声音都哽咽了，还是在否认：“不是……当然不是……”

他的眼神渐渐冷了起来：“虽然我觉得这样的姐姐很可爱，但我的耐心也是有限度的——”看到她惊惧的眼神，他倾身吻了吻她的眉心，低沉暗哑的嗓音在她耳边响起，带着令她心颤的冷意，“遇到你之后我查了这几年你的经历，不得不说，姐姐你过得也不比我好多少，然后我就在想，一个家破父亡的人最容易对什么样的人心动呢？”

在俞菲惊恐的眼神下，他露出了一个诡异的笑：“所以，当一个成熟又温柔体贴的男人出现在你面前，时时帮助你时，在你需要时总会出现给你安全感，又能帮助你的母亲，这样的男人你怎么会拒绝，怎么会不爱呢？所以，‘我’出现了，姐姐你不要怪我，我也只是变成……你爱的样子罢了。就算是现在，你害怕成这样，也没有厌恶我不是吗？所以姐姐，不要拒绝自己，不要抗拒，你一直都喜欢这样的我的。”

他低下头轻轻咬住她衬衫上的纽扣，愉悦地看着领口露出的半片春光。

就在他的手肆意游走时，俞菲却激烈地反抗起来，即使在病中，他的力气仍不见小，几个动作间又将她按住。

低头看着不断喘息的俞菲，江时戈苦恼地叹了一声：“你又是在闹什么呢？”他用一种哄着小孩子的语气和她说话，仿佛是她在无理取闹一样。

“放开我！”她简直快不认识眼前的人了，原来，一切的一切都是假的。

那到底什么是真的，就算是真的，她也不敢信了，她现在只想逃离这一切，离开这个房子，离开他的身边，和他没有任何瓜葛！

或许是她的神情暴露了她的想法，在盯了她几秒后，江时戈忽地收敛了笑容：“有时候我真的搞不懂你在想什么，现在不是很好吗？我爱你，你也爱我，就这样下去多好。”

“爱我？”俞菲简直想笑，“你用这种方式爱我吗？”

“只有用这种方式才能留住你，像以前那样傻瓜一样的方式，我不会再用了，何况现在这样你也很高兴的不是吗？”

“当然不是——”她怎么会高兴？被骗得团团转，她怎么可能会高兴？

江时戈的手直接按在她的胸上：“看，你心跳得多快，嘴上说不喜欢，其实，你也会因为我的靠近而觉得兴奋吧。”

他低头吻住她的唇，密密实实地盖住她，仿若遮天蔽日的黑夜。

俞菲觉得很绝望，从没有这样绝望过，被喜欢的人深深背叛，又承受着这样被胁迫的亲吻，她真的无法忍受。他从一开始就在欺骗她，所谓的恋爱从始至终都只有自己投入进去，这种感觉太糟糕了，挫败到对自己整个人都开始否定起来。

她一直听不懂他的那些话，他好像很久之前就认识自己，可她现在太混乱了，根本理不清这些思绪，只是不断在内心呼喊，想要赶快离开！

这时，江时戈松开了她的唇，渐渐向下。

她终是忍不住哀求起来：“别这样，江时戈，你别这样——”

“这句话，我当年也和你说过！”他抬起头，嘴角露出恶意的笑，用一种让俞菲觉得无比残忍的语调轻笑说，“怎么了，不喜欢这里？我们可以去房间。”

他稍稍起身，无视她话里的真正想法，想要把她抱到卧房继续他想做的事，他凑到她的耳边说：“去那个房间怎么样，我们可以边做边谈谈那些照片，我一张一张给你看，你不想知道我是怎么拍的吗？”

“你疯了……”俞菲用胳膊遮住脸，试图屏蔽掉那些让她心痛的话。他太可怕疯狂了，温柔体贴的恋人竟然时时跟踪她，用他温柔的笑和承诺捆绑住她，就像是慢性的毒侵入到她的身体里，她好怕知道一切之后就真的中了毒，走不了了。

江时戈轻笑一声：“就算是疯了，也是为了你。”

趁他不注意，俞菲站起来想要逃，可刚起身双腿就一软又瘫坐回去，强烈的神经压力与长久被压住使她的双腿一时没能聚集起力气。

江时戈眯起眼，按着她慢慢绕到沙发后双臂环抱住她，不时蹭着她的耳郭说：“不要跑，乖乖坐下……”

她极力忍耐着，但还是禁不住开口问：“你到底想要干什么？”

身后的江时戈拉开了她的衣领，双唇印上了她的后肩。

柔软的唇，触感热烫。

俞菲浑身颤抖了一下，直到这一刻，她整个人像是被人泼了一桶冷水，寒气从皮肤侵入，迅速地在血管中游走，冻僵了她的全身，却也瞬间让她醍醐灌顶般地将之前断裂的记忆串了起来。

“你叫小江是吧，是长江的江，还是生姜的姜？”

“叫我一声姐姐，我就亲你一下。”

“小江，你真的喜欢我的话，就证明给我看。”

“是你。”她想起来了，她终于知道眼前的人是谁了，原来是他，竟然是他！

江时戈走到她面前，看着她震惊恍然的表情，真不知应该是感叹她还记得自己，还是无奈地叹一声她如今才想起，他单手握住她的下巴抬起来，表情十分平静：“你想起来了。”

俞菲仔细地望着他俊美的五官，渐渐与模糊记忆中的少年重合：“小……江……”

“是我。”江时戈弯了弯眉眼，“姐姐，好久不见。”这真正久违不见的话现在说起来，真是讽刺无比。

“我不知道你的全名。”

他忍不住嗤笑了声：“现在说这些都没意思了，不知道也好，不记得也罢，”他单手将她提起来，另一只手紧扣住她的腰将她紧紧贴合在他身上，用近乎残忍的语气说，“是你把我变成这个样子的，姐姐，现在该你还我的债了。你不会忘记，你都做了些什么吧？那些话，用不用我再给你复习一遍？”

他吻上她。

握了握拳头，她终于提起力气，推开他跑了出去。

江时戈没有追，甚至都没有转头去看一眼，他只是坐回沙发上，从抽屉里拿出一包烟，抽出一支点燃，重重地吸了一口，长呼一口气。

他的身体已经到极限了，刚刚已经费了不少力气，说起来，要是没有吃她买来的饭，他也没有这么多精力来和她周旋。

不过也不怕她跑，从一开始，他也没打算将她困在这个房子里，他要的，是囚心。

掉落在地上的包她也没有拿走，他弯腰拿起来时，半开的包里掉出几样东西，是退烧贴和消炎药。他盯着地面，夹着香烟的手指不自觉地颤了颤。

香烟无声无息地燃着，渐渐逼近手指，而他仍是低头看着地面，直到手上发烫，他才将烟蒂碾灭。

慢慢走到厨房，微惊讶于里面的整洁，连柜子里的盘子都刷得干干净净，他打开冰箱想拿瓶水喝，却在看到里面摆满的素菜、水果时愣住了。

半晌，他拿起一个番茄在手里掂了掂，突然低叹了声，可惜，最后他还是没吃到她做的菜。

俞菲横冲直撞地往前跑，热风从衣领灌进去，汗水一滴滴流下，直到她双腿变得沉重，忍不住弯腰喘息才终于停了下来。

望着前方的马路，突然悲从心来，眼前忽然就模糊了，她将头埋在胳膊里，低声抽泣。

她很久没有哭过了，她自小就不爱哭，这么些年，就连在爸爸的葬礼上都忍住，多累多苦也几乎没掉过眼泪。不是不委屈，也不是不难过，就是觉得一哭，支撑自己的那股劲儿就会消失了。她的身后没有人可以倚靠，而且还有一个生病的妈妈需要自己照顾，怎么能放松，怎么敢倒下？

可现在她真的控制不了了。

悲恸、羞恼、愧疚一股脑儿地涌上来，还有一些说不清的情绪萦绕在心头，她真的忍不下去了。

最开始还只是低声抽泣，到最后还是忍不住呜咽地哭出声，眼泪一滴一滴地砸到地上的红瓷砖上，几分钟后绯红的颜色就又变回原样。

没人知道她的悲痛，但那痛苦就像滴入地面上的泪，即使蒸发得干干净净，但我们都知道它的存在。

第五章
说你喜欢我

俞菲回到家的时候天色完全黑了，她浑身无力地走回小区，脚上还穿着软底拖鞋，每一步都走得飘乎乎的。

原来江时戈，就是小江，竟然是他。自己从没有将两个人联系在一起，真是太大意了。

不过也是，怎么能想到当年的那个少年已经出落成如今这样成熟冷静的男人呢？他……长大了呢。

五年的时间，改变的东西太多了。

她已经不再是从前高傲张扬的俞菲，身上的羽翼与尖刺也都被磨灭。

而江时戈，从一个青涩的少年蜕变成为男人，无论是容貌、气质，还是性格都有着那么大改变。

她低嘲一笑，她哪里能够认出，当年脸红无措地在她面前表白的少年，竟然是现在能够在她面前自如地为她解围的人呢？

但就像他说的，她从一开始就没认出他，不是不记得他，只是刻意忽略了那段经历，但即使让她忘记，这些年来时不时地还是会想起那天的一些片段来，所以她这五年都没有和异性亲密交往过，每次只要一靠近，都会情不自禁地想起那天的事情。唯一的例外，就是江时戈，但真是命运使然，他就是她一直刻意忘记的那个“他”。

俞菲走回房间，没注意到王颜凝重的表情，她躺到床上，那些被封存住的记忆像是破开封印般一股脑儿地全部倾泻出来，原来，仔细去想时，才恍然发现自己对那天的事是如此的记忆深刻。

五年前——

这些天以来，俞菲已经不记得日期了，坐在凳子上，她抬头问：“今天多少号？”

“16号。”对面的中年男人指指合同的左下角，“在这儿签字就行。”

俞菲低头签字，一笔一画地写下自己的名字，最近写自己的名字真是比上学时都多啊。

签好字，男人将合同分好，长舒口气：“侄女，你和你妈找好地方住了吗？千万别多想，我不是催你们啊，只是这房子我就是有点儿急用，要是麻烦，叔叔给你们找个地儿？”

俞菲抬起头看着他，这个男人平日里没少和她爸称兄道弟，她爸刚死，就打着帮忙的旗号来买她家的房子，出的价钱竟然只有市价的一半。她不是娇滴滴的大小姐，房价多少她当然知道，硬着头皮讨价还价让他多拿了三成，可即使这样，这些钱也刚刚够还爸爸欠款的一半。

男人见俞菲不回话也不着急走，上下打量俞菲几秒，突然靠近说：“侄女，要是有什么难的事别自己憋着，你看，俞大哥走了，就留下你们孤儿寡母的。”他啧啧两声，叹了句，“葬礼那天你妈又被那个疯婆子吓成那样，叔叔真是不忍心看你这么辛苦。”他安慰般地想握握俞菲放在桌子上的手，真是双小嫩手啊，这么白，十指尖尖，握在手里会不会给捏坏了呢。

他手刚伸过去，俞菲就将手收到桌子下面，抬头一看，她看着他的眼神透着鄙夷，像根针一样扎到他的心口。

俞菲开口：“我找到住处了，这地方明天就给你让出来，王叔你有事就先去忙吧。”

这么冷淡的态度，他也懒得伺候，收了东西走出大门时忍不住回头呸了句：“什么东西，臭丫头还敢蹬鼻子上脸了！”

他刚骂完，就看到俞菲从里面走出来，目光是说不出的寒。毕竟还得顾着面子，他摸了摸鼻子，转身走了。

俞菲紧紧地握住拳头，这要是以前谁敢在她面前说这种不干不净的话，她管对方是谁肯定先给他几个巴掌，但现在不能，她必须忍！

爸爸已经走了，连尸骨都在千里之外的山崖下找不回来，妈妈又被那个疯女人吓得神志不清，天天喊着要她给爸爸打电话让他回家，现在她只能靠自己。

给搬家公司打了电话，对方说半小时后就到，俞菲看着手机微微出神。眼眶渐热，她连忙仰头，俞菲，这个家就靠你了。长呼一口气之后，她转身继续打电话和买家商量家具的价格。

俞菲和王颜从原来的别墅楼搬了出去，住到了一个不到四十平方米的小楼房。就是这样差的居住条件，房租也让俞菲皱了眉头。永兴的市价太高，对于没有收入的她们来说实在是太过昂贵了。

她出去给妈妈买饭，就算搬了家，妈妈还是不肯接受事实，竟然还要她去买如意斋的饭菜。算了算手里的钱，俞菲决定去租房旁边的餐馆。

刚走上街手机就响了，这阵子除了那些债主和买家，给她打电话最勤的就是那群人了。之前她跟他们玩无非就是找个乐子，不想自己一个人待着，她也一直只是将他们当玩伴而已，别说是朋友，连交情都算不上，所以就算是家里出了事，她也没告诉他们。他们这么勤地找她，她也不是猜不到原因，就是想让她继续当提款机。不过不是已经有了那个叫小江的少年了吗？何必再找她，但具体原因她并没有兴趣知道，按下拒接，她继续往前面走。

“俞菲！”身后突然有人高声喊她，她最近很怕别人用这样急切的声调喊自己，心下轻颤，转头一看是个熟脸，哦，除她之外的第二台提款机——小江。

他急匆匆地下车跑到俞菲身边，确认是她后眼神一亮，这样专注的神情令俞菲一愣。

他见到她时本是十分兴奋的，可真到了她面前，又紧张局促起来，半天才说了句：“好……好久不见你了呢。”

俞菲以为他是替那群人来打听的，脸色顿了顿，语气也冷淡起来：“嗯，最近比较忙。”她说完转身就往前走。

他一时搞不懂她怎么突然这个态度，犹豫片刻又跟了上去。

走了没几步，俞菲回头看他一眼：“你跟着我干吗？”她和他又不熟，现在可没心思跟他玩。

他突然红了脸，“我我我”了半天也没说出原因。

俞菲懒得理他，加快了步子，到餐馆买了饭菜，走出门时却又再一次地看到了他。

他的目光带着疑惑和讶异。她当然知道他在奇怪什么，这样的小馆子从前她看都不会看，更何况是进来买饭了。心底突然窜出一股火，她羞愤难堪地握紧手上的塑料袋子，里面沉甸甸的饭菜犹如她此刻的心情，她尽量装作和平时一样，但在他再次跟过来的时候，她终是忍不住了。

“你到底要干吗？”她转过身怒视他，“怎么，你们都知道了，然后就来看我的笑话吗？那好，你放心吧，以后何溪那群人肯定把你当皇帝一样捧，我不会再来碍你的事了。这样你满意了吗，可以走了吗？”

他被她一连串的话弄蒙了，直到她怒气冲冲地往前走他才反应过来，马上跟过去说："不是的。"

其实他有些听不懂她话里的意思，什么你们都知道了，看笑话的，他抿抿唇解释说："你说那群人吗，我没和他们一起。"他还想说，你这阵子都没出现，他们叫我，我也没去，没有你在，我何必过去……

"那你跟着我干吗？"俞菲倒是知道他是那群人中唯一看起来还算靠谱的人了，也曾提醒过她不要和那群人走得太近，可见他是看得清的，但无论出于什么缘由，她都不想让认识的人知道她的现况，她仅剩的自尊，就只有这些了。

他犹豫了一下才问："你不高兴吗？"

俞菲感觉心头被刺了一下，心情被看穿的感觉并不是很好。她"嗬"了一声："你又知道了。"

他看着她没说话，其实，他只想知道她的事情。

然而他并不敢说出口，不知道说了之后，她会怎样，会不会连以后这样在街上说话的机会都没有，但他的内心是呐喊渴求着，渴求到，仅仅站在一旁，已无法满足。

俞菲懒得再应付他，继续往前走，而站在原地的他，却是鼓足勇气，跑到旁边的店里，用最快的速度再追上她。

他拦住她的去路，就像之前那次一样，然而这次，他的神情中多了些东西，一双黑亮的眼睛紧紧地望着她。

他好像有些犹豫，神情却是坚定的："我喜欢你，你愿意和我在一起吗？"他的声音甚至带着颤抖，即使如此他仍是站在她面前等着她的回答。

然而俞菲听了他的话表情在吃惊一瞬后变成凝重，他紧张起来，承诺说："我会一辈子对你好的，相信我。"

他将手中的花递到她的面前，一大团的玫瑰这样红，像是一团火，要将她点燃，而她心里的那簇火，真的烧起来了。

就是个小孩子，和她说什么一辈子，别拿谎话来骗她了。

她冷笑一声，没有接他手里的玫瑰花。街头来来往往的人很多，他就这么举着，渐渐开始吸引不少人的注意，但无论是俞菲还是他都不在乎那些视线，她低头瞥了一眼，冷声说："你当我是十五六岁的小丫头吗，买束花就要我和你在一起？"

"没，我没那么想，"他见她神色不对，忙慌乱地解释，"我只是想告诉你，我喜欢你，想让你开心……"

"哦？那你喜欢我什么？"

他想说那个雨天她开解他的事，可又有顾虑，一时不知怎样开口。

这一迟疑，落在她的眼里便是正中了她的猜测，她低低地斥了句："编不出来了？哼，都是骗子……"

他被她的话激怒了："我没有骗你，是真的！"

她抬起头静静地看向他，他的目光清澈动人，用十分炽烈的眼神看着她，可她心底的那团火却越燃越旺。

她面上不动声色地轻笑，眉眼间带了魅惑的风情："小江，你真的喜欢我的话，就证明给我看。"

当他跟着俞菲走到旅馆门前时，整个人顿时就僵住了。俞菲见他停下脚步，微勾下唇。

"怎么，现在不跟着我了？"她这话仿佛就像是在说：看吧，我就知道你在说谎。

他咬了咬牙，提步跟她走了进去。

俞菲到前台开了房间，朝他比了比房卡，两人走到房间门口时，他不肯进去了。

俞菲坐到床上，目光冷得像是寒冬里的雪，刺骨的冰，极致的寒，不带任何感情。

她并不喜欢他。

想明白这点后，即使早已做好了心理准备，心头还是禁不住开始抽搐阵痛。

俞菲想做什么，或者是想试探什么，他不是不清楚，可她怎么能这么想他？

把他当作和其他那些只看外表的男人一样，脑子里都是污秽的思想，用下作的手段和方式去得到女人。

一想到她把自己当作那种人，他的心就犹如浸泡在寒潭里，刺痛地疼。

十八岁的少年，最是自尊自傲，因成长环境与经历，有着一根不愿被人触碰的底线。

她这样做，是在侮辱他。

他脸上再没有热情与激动，看起来有几分阴郁。

他生气了。

俞菲也意识到了这点，可她还是故意问："怎么不进来？"

他抬起头，美丽的唇瓣翕动，眼帘又垂了下去，不想伤害她，他还是忍着痛楚将话吞了下去。

可他欲言又止的样子刺痛了她的眼睛，她倏地走到他面前："怎么，不敢了？刚刚在大街上不还是信誓旦旦地说喜欢我吗？"

"不是这样的。"

"那是怎样的？"

"你明明不喜欢我，为什么要带我来这里？"他看向她的眼神好像对她这样的行为很是失望。

失望，他竟然对她失望？

俞菲的心突然被刺痛，她大力推了他一把："你滚！"

他没动。

"叫你滚啊！"她吼了一声。

半晌，他终是在她的注目下离开了。

骗子，全都是骗子！

认识的叔叔骗她，爸爸骗她，就连他也一样，明明那么信誓旦旦地说喜欢她，都是谎话！

俞菲走回房间徘徊几步，隔了一会儿浑身无力地瘫坐在地上，真的让他走了之后，剩下了自己，她却这样难受。

可她受不了他那样的眼神，那样失望又鄙夷的眼神。

为什么来这里？她也说不清楚，或者是想试探他是不是真的喜欢她，或者是想干脆就疯狂一次，又或者，她想通过这种方式伤害自己，让自己有个理由，能够哭一次。

但现在，她也说不清自己的想法了。

她只是觉得好难受，胸口像是有块冷冰冰的石头，冻住了她的心房，太疼了，太难受了。她又想起他的眼神，眼泪不知不觉地流出来，自己已经沦落成这般田地了吗？就连喜欢自己的人都瞧不起她……

脑子乱成一团，她趴在床边流泪，尽量不让自己哭出声，然而耸动的肩膀还是暴露了她的情绪，一下又一下地颤抖着，那么让人心疼。

耳边响起“咔”的一声，很快，她的后肩触碰到了柔软的嘴唇。

柔软的唇，触感热烫。

像是熔浆一样默默化开她心口的冰石。

她转过头，看到了他。少年神情平静，看向她的眼神充满了心疼。

心中突然聚起了无限的委屈，父亲的暴亡、母亲的疾病、外债的压力，还有那些想要趁火打劫的慌乱一股脑儿地涌了上来，她像是寻找安慰的小孩儿，伸出双手抱住了他的脖颈。

不管他是谁，不管他想要什么，只要他现在不离开就好了，怎么样都行，只要不留下她一个人……

他喜欢她是吗？那么，她如他所愿。

俞菲仰起头吻上了他的唇，他僵住了，她却是胡乱地热情亲吻，这样惶恐、这样急切，只求他不要离开。

“别这样。”他推开她，俊美精致的脸上已染上绯色，眼神却是一片清明，他知道她一定有心事，可更明白以她高傲的性格定然不会说出口。他无从安慰，又小心翼翼地不想伤害她的自尊心，“你不想这样的，会后悔的。”

“我不会。”她低着头，语气很是坚定，“你不是说想让我开心吗？你不是说，没有骗我吗？”

他一愣，蹙眉抿唇，内心不断挣扎。他不愿那样做，更不愿让她以为自己是那样的人。他的自尊也不允许他这样随意，但抬头看到她落寞的神情时，心口突然钝痛起来。

她是俞菲啊，什么时候，她露出过这样软弱的表情，无助又可怜，像一只在雨中挣扎高飞的鸟，一次又一次地被雨水打落，只想寻求一个避雨的屋檐。

那么，他愿化身成为她遮风避雨的屋檐。

终是跨过了那条底线，他伸出手将她抱上床。

之后的事情，俞菲反而记不太清，或许是不愿面对刻意模糊了这段绮丽的片段。

朦胧间，她只记得几个画面。

他仰头脱下衣服时露出的结实肩膀与修长的手臂，身骨十分端正。他一直紧抿着唇，低垂如蝶翼的长睫毛偶尔轻扇，那双美丽的眼睛凝视着她，透着无限的复杂。

他握住她的肩，低头轻吻她的额头、鼻梁，触碰到她的唇时，她能感觉到他压制的激动。

随之而来的是她体内陌生的剧痛，她没想过会这样痛，痛得她眼泪都出来了，但却正如她所要的，终于，能够给自己一个理由哭出来。

火热交织的呼吸，伴随着疼痛与撕裂，心也像被撞开了一条缝。

她睁开眼，终于想看看他。

他却倾身抱住了她，不久，她感受到了脖颈间的湿润，无声的泪水滴落在她的皮肤上，每一滴都像是熔浆烧灼着她的皮肤。

她一向觉得男人哭很没用，但这一刻，她突然被他感染到，好似悲伤也从那些眼泪侵入她的心底，怀着一股说不清的心情，她展开双臂抱住他，只能用这种无声的方式去安慰他，或者说，安慰自己。

之后，在他去洗澡时，她接到了何溪打给他的电话。

“小子，找到俞菲没有啊？我跟你说，你就按我之前说的，趁她现在心情低落一举拿下，对了，你有空把她约出来，咱们一起聚聚……”

她挂了电话，被融化的心重新又冻上了，这次，更增加了阵阵凉意。

她穿好衣服，拿起搁在桌上的饭菜，从兜里拿出钱放在床头。正想离开时他出来了，问她想去哪儿，隔了会儿，他又问了她是不是出了什么事。

她禁不住冷笑一声，这不是明知故问吗，都知道她家的事了，还装作不知情一样，本以为他会不一样的，没想到他也是这种人。

出于背叛与发泄的心情，她对他说了很多伤人的话：

“我的事跟你有什么关系，你当自己是谁。”

“就是玩玩而已，你还当真了啊。”

“不过是你情我愿的事，怎么，你要钱？”

那些话，至今想起时，连她自己都会觉得刺痛，那时的自己太高傲倔强，经历家变后又一直忍耐着情绪，而那些压力都在那时化作尖锐的话语，像刀子一样插在了他的身上，那样肆意痛快，以伤害他人快慰自己，但那也仅仅是一瞬间的痛快，伤人的同时，自己也会受伤。

她始终忘不掉他的眼神。

在她说完那些话后，他一语不发，拳头紧握，全身紧绷得像一支蓄势待发的箭，僵硬地站着，偶尔还会微微颤抖，像是在极力压抑着自己的情感。而那双墨黑的眼睛带着血丝，愤怒地瞪着她，像是黑夜中燃起的烈火，带着热烫的火气，要将自己和她都一同焚烧起来！

缓缓地，他吐出三个字：“为什么？”

她不为所动，冷笑一声，觉得再说下去没有意义，将手机扔到他前面转头走了。

她不曾知道，他回来时，下了多大的决心。

她不曾知道，他为了她，舍下所有的自尊。

她不曾知道，她说的话，彻底毁了他全部。

那时的她无情地转身，拎着已经凉透的饭菜离开，带走了他所有的温暖和爱。

那天之后，俞菲继续忙碌于四处寻找办法还债，一边要躲着许叔家属的寻找，一边还要努力维持生活，还好最后王颜拿出存款，俞菲终于还清了欠款。

俞菲怕妈妈再受刺激，也因为生活问题，只能办了休学，一边对外放出自己去美国的消息迷惑许叔的家属，一边又赶忙带着妈妈离开了永兴市。

期间的酸楚无法言喻，初到外地的拮据与困窘，没有生活来源，妈妈又大手大脚地花钱，没有学历找不到工作，妈妈的病越来越严重，有次竟然失踪了两三天，俞菲心力交瘁，接连发生的事情耗费了她大部分的精力，几乎完全忘记了之前的那件事。

但小江，也就是江时戈一直在找她，最初是想要个理由，最后却变成了疯狂的偏执。她彻底地利用了他，又说出那些伤人的话后，竟然不声不响地去了美国。于是他也去了美国，动用一切关系去找她，可是找不到，一直找不到她。

他开始失眠，因为每次入梦，他都能梦到她冷着脸说的那些话，当自己是玩物，不过就是玩玩，从始至终，他所牺牲的那一切，她都没放在眼里。

她不爱他，不喜欢他，还说后悔了，蔑视他，羞辱他，用那些冷言冷语践踏他。

找不到她，脑子里无时无刻不在回荡她那天说出的残忍决绝的话。

为了麻痹自己，只要是能发泄的渠道他几乎都试过，吸烟、酗酒都是轻的，飙车、潜水、蹦极、跳伞，有时候几乎就是在玩命，父母工作繁忙根本不知道，谈清让也拦不住他，有时他甚至会想，如果他死了，俞菲会后悔吗？

怨怼成了仇恨，思念变为偏执，他隔绝了自己对异性的亲密，他要找到她，一定！

是她将他变成这样的人，怎么能让他这样痛苦地活着，而她却在其他地方逍遥快乐呢？一想到她也许找到了其他的男人活得幸福，他就恨得不行！

那件事情几乎毁了他对爱情的所有期待，他一直在找寻俞菲，从最开始的喜欢渐渐地发展成偏执的迷恋，已成为他身体的一部分。

他爱她，也恨她，但这些，那时在辛苦生活的俞菲并不知道。

而现在，她终于明白了。

是不是太迟了？

当生活暂时稳定后，在寂静深夜间，俞菲偶尔会想起他和那天的事，冷静下来，也能明白电话里的何溪估计只是一厢情愿地给他出主意，为的就是想引她出去，他也许并不知情，何况那天的事也是她主动的。

她说的那些话，不仅仅是过分，简直可以说是言语上的凌迟……

做了那种事，说了那些话，她不是不后悔，每次想起，眼前都会闪出他震惊、受伤又愤怒的眼神，那眼神太过凌厉，令她不敢再去回忆。

再想起那时他的眼泪，她也终于明白，他心里明白自己对她而言只是发泄的工具，但他还是选择了她。

明白这点之后更让俞菲无法去面对这段回忆，为了保护自己，她故意忽略遗忘了那件事，本就没太多交集的人，没过几年，连名字都想不起，相貌也记不清。

一天天，一年年。

她刻意地去遗忘，但这几年，每当男人用热烈的眼神望着她时，她的脑中总会浮起一个模糊的眼神，那个眼神更热烈、更专注、更深情。

然而很快，那眼神逐渐变化为凌厉愤怒，她不敢直视，避开了对方的眼神，也拒绝了他人的追求。

她以为自己可以忘记，但是这些年，始终没有成功过，那天的事，不只是他的心病，也成为她心底一道抹不去的伤痕。

直到回到永兴市，再看到那双美丽的眼睛时，曾经的热烈痴然都已消失，变成了清冷淡漠，唯有专注不曾变过。

她被那眼神中的专注吸引，无法自拔，终是进入了他的圈套。

不是没有过怀疑，多少次，他说的话、他的眼神、他那么了解她的习惯，那些熟悉感和一闪而过的画面明明近在眼前，而她却选择避开了。

因为愧疚，她避开了那些猜测，说到底，也不过是为了不受伤才欺骗自己，直到避无可避。

这样也好，当年欠了他的，现在还回来。

她欠他的，是要还了。

俞菲一夜未眠，转头看到床头边放着的杯子，拿到手里转了转，杯子的质地仿佛黑曜石一样的纯黑，显得自己的手指都异常的白。

这个杯子，江时戈再也用不上了吧。

现在她知道了一切真相，从前的疑问也就迎刃而解，为什么江时戈会出现在律师事务所，屡次出手帮她，还有那个深夜他的到来，他若有似无的暧昧，他的吻……

俞菲不愿再想下去，一想到那些都是他制造出的假象，都是为了迷惑她而装扮出的温柔，她的心口就忍不住抽痛。

很好，他已经成功地报复她了，初次的恋爱沉沦，竟是一场精心策划的骗局，如果他要的是这种以彼之道，还之彼身的报复，那么，他成功了。

可她有种预感，江时戈并不会这么轻易地结束这件事。

起床洗脸，俞菲没有注意到王颜的房门，露出小小的一条缝隙。

俞菲正常上班，可整个人坐立不安，她觉得自己可能在重复当年江时戈的体验，也许，这就是他想要的。

然而她没等来江时戈的消息，而是他的朋友路远峰联系了她。

俞菲也想过要不要将妈妈转去别处治疗，但她更知道，这样突然换医生，对妈妈的病情没有好处，何况妈妈的近况越来越好，可见路远峰的治疗十分有效。当她还在挣扎时，路远峰却通知了她一件令她一直提心吊胆的事。

王颜的病情出现了阻碍。

俞菲请了假去医院，路远峰一脸凝重，他很不明白，王颜的病情已经好了大半，只要进一步治疗，让她接受自己丈夫离世的事实，就差不多会痊愈了，可在这时她竟然开始抗拒治疗了。

路远峰问："她最近有没有提起什么，或者发生了什么有关你父亲的事？"

"没有。"最近她家并没有发生过什么。

"会不会是见到了曾经的亲戚或朋友？"

“亲戚是不会的，他们都不在永兴市；朋友的话，倒是有这个可能，但我妈没有提起过。”

“找不出原因很难再进行下去。对了，她当初为什么会接受治疗的？”

俞菲神情一滞，当初劝说妈妈去治疗的人是江时戈，具体的原因他并没有说。

路远峰知道后一拍手：“那还不简单，我打个电话问问他，不过稀奇啊，你来这里他竟然没跟着来。”

显然，路远峰对于她和江时戈的事情是不知情的。

“我给小江打个电话就知道了，正好让他来接你。”

“别！”俞菲的心提了起来，马上拦住路远峰，“他最近比较忙。”

路远峰一愣，忙？那家伙除了实验室的事还会忙什么？何况他都请假了……

“我去问他好了，之后我再和你说，行吗？”

“当然可以。”

当俞菲再来到江时戈家门前时，连她自己都说不清此刻的心情。

会后悔吗？

不知道，她只知道妈妈的病情是最重要的，见过那么多医生，只有他说动了妈妈，可见他一定有办法，就算为了妈妈，她今天也非要进去不可。

狠了狠心，她上前按了门铃，可两三分钟过去了，门仍旧没有开，他不在家？

说不清是失望还是松一口气，俞菲转过身，想着要不要明天再来。

现在她的态度，仍是逃避的，不敢面对江时戈，也不敢面对自己，原本倾心付出的感情到头来都是一场空，她怎么能不灰心悲伤，能够决定再来见江时戈，已是比常人坚强努力了。但在心底一角，她还是庆幸没有见到他。

俞菲转身离开，可没走几步，身后响起低冷的嗓音——

“菲菲。”

这声调她怎能不熟悉，多少次，这声音说着令她心跳加快的蜜语，用魅惑的声调勾着她的心，直到坠入冰窟。

肩膀自后被修长的手臂环住，江时戈凑到她的耳边：“来了怎么不事先打个电话？”

身体条件反射般地僵硬了，舌尖抵在牙齿上，她还是没张开口说出话。

他拉住她的手往回走，俞菲沉默地由他带着自己往那个牢笼一样的房子走去，到了门前他松开了拉着她的手开门，她顿时松了一口气。

门被推开，江时戈一弯身，随即俞菲便感到天旋地转的腾空，她禁不住轻呼一声，江时戈竟然将她扛在肩上进去了！

“砰”的一声，门被关上。

“你干什么，放我下来！”自长大以来，从没人这么抱过她，这种腾空感令她更加不安。

江时戈是何等了解她，怎么会听不出她的情绪？

他嘴角一勾，不顾她的惊呼与拍打，悠然地走到客厅才将她放在沙发上。

这个位置，就是那天他将一切真相血淋淋地剖出的地方。

江时戈的脸上挂着浅笑，然后突然伸手去摸她的脸。

俞菲想要避开却还是没成功，可他只是动作轻柔地擦擦她额头上的汗水。

“外面这么热，等了很久吧，要不要喝点儿饮料？”

俞菲一愣，这样的江时戈，和之前温柔体贴的他没有任何两样，但两人都已经知道事实的真相，这不过是他的伪装。

事到如今，他又何必这样？

她凝视着他的眼睛，这双眼睛她逃避了好久，这么多年，她一直躲避不敢回忆，可终究还是逃不过。

“不用这样。”她的声音比自己想象中的要坚定沉稳得多，“没必要装作什么都没发生的样子吧。”

戏，该落幕了。

他不必再演下去，她也不想当愚笨的观众。

江时戈慢慢收回手，美丽的眼睛里温柔不见，燃起了黑色的火焰：“我以为你喜欢这样的，那么，就按我喜欢的来好了。”

他一把扑倒她，一只手扯开她的衣领，另一只手托起她的头，突然狠狠地咬住了她的唇。

在心神一惊之后，俞菲便明白了他的意图，她没有反抗，甚至还闭上了眼睛，任由他亲吻，即使心脏不受控地狂跳，她仍是一动不动。

很快她就感觉到身上的人停了动作，江时戈冷笑一声：“装什么呢，你来我这里，不就是为了这个。”

“不是，但如果你觉得通过这种方式可以彻底报复我，能消除你的恨，也是可以的。”为了家人，她再次张开仅剩的羽刺，即使刺向的，是她最亏欠的人。

“看来你是都想起来了。”

“是，所以要继续吗？”

这样乖顺的反应，显然不是他所预料中的。

她见他没有动作，说：“你要是满意了，我希望你能告诉我一件事。”

“什么？”

“我妈病情有严重的趋向，路医生想知道当初她为什么会接受治疗？”

他的脸忽地蒙上一层冰霜，单手握住她的领子将她提了起来：“你是为了这个才来的？”

“不然呢？”

他看了她几秒，连连低笑几声，那声音充满了凄凉与低嘲，听得她阵阵发寒。

“也对，从以前到现在，你都一直是这样的。”他怎么会妄想，她是为了他来的呢？

“好，我可以告诉你。”江时戈抬起头，嘴角又挂起浅淡的笑，可在那微笑下面，是寒气森森的尖牙，带着汹涌的欲望，想要咬断她的脖颈，品尝鲜血，也许用这种方式，他才能够真正地得到她，“可你用什么换呢？”

“什么都可以。”

“其实我很怀疑你是不是真的都想起来了，我们去复习一下怎么样？”他满意地看到她的身体颤抖几下，原来，她也不是完全不在乎的。

江时戈拿出车钥匙：“走吧。”

俞菲跟着他上了车，用余光看他的时候，她简直快不认识眼前的人了，这是自己爱上的江时戈吗？是以前那个热烈地暗恋自己的小江吗……

不是，都不是。

可她明白，这样的他是由她一手造成的，她无法逃避责任。

暗暗在心底低声叹了口气，她的眼角开始发热，真的很想说对不起，很想弥补，但很显然，无论她说什么，他都听不进去，那么就按照他想做的来吧。只要他愿意，只要能消除他的恨！

车速很快，过了半个多小时后，江时戈将车停下，他按下车窗看向外面，“嗬”了一声：“竟然没了。”

俞菲探身去看，前面是一家洗衣店，这里环境一般，是属于永兴市的周边，他为什么带自己来这里？

江时戈转头看她，眼底说不出的冷：“店换了，地方没变，还记得这里吧，当初可是你带我来的？”

俞菲看了看周边，瞳孔突然扩大。这里就是五年前她卖了家里房子后临时租房的附近，而前面这家洗衣店，原本是一家旅馆。

就是那家旅馆。

原来他说复习，竟然就是这个。

心脏被狠狠攥捏，马上就要流出血来，她紧握住拳头压制住情绪，不能软弱，不能倒下，妈妈的病还需要他，最起码现在，她不能露出任何悲伤的表情。

江时戈盯着她的脸，而从始至终她都那样平静地望着前方，在他提醒后，她好似无所谓地说了句："哦，这里呀。"好像和她无关一样，对此毫无兴趣。

两人就像是在相对的悬崖两边拔河，谁伤得谁更多，另外一个人就会掉入万丈深渊，剩下的那个人就赢了。可是，就算赢了，那结果真是心中想要的吗？

他们都没想到这点，只是互相较着劲儿。

其实并不是没有回转的可能，只是无论是俞菲还是江时戈，现在都露出性格中最尖锐的一面，刀子撞刀子，石头碰石头，头破血流也不肯服软。

"要换一家吗？"俞菲平静地问他。

江时戈眯起眼，扯了扯嘴角："你倒是很心急？"

俞菲像是不在乎他的冷言冷语，轻描淡写地说："这不就是你想要的吗？"

"对，不过我是不是应该事先把钱准备好，你觉得多少价钱合适呢？"

俞菲现在彻底知道语言的伤害有多大了，仅仅是一句话，从他嘴里说出来却真的像刀子一样一下下地插入她的心脏，疼得心脏都蜷缩了，流出来的血是冷的，四肢百骸都僵住，如同置身于冰寒窟洞一样，这么冷，这么孤寂，无边无际的寒，像只有死亡才能终止这痛楚。

她咬着下唇，几乎要咬出血来："随便你。"

“那就这里好了。”他伸手解开安全带，竟然起身要过来，现在还是下午，两人还在街道旁边，他疯了吗？

俞菲想也不想一把将他推回去。他看到她的反应挑了下眉：“怎么了，不是你说随便的吗？”

“江时戈你浑蛋！”

“现在才知道吗？”

他恶劣一笑，毫不在乎的样子刺痛了她的眼睛，他就这么恨她吗？以伤害她为乐，看到她痛苦才满意，他就是想用这种方式报复她吗？

好，她成全他。

“你想怎么样就怎么样吧，其实我那天回去琢磨了下，你的话没错。”

江时戈盯着她，眼底透出不解的神色。

俞菲缓缓露出一个微笑：“你说我喜欢你变成的样子，我想了想，的确是的。”

江时戈一直挂在唇边的淡笑消失了：“你说什么？”

“你看，我爸爸过世，就剩下一个生病的妈妈，工作被弄没了，生活都成问题，我最想要的，肯定就是一个大方又有钱的男人啊，我当然喜欢啊！如果换成其他人，我也会和他交往的。不过原来是假的，我倒真是失望了一阵子，只是你愿意帮我妈，你想怎么样都可以的。反正我就剩这副身子，难得你看得上，至于你要给我多少钱，随你喜欢。”

她不在乎的模样刺痛了他的眼睛。

所以说，她从来都没有真正爱过他，就算喜欢的，也是他创造出的一个幻影！

从始至终，她都是抱着这种心态和他在一起？

她一句句说着冷言刺骨的话，再一次穿透他的心脏。

他从牙缝里挤出几个字：“你真这么想？”

“是。”他不就是想这样嘛，贬低她，侮辱她，那她就承认自己是个贪财好色、不知廉耻的女人还不好吗？

“怎么，我说喜欢以前的你不满意？你要是想听我说爱现在的你，也是可以的。”

“够了！”他俊美的脸都愤怒得扭曲了，“行，俞菲，你行！”论狠，她永远都比他更狠！

“你走吧。”他尽量用平静的语气说。

俞菲反问：“不做了？”

江时戈的胸口不断起伏着，努力地压制将要喷涌的怒火，否则他不知道自己会做出什么！

她再一次看到了那个眼神，压抑的愤怒，紧抿的嘴角，眼底闪烁的伤痛。这一次，她没有躲开，用十分冷静而淡漠的态度说：“那好，不过我妈的事……”

“我会和路远峰谈的。”

俞菲满意点头，下车离开，渐渐从江时戈的视线中消失。

直到确定他不会追来，俞菲才停下脚步，手掌捂住眼睛，肩膀不住地颤抖，心上的伤口再次崩裂开，逼出她的眼泪，热风一吹，脸上的泪像钝刀一样划破她的皮肤。

孤单站立在街头的她看起来异样凄楚，甚至激起路人心底隐埋的痛，不禁和她一起悲伤起来。

天黑入夜，谈清让在加急处理了文件之后开车到了薄羽酒吧。音乐声、欢笑声此起彼伏，拒绝了侍应生的招待，谈清让四处观望寻找，他高大俊朗的模样吸引了不少注意力，但更多人的注意力却被另一处吸引。

独身的年轻男子身着衬衫黑裤，俊美冷然的容颜在昏暗的灯光下透出一股清冷魅惑的气息，因着这份冷然，让人越发欲罢不能。

众人跃跃欲试，还没决定由谁去，毕竟是生面孔，对方要是不拒绝还好，碰壁的话就丢人了。

谈清让顺着众人的视线找到坐在角落处的江时戈。

显然，他已经喝得不少了。

注意到有人来，江时戈抬起头，白皙清俊的脸上镀了一层淡红。谈清让知道江时戈酒量好，但他的身体已经经不起这么折腾了。谈清让将公文包放在桌上，把酒瓶拿开："怎么想叫我来这里？"

"我不是说了，你忙就不用来。"

谈清让问："你和俞菲在一起了？"

"嗯。"江时戈点头，额前的碎发有几丝落了下来，遮住了他的眼睛，"是在一起了，不过现在还算不算，也不知道了。"

谈清让琢磨两下："她知道了？"

江时戈沉默。

事情发展的速度出乎了谈清让的意料："她怎么说？"

"怎么说……"江时戈低嘲一笑，将酒杯重重地放在桌台上，"她跟我说，让我继续帮她母亲治疗。阿让你说，女人是不是真的都没有心，还是就她不一样，只有她没有心？"

谈清让一时语塞，劝道："阿时，回美国去吧。"

"为什么？"

"你已经达到你的目的了，再留在这里有什么意思呢，放过俞菲吧。"也放过你自己。

江时戈一双黑眼睛闪烁着不知名的光泽，他从牙缝中吐出几个字："不可能。"

江时戈拿起桌上的酒要喝，谈清让却一把抢了过去，他的声音带着薄怒："阿时，今天就只有你我，你给我个实话，你是不是还爱俞菲？"

江时戈低笑一声，正要否认，谈清让却截了他的话："如果你不爱她，你也该报复够了。如果你爱她……"他真不知道该怎么说下去了，如果阿时还爱着俞菲，那么，现在的俞菲怎么会原谅他，他们现在，更加不可能在一起了。

死局，说的便是现在的俞菲和江时戈。

“够了，你该好好想想你到底想要什么了。”

谈清让拿起公文包：“我去结账，回去再说。”

江时戈低垂着头，一语不发，他想要什么，想要什么？

脑子里一片混沌，爱与恨交织在心头，无法原谅她，却也不想舍弃她。

本以为只要报复她，自己就能够解开心结，彻底解脱，可与她交往的那些过程，那些甜蜜的话，亲吻时她的羞涩与热情……在这场报复的恋情中，不是只有她陷落，他自己也被亲手打造的牢笼束缚住了。

多么可笑，他一手创造的迷雾陷阱，他自己竟然也跟着她掉入其中。

他自嘲地哑声低笑，脸上浮起落寞的神情，郁然又带着致命的吸引力。

“大哥，喝酒啊。”浓烈的劣质香水味随着女人的靠近蔓延在他四周的空气中，令他的精神越加迷蒙。

江时戈面无表情地抬起头。

十七八岁的女孩儿看到他的脸后眼睛一亮，真是多年都见不到的艳遇啊，她又靠近几分，用自己最擅长的笑容和语调施展魅力：“大哥一个人呀，我叫Lily，大哥叫什么？”

江时戈没理她。

Lily凑到江时戈身边，继续引诱着：“大哥别不理人嘛，要不我们换个地方玩儿吧？地方你随便挑，价钱好商量。”

他明白她的意思了。他看向她，年轻的女孩儿，即使化着浓妆，连本来的面目都看不清，可一双眼睛水润润的，甚至还有几分妩媚的清纯。

他突然想起今天俞菲说的一句话——反正我就剩这副身子，难得你看得上，至于你要给我多少钱，随你喜欢。

心脏突然纠结成一团，他紧握住拳头，感觉刚刚喝下去的酒在身体里烧了起来。

“不要这么说。”他终于开口。

Lily见他出声很是高兴，啊，这男人连声音都这么好听，她今晚真是走运。

面前的男人抬起头，年轻俊美的脸上，那双眼睛墨黑暗沉，含着浓浓的情绪，她看不懂的情绪，他看着她，可更像是透过她在看另一个人。

他轻启双唇：“别这么说，别这么轻贱自己……”

Lily怔住了，没想到他会说出这样的话。

这时谈清让回来，看到她皱了下眉，沉默地将江时戈拉走了。

过了会儿有个同伴过来找她，说：“怎么了你，这么条大鱼都放过了，亏得你刚才还拼了命地和我们抢。”

“那人神经病。”Lily擦了下眼角的泪，“不管了，走，喝酒去！”

一群人继续嬉闹玩乐，人生总要继续，也许偶然间，就能遇到改变自己轨道的那个人。

有的遇到了，改变的轨道即使偏向，也终究会因为那个人，再次一起走向新的正确道路。

过两天，王颜去医院时，不仅见到了路远峰，还有坐在一旁的江时戈。

当王颜看到他时，一眼就认出他了，因心中带着顾虑，她不禁上下仔细地看了看他。

这个男人，她见过不止一次，她看得出这小子肯定喜欢菲菲，就连现在能够在路医生这里治疗，也必然和他有关系的。

江时戈坐在一旁的沙发上，一身简单的衬衫牛仔裤，黑亮的头发下面眉浓鼻挺，是非常英挺干净的容貌，坐姿端正，难得的是有一股现今年轻人很少有的稳重与气度。

令王颜真正在意的，是他对自家女儿的心思。

在她眼中，她家菲菲也绝顶的宝贝，怎么能随便找个男人就在一起了。

还没等王颜继续往下想，路远峰开口打断她的思绪：“开始吧。”

最开始王颜还不愿意说话，路远峰连问了几句，她只是叹息。看得出来她心中有顾虑，碍于一些原因还是不肯说出来，连着好几天都没有进展，路远峰也很心急，转头看向江时戈，示意他试试。

江时戈转了转手中的笔，默默在纸上画了个圈，说：“是因为你的女儿俞菲吗？”

听到这句话，王颜的身体明显僵了一下：“她和你说什么了吗？”

江时戈摇头。

王颜心中失望，却又有片刻的欣喜，女儿没有将别人当作第一位，自己还是她最重要的妈妈……

“你发现什么了？”江时戈问。

王颜抿着唇否认：“没……没什么……”

“我希望你配合治疗，你也想好起来让你女儿轻松一点儿吧。”

王颜闻言紧抿住唇，最终还是抵不住内心的焦灼，带着哭腔说：“我好了有什么用，菲菲她……”

见她愿意说出事情，路远峰连忙接话说：“俞菲怎么了？”

相比江时戈，王颜更信任一直为她治疗的路远峰：“我真的不知道她怎么了，菲菲这几天饭不吃，话不说，天天就在屋子里坐着，一坐就是几个小时。我想问，又不敢问，她要是真出事了，我可怎么办哪……”说完她哭出来了。

前几天她看到俞菲就觉得不对劲儿了，以为女儿在外面受了委屈，又不敢问。

要是以前，她哪怕是大闹一通也要俞菲里里外外都给她说个明白，但现在，她不敢那么逼女儿了。

每次想问，脑子里都会想起江时戈的那句话——你知道俞菲要被你逼死了吧。

她真怕自己把女儿逼得狠了，连女儿都不要自己了。

“路医生你知道吗，我闺女吃的苦太多了，我是想起这几年我的心就难受。为了这个家，她什么活都干啊，端盘子、送快递多苦多累都不和我说，我闺女从小到大都是被我和她爸宠着的，什么时候干过活啊。现在想起这些，我这心都难受死了，你说我怎么敢问啊，要是她倒了，和她爸一样，我……我……”她说不下去了。

原来是这样。

路远峰叹口气，王颜不愿意给俞菲增加负担就把那些担忧都埋在心里，可她心思本就重，还爱乱想，这积累下来病情更加严重。这事说起来也简单，打个电话问问俞菲就好了，要是真没什么事解释一下就好，但就怕真有什么事。

他把江时戈拉出办公室，问：“小江，你去打个电话问问俞菲。”

江时戈已经猜出事情的大概了。

路远峰想想之前俞菲的反应，问：“你俩吵架了？”

“真要是吵架，倒也简单了。”

路远峰拿出手机：“得了，我打吧。”

俞菲这时还在餐厅里，电话铃声响起时，她心都紧了下，看到联系人的名称暗暗松了口气：“喂。”

那边没说话，俞菲又喊了一声：“路医生？”

“是我。”他不必说自己是谁，单从这低沉如鼓的嗓音，她便能认出他是谁。

心开始不自觉地急促跳起，连嗓子都干了一半，她故意说：“路医生啊。”

江时戈轻哼：“别跟我装。”

俞菲的心止不住一跳：“怎么是你？”

“你声音听起来很紧张啊，难不成你一直在等我电话？”

“咚”的一声，俞菲的心口被敲了下：“你呢，难不成认为我会挂你的电话，所以故意用路医生的电话打给我？”

听到那边的江时戈低低一笑，俞菲感觉自己嘴里发干：“还有事吗，没事的话我先挂了。”

“你今天下班去买点儿菜吧，我去你家。”

俞菲心中“咯噔”一声：“你说什么？”

江时戈不紧不慢地说：“晚上我带你妈一起回去，别想找借口，我知道你今天不会加班。”

身子一僵，连大脑都空白一秒，他和妈妈在一起？

知道这点之后俞菲也想到他现在一定在医院了，妈妈最忌讳她有男朋友，那时知道他的存在就狠狠地打了自己一巴掌，要是让妈妈知道了，妈妈的病……

俞菲语气不复刚刚的冷静：“你要干什么？”

“怕了？前两天不是还跟我说，我想怎么样都可以吗？”他故意压低了声音，就像是对着她的耳朵低吟，带着热气与若有似无的呼吸撩拨着她心底的欲望。

喉咙越来越干渴，心脏开始狂跳，紧张、恐惧还有一些其他情愫一时涌入心头。

“江时戈你有什么冲我来，别找我妈。”

“好哇，”他暧昧地说，“我等你回来。”

他挂了电话，俞菲心底空荡荡的，像是被人掏空了一样，空了的心，为什么还会疼呢？

这时同事说：“俞菲，你过来下，有个客人找你。”

俞菲走过去：“柏先生。”

柏楼示意她坐下：“虽说占用了你的休息时间，但我还是希望俞小姐能够坐下陪我聊聊。”

俞菲坐了下来："柏先生不是说要去欧洲一阵子不能来了吗？"

柏楼的目光十分真诚："可我更想早点儿听到你的琴声。"

这样的言语从正常人口中说出一定是带有暗示的，但经由柏楼说出，只让人感觉真诚坦然，就像他所言，他来这里只是想听到她的琴声。

然而现在的她已经分不出心神再去给其他人了，感情债，她不敢欠了。未免误会，她开口说："其实，我有男朋友了。"

他并没有很意外："是上次见面的那位先生吧，能够和俞小姐这样优秀的女性交往，真是令人羡慕。"他的夸赞坦诚自然，无任何吹嘘献媚之意。

柏楼的五官如他的气质一般，秀眉长目，一身白色西装衬得他身姿挺拔，就连坐着时也是端正的，让人一眼看去就觉得这人成熟稳重，给人温和舒服的感觉。

而江时戈，无论是相貌还是气质就更咄咄逼人一些，就连亲吻，都像是要将人吞下去一样。

"俞小姐，你是出了什么事吗？"

俞菲一怔，心下一紧，她现在对能够洞悉自己心情的人十分警惕。

大约是察觉出了什么，柏楼淡淡一笑，缓和了她紧张的心情："从刚刚你来的时候就一直攥着手机，是在等谁的电话吗？"

"啊？"俞菲这才意识到自己一直在用力握着手机，她把手机放到桌上，感觉手上又酸又麻，"没有，柏先生多想了。"

柏楼点点头，并没有问下去，有时候女人既然拒绝了，就不能强迫对方，以退为进，反而更加有效。

见他真的没有追问，俞菲反而有点儿在意了。在她的生活圈子里，几乎没有人能够让她觉得相处时是这样轻松自在的，不知不觉地，俞菲也开始放松与他交谈。

这样真好，不用像和江时戈相处那般提心吊胆，这样随意轻松的氛围多好。

但即使精神放松几分，她心底一直也存有疑虑，在上次与他交谈过后，她有上网查他的消息。这一查才知道他可以说是一个名人了，曾经多次获得国内外专业奖项，年轻有为，参加过几次大型晚会，出场不多，但都是专业顶级的场合，说不上是顶级大师，但也算是业内精英了。这样的人，一定是见过不少专业人士的，她自认自己的水平并没有多高，怎么就能够让他这般青睐相加？

于是，她开口问："为什么柏先生就觉得我适合参加乐团呢？说实在的，我的水平恐怕不及专业人士。"

"的确，论水平资历你都不是首选，但我的标准并不是看这两点。"柏楼凝望着她，目光似水，"古今以来任何一名大师都有一个相同点，那就是他们的琴声能够感染情绪，震撼人心，我能从你的琴声中听出音乐的生命力，而不是一成不变的音符，这是我选择你的原因。现在我仍旧期待俞小姐能够改变主意，其实就算在国外，我也一直在等你的电话。"

俞菲愣住了，第一次，有人这样肯定她，这样出自真心的夸赞，她也难以不被影响，现在的她，太需要外界的鼓励与赞同，尤其是来自一名优秀的男人。

"谢谢，"她低头轻声说，隔了会儿才抬起头，红润的唇弯起，慢慢绽开清美明艳的笑容，"谢谢。"

柏楼心头微动，神情一滞，再看向俞菲时，眼睛里多了些东西。

两人又交谈片刻，俞菲到了工作时间才离开，柏楼坐在一旁，静静地凝视着弹琴的她，目光缱绻，似含浓情。

直到有人打电话催他要上飞机了，他才不舍地离开，他并没有打扰俞菲，默默地走了。

下班后，俞菲去菜市场买了菜，明明是熟悉的道路，她这一路走得却胆战心惊。到了家门口拿出钥匙，可没料到，门突然从里面推开，她惊吓得退了两步。开门的人很高，几乎遮蔽了里面所有的灯光，只余几丝光亮从肩膀处透出，映出对方英挺俊美的面部轮廓，因而显得那张看似温柔的脸越发阴森。

“欢迎回来。”江时戈朝她柔柔一笑，下一秒却突然伸手拉住她的胳膊用力一拉就将她拥入怀中，那强大的力道瞬间表明了他真正的情绪，“很准时呢，菲菲，我该高兴你和其他男人聊得那么开心，还没有忘记我吗？”

听完他的话，她的大脑空白一片。

和其他男人聊得那么开心？

他指的是柏楼吗，他怎么知道？

这一刻，俞菲心中突然有了明悟。

她欠他的，她知道，现在的他，也是当初自己的一时放纵造成的结果，即使初衷不是这样，即便是他自己执着，但无论是愧疚痛哭，还是无奈顺从，都无济于事。

不能这样跟着他一同沉入黑暗之渊，自暴自弃从不是解决之道，她造的孽果，应该由她重新纠正！

她抬起手，摸上他的脸。

江时戈惊讶得甚至呆愣了，自揭穿真相以来，每次和她的碰触都由自己强迫，就算是从前，她也几乎没有主动来碰触自己，现在她——

心脏，不由自主地再一次跳了起来，比之前更热烈，带着难以置信的激动，他上前要抱住她。

脸上的触感不在，她及时退开了，不远不近的距离。

“不能这样下去了。”她说。

还是这样，和从前一样，明明她就在自己身边，可他连碰触都做不到！

怒意升起，他上前一步用极大的力道握住她的胳膊，即使看到她痛得扭曲的脸也没有松开力道。

“到了这地步还是不肯认输吗？不过我就是被这样的姐姐吸引了呢。”

俞菲被这称呼刺得心疼，“嗬”了一声说：“姐姐什么的，明明之前连叫一声都不愿意……”

“以前和现在当然不一样了，如果我还是以前的我，你恐怕连看都不会看我一眼吧。”

“不是的——”

“可你以前就是这样。”

不能再继续了。

她听到自己的声音，音低娇弱，却含着刺骨的寒，讽刺的话像利刃一样掷出：“你还是个长不大的孩子啊，被欺负了就一直念着，想着报复回来，真是幼稚无比。”

果然，他停下动作，微喘着，声音带着歇斯底里的愤怒：“你再说一遍！”

“我说过的吧，小孩子就别出来玩了，早知道你这么幼稚，当初就不该上你。”

她再一次看到了那个眼神，只是这次，她的心也在流血。

她以为江时戈会大怒，然而猝不及防间，下巴被他捏住，他靠了过来，表情阴恻恻的：“你会后悔说这些话的。”

他走出门口，脚步又突然顿住：“明天跟我去个地方，我来接你。”

“如果我不想去呢。”

“你会去的，我不会用你母亲来逼你，但还记得你之前对我说的一句话吗？”他走回来凑到她的耳边低低重复，“‘我不会轻易地接受一个人，但只要喜欢上了，就不会放弃。’姐姐，不是只有你记得那些话的。”

那种深陷泥沼的感觉又浮上来，最后她还是没能说出什么，板着脸眼睁睁地看着他离开。

没多久，王颜端着饭菜过来：“怎么就你一个人？”

“他走了。”

王颜动了动干涩的嘴唇：“菲菲，你是不是喜欢那个江医生啊？”

俞菲眼帘垂了下来，难道妈妈发现什么了？

王颜看女儿这样便明白了，纵然有万般不愿，千般不舍，她还是狠了狠心：“菲菲，你抬起头。”

俞菲抬头看向自己的母亲，心中已做好准备。

妈妈大约会让自己和江时戈断绝关系吧，可江时戈又怎么会放手……

就在她艰难决断时，王颜开口说：“你要是喜欢他，就和他在一起吧。”

倏地，她睁大眼无法置信地望着王颜。她简直怀疑自己的听力出现了问题，妈妈说了什么，要她和江时戈在一起？

要知道从前妈妈为了断绝她与其他男人的亲密，无数次地在她工作的地方闹，又哭又疯地癫狂，就是不让她离开。俞菲明白的，妈妈是怕自己离开，可无论说多少次她也不信，可现在，她竟然要自己和江时戈在一起……

注意到俞菲震惊的神情，王颜也禁不住心口发疼，自己以前是多么糊涂，坐在自己面前的可是自己从小疼到大的女儿啊，已经束缚了她这么多年，也该放放手了。如今只是说了让她和喜欢的人在一起，她竟然露出这种表情。

王颜难受地抿着唇，硬着口气加了句：“不过，不能住一起啊。”

饶是心情再沉闷，俞菲也禁不住笑出声，心口又疼又热，一半欣慰妈妈的转变，一半又是担忧江时戈。她站起身来，走到王颜身边抱住她：“谢谢妈妈。”

王颜一直忍着的泪水终是流了出来，说不出那些愧疚的话，她抱住自己闺女的手臂，深呼吸了好几次才拍拍女儿：“别高兴太早，到时候我还得把关呢。”

闻言，俞菲的眼神禁不住沉了下来，她和江时戈，还会有未来吗？

第六章
第二人格

第二天，俞菲是被铃声吵醒的，接起后是熟悉的声音：“起来了？”

“我这就下来。”

她洗漱后匆忙下楼，打开车门进去，问：“去哪儿？”

“到了你就知道了。”

江时戈启动车上路，先去加油站，按下车窗递钱。加油工戴着帽子，低头沉默地去拿，刚一拿江时戈却没松开手，对方看了他一眼愣住，用了下力才抽走他手里的现金，随后离开去给下辆车装油去了，行走十分迅速。

江时戈启动车子，目光向前，心思却有点儿乱，俞菲听到他低声自语。

“不对。”

不对？

虽然疑惑，但她没有开口问，她注意到江时戈的双眉蹙着，似有心事。

他低叹了声：“算了。”

两人各有心思，正往前开时，路口的另一处驶来一辆大货车，带着孤注一掷的气势直奔他们而来，因为道路的限制无法避开，俞菲惊恐地睁大双眼，下意识转头看向江时戈，下一秒只感觉车带着身子突然一甩，耳边“砰”的一声——

极大的震动传至全身，眼前一黑，她再不知事物。

黑暗中迷雾一片，她感觉到眼前有大片光影出现，可看不真切眼前事物，画面一转，一辆大货车向她冲来，她吓傻了，情急之下转头要喊。

身旁并无他人，她呆住，眼看着货车撞来——

下一秒黑暗蔓延，她像是坠入深渊，身体随着意识渐渐下沉，一直重复下落的动作，如同被遗弃的困兽。

张了张口，却发不出声音，她想喊一个名字，有声音在脑子响起，是谁的名字？

眼皮缓缓张开，最先映入眼帘的是雪白的墙，外面光亮甚强，日头高照，她转过头，看到了妈妈。

王颜一抬头看到俞菲醒了，关切地问：“菲菲，还难受吗？”

俞菲感觉四肢沉重又发麻，意识沉重地问：“妈？”

“哎，菲菲你饿不饿？”

她低头看了看身上薄薄的白被子，从空气中的气味就知道是医院了，回忆纷至沓来，她神色一变，慌忙问：“江时戈呢？”

“他转到别的医院了，不过你放心，他没受什么伤。”

从妈妈的表述中，俞菲了解到，从车祸到现在已经相距一天了，因为当时江时戈加速转弯，所以货车只撞到了车后半部分，车前的两人只受了轻伤，为了后续观察才留在医院。

听到江时戈没事，俞菲的心才定下来。

第一次遇到车祸还心有余悸，那辆货车撞来的气势仍留在大脑中挥之不去。

俞菲抬头问：“那个撞我们的司机呢，找到没？”

王颜脸色聚起怒意：“别说了，一提这个我就生气，警察找到那个大货车司机了，结果一查，开车的人根本不是车主，那车主也是心大，车钥匙都不拔跟人喝酒去了。撞你们那人开到个监控拍不到的死角跑了，现在还查不出来呢！”

听不到江时戈的确切消息，她还不放心：“妈，我的手机呢？”

这孩子真是，刚醒连自己都不顾着就想别人了。不过现在她独占恐惧的心理少了些，路医生说了，孩子早晚都有自己的人生，自己狠命攥着是在消耗母女的感情，所以半埋怨半调侃地对俞菲说：“就知道想男人，也不想想你妈知道你出事了提心吊胆的多难受。”

俞菲脸颊一热，忙要补救：“妈你还好吧？”

“去去。”王颜躲过她的手，哼了声，“你醒了一会儿就去做CT，身体没事了才能出院找你那小男朋友。”

“妈，你误会了。”

“别瞒我了，我也看出来那个江医生对你确实是真心的，”王颜当女儿怕自己反对，先把自己态度表明了，她拿出手机，“给你。”

俞菲马上给江时戈打电话，很快那边传来关机的提示音。

这是她第二次联系不到他，比上次更加心焦急迫，甚至不想回家直接去他转院的地方好确定他的安全。毕竟那辆货车冲过来的回忆还清晰地留在脑中，得不到准确的回复，她无法放下心。

俞菲坐在病床上，等着妈妈回来，可没想到等到了另外一个她想不到的人。

当谈清让走入病房时，俞菲能感觉到病房中其他人的视线都转到他那边，等到他站到她面前，被盯住的人变成她。

“谈律师。”见到他，俞菲猜他十有八九是为了江时戈而来，想起从前的一切再加上曾经受到他的帮助，又知道他是故意隐瞒，心思不免有点儿复杂，“江时戈不在这个医院了。”

“我知道。”

这倒让俞菲意外了，他下一句话更让她惊讶。

“我是来找你的。”

天空一碧如洗，微风吹来，不再带有夏日特有的热风，俞菲这才恍然发觉原来已经是秋天了。

跟谈清让上了车，对方一如以往地沉默，想起从前的事，俞菲微微觉得尴尬。

到了一个红绿灯，她禁不住问：“江时戈还好吗？”

谈清让毫不客气：“你还在乎阿时？”

怒意冲上心头，她回道：“我当然在乎！”

“你不必生气，我只是惊讶你知道一切后还会在乎他的安危，我以为你会恨他的。”

“那我也不希望他出事。”

“他没事，应该庆幸他从前玩赛车，在那种情况还能迅速做出反应，那车冲过来的时候他转了方向，否则你俩无论是谁都不会活着。”

想起那时的回忆，俞菲仍心有余悸，将手握成拳头，还好那时坐在她旁边的是江时戈……

“不过，有件事你应该还不知道。”谈清让低低的嗓音在车内响起，“那辆货车，是故意撞你们的。”

瞳孔扩大，俞菲惊讶得说不出话来。

故意？

“现在还不知道是你还是阿时的仇家，具体的情况之后警方会调查的。到了。”

大风忽起，吹得俞菲发丝乱飞，连衣服都贴在身上。天色不知何时暗了下来，乌云遮蔽了艳阳，空气中弥漫着低压，不远处的树枝被吹得呼呼作响。

要下雨了。

俞菲站在原地目光向前，仇家，恨到想杀死自己的仇家的话，只有一个。

谈清让看到她发白的脸心底沉了沉："阿时就在里面，不过你先做好准备。"

俞菲的心脏开始咚咚狂跳，不是说，他没受伤吗？

看到她的表情，谈清让沉默地带她走进医院。

谈清让领她走到一间病房前停下，要进去时嘱咐她："记住，无论怎么样，你都不能激动。"

俞菲似懂非懂地点点头。

刚一进去，俞菲便看到了坐在床上的江时戈，屋内并不止他，还有两位站在远处的男医生，在看到俞菲身后的谈清让后，对方没说什么。

俞菲小心翼翼地走到他身边："江时戈。"

他闻声转过头来，柔软的黑头发低垂着，上面缠着一圈白色纱布，纤长的睫毛下一双黑瞳清润明亮，嘴角轻轻闭合，白皙的下巴微昂。他侧头看她，神色自然，甚至还带着点儿慵懒的气息，像一只刚刚午睡醒来的黑猫。但他的表情让俞菲慌乱不安，这样的神情，这样的眼神……

她努力地露出一个微笑："江时戈？"

很久，她听到那熟悉低沉的声音用陌生的语调说："我叫柏舟。"

提起沉重的脚步走出病房，俞菲觉得空气中的低压令自己快喘不上气，低头盯着白净光滑的大理石地面，脑袋里乱哄哄的，仿佛是被人冲着耳朵大吼了一声后震得陷入迷蒙状态。

她闭上双眼，强忍住内心的动荡，抬起头问身旁的谈清让："他怎么了？"病房里的人明明就是江时戈，一样的面貌，一样的声音，可眼神气质都变了。

这些日子以来，每次他看向自己往往都露出清浅略带深意的笑，盯着自己的目光十分专注，但刚刚，那样陌生的眼神和语气……

俞菲下意识地觉得，那不是他，但这太荒谬了不是吗？

“先出去吧，之后我再和你说。”他怕俞菲闹起来，医生嘱咐过现在万万不能刺激江时戈。

俞菲停顿几秒点点头。

两人没走多远，刚到医院楼下俞菲就忍不住追问：“我看江时戈头上缠着纱布，难道他失忆了？”他竟然不认得她了。

触及那种陌生的目光，俞菲竟感到心如刀绞，以前恨他一直偏执地记得那些事，不断用以前的事情来提醒她的残忍，可没想到，当他忘记她的时候，她居然会这么难受。

“谈律师，他到底是怎么了？”

谈清让眼底透着复杂：“阿时他没有失忆。”

俞菲提着的心没放下，反而悬得更厉害。谈清让避过她灼热的视线，侧过身点了一支烟。

“你知道什么是解体性主体障碍吗？”他看到俞菲眉宇轻皱，心想这种名词普通人大约也不会知道，解释说，“就是人格分裂。”

什么？俞菲隔了好久才发出一声气音：“啊？”

“我想阿时应该没和你说过这五年来他都发生过什么吧。”他没等俞菲回答继续说，“你应该能感觉到他变了许多，我并不完全知道当年你到底对他做了些什么，但最终的结果就是你已经将从前的他彻底毁了。当然不能说是完全因为你，也是阿时不肯放过自己。”

“他没跟我说的，你来告诉我。”谈清让顿了顿，碾灭手里的烟后缓缓说起了五年前的事情。

五年前，江时戈在KTV门前等俞菲，浑身被大雨浇透，谈清让来劝也没有用，直到看到她走才肯离开，回去之后高烧四十度险些出事。

俞菲离开永兴之后，江时戈打听到她去了美国，便去美国找她，遍寻无果后用酒来麻痹自己，曾经酒精中毒。

后来，江时戈开始玩赛车，参加各种极限活动，玩命一样，好像真的希望借此离开人世才好，可每当酒醉迷蒙间，嘴里呢喃的都是她的名字。

到后来，他母亲生了一场大病。经历这事之后，他醒悟过来不再沉迷于自我的感情中，顺从父母的意愿上大学考研究生步入科研所。

一切看起来都像是明朗顺利了，除了性格改变，江时戈就和正常人一样，身边人都以为他走出了“叛逆期”。

可谈清让知道，这些年江时戈从来没有睡过一个安稳觉，因为入梦时，他会想起她，想起最多的，是那些狠绝冷厉的话。

“‘和你睡一次要多少钱’这话是你说的吧。”谈清让低头看了一眼蹲在地上的俞菲。他想问她，这种话她怎么说得出口。阿时是多么自傲的人，因为从小父母不在身边，最不愿被人说闲话，什么都做得最好，生怕别人看轻，到头来，竟然是最爱的人伤他最深。

俞菲知道谈清让说这些话并不是责怪她，他只是直述江时戈曾经的经历，来给她解释现在江时戈改变的原因。

她一只手按在左胸，觉得那里开了一个口子，她想捂住，却还能感觉到汩汩的血液在往外淌，但这是她欠他的，她应该承受，无论怎样，她要知道全部。

“后来呢？”她问。

谈清让看了她一眼，她面有戚色，声音发颤，他以为她会说“别说了”，但她没有，极力忍着痛楚，她还在听。

意识到这点，谈清让心头一缓："因为反复想起从前的痛苦回忆而产生抑制性冲动，再加上这次车祸对头部的撞击，因此阿时产生了第二人格，就是现在的柏舟。"

"今晚阿时的父母会回来，到时候他们应该会带他去美国治疗。"谈清让低头看到她发白的脸色，眼底掠过一丝不忍，"俞菲，你自由了。"

她眼底含着浓浓的不可置信，单薄的身子看起来十分脆弱，让人禁不住心疼。

谈清让只能低叹一声："走吧。"

风，停了。

哗哗的雨点落下，偶尔有几滴砸到她光裸的胳膊上，感觉冰冷刺骨。

当一直紧缚你的人放开手后，该怎么办?

俞菲必须承认，她在最开始有一瞬间的轻松，无论是身体还是精神都不再紧绷，可心底空落落的，胸口像是被贯穿了一个大洞，什么都感觉不到。

她是自己走出医院的，长发被雨水打湿也没意识到，不知道该去哪儿，好似自己已经被丢弃，连回归的地方也没有。她抬眼看着路上的匆匆行人，每个人都有自己的目的地，只有她站在街角孤立茫然。

她突然想起那个雨天，他固执地站在KTV门口，等着她安全无恙地出来。真是世道轮回，现在，她也孤身伶俜在雨中等一个人，但似乎再也等不到了。

脑海里仍盘旋着许多疑问，可心没了，该怎么去寻找答案?

距离那天的事已经有一个多星期，俞菲猜想江时戈应该已经离开永兴市了，一想到从今以后再也见不到他，心情越发沉重。

她一直把心藏着，可现在还是丢了。

人往往会将自己的感情保护得很好，可一旦裂出一条缝隙，便让人有了可乘之机，逐渐暴露，直到覆水难收。

扯扯嘴角，俞菲突然觉得有点儿好笑，如果这是他的报复，那么他真的成功了。

说起上次的车祸，出院后的第二天早上警察找她了解情况，询问她有没有什么仇家，她能想到的也只有一个人，就是那个曾经扬言要杀她的女人。然而昨天早上警察告诉她，那家人几个月前就搬离了永兴市，和当初答应她的一样，他们远走南方，期间也从未回来，所以他们没有嫌疑。

真正的肇事者还没有找到，毕竟这场车祸并没有造成人身伤亡，关于轿车的赔损，似乎江时戈的家人那边也没有多提，于是在提醒俞菲注意自身安全后，这事就搁下来了。

从警察那边听到了江时戈的一点儿信息，俞菲的心渐渐起了涟漪。

几天后，俞菲正在休息，同事说有人找她。

在同事的指引下看到一个高贵优雅的妇人坐在餐厅中间，对方看到她来，主动站起身请她坐下。俞菲受宠若惊，请对方坐下后，她才坐到妇人的对面。

妇人很是美丽，即使上了年岁，也只是给她增加了优雅的韵味，这样的美人让俞菲想起20世纪的美丽港星，岁月过去，依旧气质高雅。

“突然来找你有些唐突，”美丽妇人朝她微笑，“我还没自我介绍，我叫秦茹。”

“秦女士您好。”俞菲露出友好微笑。

对方笑了：“别这么生疏，叫秦阿姨就好了。”

俞菲叫了一声秦阿姨。

“你还在上班，我也不多耽误你的时间，这次来是想让你帮个忙。”

俞菲诧异了，她与对方素不相识，突然说要她帮忙？

她倒也没马上回绝，毕竟是店里的客人，而且要是行骗传销的话，她看对方的穿衣打扮，应该不太可能。

在排除了几个想法之后，俞菲略有保留说：“不知道我能帮上您什么？”

“俞小姐，请你帮帮阿时吧。”

“什么？”

秦茹低叹：“阿时现在谁的话都不听，医生说那天他主动和你说话了，还说了名字——”她神色焦急忧郁，显然之前的笑容也是强装出来的。

俞菲恍然，原来她是江时戈的妈妈。

秦茹看向俞菲：“俞小姐，我也知道阿时现在这个样子一般人接受不了，我们不会强迫你和他继续在一起的，我只是希望你能看看他。医生说他对你是有反应的，如果你能帮他的话就更好了。”她有点儿说不下去，这样的要求的确是强人所难，处于最好年华的女孩子，怎么会愿意把时间精力浪费在现在的阿时身上，恐怕撇开关系还来不及……

“好！”说出的话比想法更快，俞菲马上答应了。

“真的？”秦茹又惊又喜，抓住俞菲的手，“那我们现在就走。”

“现在？”

“车就在门外等着，再晚探望时间就过了。”秦茹拉着俞菲就往外走，一点儿后悔的余地都不给她留。

直到坐上车她才反应过来，自己还没请假呢，不过看这司机的车速真的厉害，也许，是怕她后悔吧。

可怜天下父母心，俞菲想起这句话。

她目光投向窗外，马上，要见到他了呢。

不再是江时戈的“他”。

车子抵达医院，隔了十几天再次来到这里，俞菲发现自己竟然对这条路线这样熟悉，不必任何人带路，甚至还主动按了电梯层的按键。秦茹之后没再说什么，看到俞菲按键时，略带深意地抬头看了俞菲一眼，心情复杂的俞菲没有注意到。

到了楼层，两人并肩往前走，拐了个弯就是江时戈的病房，病房门口站着个熟人，看到对方，俞菲别过脸。

路远峰先迎上来："伯母来了。"

秦茹点头："阿时还好吗？"

"基本问答会做出回应，但还是不肯开口说话。"他看向俞菲，"弟妹也来了啊。"

路远峰既然是为江时戈治疗，那么关于她和江时戈的种种，想必谈清让也已经告诉他了，因此她不免有点儿尴尬，见他和自己说话，她也不好不应，便回了句："路医生。"

"叫我远峰就好了，不用这么客气。"

秦茹愣了下："你们认识？"

"是啊，不过你们怎么一起来了？"

秦茹将事情原委跟路远峰说了一遍，路远峰把俞菲叫到一旁："小江的情况你了解吗？"

俞菲摇头。

"想想也是，秦阿姨肯定不敢跟你多说。"

俞菲问："他现在怎么样了？"

"情况不太好。"

俞菲的心沉了沉。

"你决定好了吗，真的要见他？"

俞菲"嗯"了一声。

路远峰打开手里的资料夹："那你做一下准备。"他的声调从低缓变得平直，这是他进入工作状态的表现，于是俞菲抬起头，表情也严肃起来。

“现在小江的这个人格根据我的判断，应该是处于七岁到九岁的年纪，是个男孩儿，叫柏舟，性格内敛孤僻，偶尔伴有轻微的暴力倾向。”

俞菲一惊：“暴力倾向？”

“其实就是不喜欢别人靠太近，一旦医生护士靠近他给他换药、送饭，他就表现得很紧张，碰他的话就更不行了，会极力反抗，但伤人倒是没有。其实也有更好的解决方法，但秦阿姨不愿意小江受罪，所以一直是采用顺从他的方法。我也是和他聊了十几天他才对我的问题做出点头摇头的回应，”他低头看着她，“至今小江，不，柏舟他主动开口只有一次。”

就是江时戈对俞菲说，他叫柏舟那次。

路远峰走到门前：“是要我跟你一起进去，还是你……”

“我先进去吧。”即使听到现在的江时戈有暴力倾向，俞菲也并不害怕。

路远峰点头：“五分钟时间，出现问题你就大声喊，千万别忍着。记住，他现在不是江时戈，而是一个你不认识的陌生人。”

俞菲表情冷凝地缓缓点头。

路远峰打开门，俞菲走了进去。和上次一样布置的病房，床上的人穿着白色病号服，背对着她看着窗外。

她静静地看着他的背影，眉渐渐蹙起，真的是不一样了。

江时戈无论何时何地，坐着的时候腰板都挺得笔直，让人一见就觉得身姿端正，气质斐然。

现在，背对她坐着的人背脊稍稍弯着，双臂垂在两侧，有种颓然的感觉。她说不清现在自己的心情到底是失落还是感伤，她往前又走了一步。

他发觉到了，立刻回头怒目而视，黑色的瞳仁里闪过一丝冷厉，那眼神是她从未见过的，充满了不信任。

没想到自己也有被他这般戒备的时候，俞菲忽地心痛了。

她细细地看他，发觉果然和以前的他不一样了，黑色的短发软软地贴在额头处，肤色比以前白了几分，显得眉浓瞳黑，年纪更小。

她又上前一步，果然看到他浑身的肌肉紧绷住，后背贴在墙壁上，目光冷冷地审视她，像是要找到她的弱点，下一刻扑倒她好逃走一样。

面对他这样的眼神，她只好站在原地。

同时，因为担心俞菲的安全，路远峰将门开了一条小缝，暗中观察两人。

江时戈这样的反应不在俞菲的预料内，原本她听路远峰说他只对她主动说过话，想必是对她有些印象的，或者是好感，可现在的情况和她想的显然不同。

他紧绷着肌肉全神贯注地盯着她，保持着御敌的姿态。这样的姿态让她想起草原里的黑豹，矫健的身姿，锋利的爪牙，琥珀色的竖立瞳仁看着你时，你就是他的囊中猎物。

俞菲紧张地吞咽一下，可一刻也没有避开他的视线，她尽量用平常的语气说话："你头上的伤好点儿了吗？"

他当然没有回话，依旧冷然地盯着她。

俞菲朝他淡淡一笑。

他稍稍一愣，俞菲觉得他没有刚刚那么紧张防备了，心下受到鼓励，目光注意到他宽大领口处露出的锁骨和些许肌肤，有点儿心疼地说："你要好好吃饭。"

她的嗓音柔和许多，门外的路远峰注意到不禁一愣，原来平时俞菲是用这种语气和江时戈说话的，难怪小江要沦陷啊！他还来不及多想，就被室内的情况吸引了。

江时戈紧绷的身子渐渐放松，虽然依旧靠在墙上，但目光不再像最初那样凌厉。

俞菲问了几句话他都没有回答，她也不气馁，直到注意到他不耐烦地皱了眉头，她仿佛瞬间了然，突然喊了一声："柏舟。”

他眼睛亮起来，眉宇展开。这次，他端正认真地看她，她不由得心里一紧。

随后，她听到悦耳低沉的声音在室内响起，淡淡的、柔柔的，带着点儿撒娇委屈的感觉。他说：“是你。”

俞菲从来不知道自己的心脏能够跳得这样快，带着狂喜的颤抖，她连忙道：“你记得我！”

他歪了歪头，眼神无辜地朝她点点头。

这神情霎时激起她的记忆，她下意识地喊：“江时戈……”

他立时又皱了眉头，很不高兴的模样，脑袋一歪目光挪开。

这次无论俞菲怎么说话，他都不再看她，更不用说跟她说话了。她有点儿着急，朝他走近几步，他立刻拱起身子，喉咙发出低吼，警惕地瞪着她。

这目光让她止住了脚步，她站在原地怔怔地看他，每一寸都不放过，但丝毫不能靠近。

咫尺天涯。

她终于明白了这个词的含义。

直到路远峰进来把俞菲拉出去，俞菲还愣怔着。

路远峰鼓励她：“已经很意外了，他记得你上次来看他，而且还主动和你说话了，这是大进展啊。”

俞菲心口堵得发慌，一时说不出话。

路远峰不知道怎么劝，抬头看到远处走来的人“哎”了一声，很快那人走到俞菲身边停下，低叹了句：“你还是来了。”

她抬头，看到了谈清让眼底的无奈。

俞菲、谈清让和路远峰三人站到走廊尽头。

俞菲神色淡淡，路远峰朝谈清让“啧”了一声：“我说你早知道小江和俞菲说过话你干吗不说？”

“我不想她和阿时再有关联。”对于俞菲和江时戈的关系，他一直是持有反对意见的，之前阻止不了阿时报复，但现在综合各种因素，让他们两个分开是对彼此更好的决定。

况且，他看了一眼还在发愣的俞菲，如果面对江时戈让她这样痛苦，倒不如一刀两断来得痛快，可是现在，她竟然又来了。

“你想好了？”他低声问俞菲。

俞菲默不作声，她不知道自己接下来要怎么做，她只感觉到当被那双充满戒备的眼睛看着的时候，她很难受，这种难受不同于之前被江时戈困住的感觉，但她由此确认了一件事。

这时秦茹过来把路远峰叫走，听到江时戈和俞菲说话了，她欣喜万分，激动地转身小跑回江时戈的病房。路远峰没拦住她，没一会儿俞菲和谈清让同时听见从病房中发出一声尖叫。

两人神情一震，一前一后跑回病房。俞菲推开门后就见柏舟狠狠地抓住秦茹的肩膀将她按在墙壁上，他表情凶狠，显然是用了很大的力道，秦茹痛得脸都扭曲了。

旁边的路远峰一直拉柏舟的胳膊，大喊：“柏舟，快放开！护士！护士！”

谈清让进来后马上也去掰柏舟的胳膊，但两个大男人竟然一点儿都拉不开他，秦茹脸色发白地低声呻吟，轻声喊：“阿时，阿时……”

俞菲脑袋一热，冲过去推开路远峰，抬手直接给了柏舟一巴掌。

“啪”的一下——

柏舟被打得一愣，手上的力道不再加重，抬头看向俞菲，眼神带了点儿茫然。

俞菲大声朝他吼：“你在干什么，她是你妈！”她上前去掰他的胳膊，竟然一下就拉开了，俞菲自己都意外地愣了下。

柏舟像奓毛的猫一样吼了一声，马上跑到床上用被子盖住自己，蜷缩成团，只给眼睛留出一条小缝用来观察他们。

事情发展得太快，等护士过来的时候，路远峰几人缓过神，跟他们说没事了。护士出去后，几人看向床上的柏舟，他注意到他们的视线后，把自己裹得更严实，方向一转，看都不看他们。

“秦阿姨，对不起。”俞菲开口说，“刚才我不是故意打他的。”

秦茹忙说：“不怪你，是我自己，听到路医生说阿时主动说话了，忍不住去看他，他没像上几次那样冲我吼，我就以为他好了去抱他……”她表情充满了伤心难过，唯一的儿子竟然不认自己，这种痛苦一定超乎常人感受。

俞菲转头看了下床上，长条状的白被子裹得严严实实，柏舟就像只蛹一样把自己锁在里面。

现在的江时戈，真的不是原来的他了。

几人无可奈何，打算先离开病房让柏舟休息。刚打开门，一声闷闷的声音响起，几人都以为听错了，看到彼此的表情，纷纷转头看向床上的那个“蛹”。

原本背对着他们的柏舟半滚回身子，露出小半张脸，目光犹豫，又有几分期盼，在众人的注视下他有点儿怕，用被子遮住脸，随后又响起轻轻的一声“妈”。

秦茹激动得快要流下泪来，声音带着哭腔：“阿时，阿时你记起妈了？”

柏舟拿下被子，目光越过她，对着站在门口的俞菲喊了声：“妈！”

这次，众人的目光齐齐转向俞菲，秦茹的眼神更是带了幽怨，俞菲觉得脑袋发蒙。

几人前后都出来，秦茹一分都等不下去，马上问路远峰：“小路，这……这阿时是怎么回事儿？他不认我就算了，怎么还……”她看了眼俞菲，俞菲连忙低头。

路远峰也是一团乱麻，极力安抚秦茹：“秦阿姨，现在这个不是阿时，所以他的一切你千万不要代入阿时的感情，而且这个人格年纪很小，产生错误的认知也是很正常的。”

“但也不能一直这样啊，阿时什么时候会好？”

“这个我也无法确定，要是去美国的话应该……”

“不行，我看你们那么给他换药我都受不了，要是去美国就更完了。”秦茹声音带了哽咽，路远峰扶着她的肩膀安慰她，带她去检查身体了。

见秦茹走了，俞菲悄悄松了口气，擦了擦手心的汗，心还没完全放下，这时，谈清让走过来：“你刚刚对他说什么了？”

俞菲摇头，她也不知道为什么柏舟会那样，想到他刚刚的样子，只是被抱一下反应就这般激烈，她抬头问：“他换药那些怎么办？”

“会提前麻醉。”

俞菲的脸霎时白了几分。其实她明白，对待现在的江时戈必须要采取一些极端手段，有些暴力严重的患者甚至必须穿束身衣，但一想到江时戈被那样对待……

她终于明白为什么秦阿姨不愿意把江时戈转到美国了。

谈清让往前走了几步，说：“走吧，去吃点儿东西。”

回头看俞菲还站在原地，他补了句：“折腾半天也累了，我还有点儿事想和你说。”

俞菲停顿片刻，跟上去了。

两人一前一后走到医院不远处的餐厅，坐下来时，谈清让要了自己想吃的菜，然后把菜单递给俞菲，她没多少心思吃饭，随便要了个东西。

她抬眼看了下谈清让。对方严肃英俊的脸沉着，薄薄的唇紧抿，即使刚刚经历和江时戈的缠斗，依旧西装革履，连领带都没歪。

菜上来了，两人安静吃饭，奇异的是倒没觉得尴尬，因为对彼此都有一定程度上的认知，所以一些表面上的功夫能省都省。

饭毕，待服务生将菜碟收回去，他开口说：“关于阿时，你怎么想？”

"什么怎么想？"

"他现在的样子你也看到了，"他指的是刚刚秦茹的事情，"他已经变成另外一个人了。"

见俞菲久久不回，谈清让语气转冷："于情于理，你离开都不会有人怪你，如果你选择走，我可以保证之后秦阿姨和路远峰都不会去找你。"

俞菲觉得他说这话很是奇怪，难道他不希望她帮江时戈吗？注意到他不耐烦的眼神后她明白了，原来，这个人从一开始就不信她啊。

俞菲低下头，盯着桌子上的格纹餐布。

江时戈。

再念起这个名字的时候，她脑子里充斥着有关他的回忆。世界这么大，他想了她五年才找到了她，即使她已经忘却和他有关的一切，他仍是朝她走了过来，就算带着阴暗的心思，那些温暖与感动，都是与他曾经共有的回忆，那是真实的感情，她并不想抹去一切。

她仍旧记得他的目光，还有埋在她脖颈中的泪水，明明知道她不喜欢他，知道自己被当成工具来利用，他还是回头选择了她。

前途漫漫，充斥荆棘。

那么她也要勇敢一次，即使会坠入悬崖，也试着去抓住那炽热的艳阳！

她抬起头露出一个微笑："我想帮他。"

谈清让看了她几秒，终是低声又叹口气。

两人从餐厅出来，俞菲拎着给路远峰和江时戈打包的饭菜，说是要再去医院看看。

转身时，谈清让叫住她，犹豫片刻，将那件事跟她说了。

俞菲听完后出了下神，庆幸自己选择的同时，忍不住半无奈半低叹地对谈清让说："你这个人哪……真是不服输。"

谈清让舒展眉头，第一次冲她笑：“我一向喜欢赢的。”

告别谈清让，俞菲往回走，拎着手里沉甸甸的饭盒，她站在医院门前，觉得心情无比轻快。

这种感觉真的很奇妙，从前不在意，到后来抗拒，可现在，她竟然自愿往他那儿走，其实连她自己都说不清她为什么会这么决定，也许真的是发疯了吧，可她的心从没像现在这样轻松过。

后悔吗？不。

为什么呢？她想。

也许是不想再逃避，说悬点儿，也可以说是命运使然。

微风吹过她的长发，带了几绺扑到脸上，她伸手拨开，看到顶楼有个白团子趴在窗户上，白团子中间露出一撮黑点，过会儿慢慢朝下。

脸上的笑容渐渐浮起，她仰起头，朝他招招手，注意到他吓得趴下去，笑声渐渐溢出来。

她再抬头看向天空，那里万里无云，阳光灿耀！

第七章
别怕，我在

回到医院，俞菲把打包的饭递给路远峰的时候，他笑开了，止不住地夸："哎呀，还是弟妹细心，吃饭还记着给我带一份。"

注意到她手里还有一盒饭菜，他问："咱俩一起下去吃？"

俞菲淡淡一笑："我吃过了。"

路远峰"哦"了声，接着说："不过现在最好不要见他。"这个"他"，自然指的是柏舟。

"我把饭放进去就出来，不行吗？"

路远峰终是在她的眼神下妥协了，他站在门口："我就不关门了。"

"好。"俞菲也明白他怕刚刚秦姤的事情再发生。

她走进去，白团子横卧在床上，一动不动。

俞菲把饭菜拿出来放到床边的桌子上，床上的人明明听见了动静偏偏不做任何回应。她突然觉得有点儿好笑，转念一想，现在的他不是从前的江时戈，而是个八岁左右的小孩子，闹别扭也是正常。

她不希望他一直保持紧张戒备的姿势，故意退了几步，放低音调说：“柏舟。”

白团子一动，随即变得僵硬。

俞菲看到他有反应，放心了点儿：“之前叫错你名字了，对不起。我还没告诉你我的名字呢，我叫俞菲。”见床上的人依旧没有任何回应，她不知道要说什么了，顿了顿才说，“我下次再来看你。”

她转身离开病房，路远峰关上门时看到柏舟从被子里拱出脑袋，正抻着脖子往门外看，可惜门已经关上，他看不到什么了。

俞菲和路远峰并肩往前走，注意到俞菲的表情，他出声安慰：“你不用太担心，不会有事的，等过两个小时他就从被子里出来了。柏舟这个人格就是个胆小内向的小孩儿，说起来简单，但有时候确实挺难搞。要是普通小孩儿闹起来直接收拾倒方便，偏偏小江的体格儿。”想到之前他和谈清让两个人都没弄过江时戈，俞菲竟然一下就拉开了，他低咳一声，“你知道的。”

“他经常这样？”

“没有，只要不靠近他就和普通小孩儿一样，不过对人很戒备，他会主动和你说话，大约也是觉得你对他不会造成威胁。”

两人一同走回办公室，路远峰拉开椅子让她坐下。

“自从小江的第二人格出现后，周围的人都不断告诉柏舟他是另外一个人，包括我也是想要治疗他，所以柏舟会对我们每一个人产生抵触心理。但你似乎对他的态度和周围人不同，并没有不断强调他是江时戈，因此柏舟没有感受到你的否定，才会对你的敌意较少。”

俞菲恍然，又问：“那他叫我妈……”

路远峰禁不住乐了：“估计他误会了，也可能是故意说给秦阿姨听的，你别看他现在一副无辜害羞的模样，其实坏心眼儿不少，我都被他捉弄过两回。”

俞菲放下心来，看了下时间，赶紧站起来：“我得赶紧回餐厅了。”

“那我开车送你回去？”

“不用，我自己就行。”

“那好吧。”路远峰起来送她出门，低头又问了句，“弟妹，你真想好了愿意继续帮小江？”

俞菲对他笑了下：“你都叫我弟妹了，你说呢。”

她这时的笑容有别于从前的内敛拘谨，多了坦然清亮，眉目明艳，更添几分清雅脱俗的妩媚。

路远峰若有所思地看着她，似有恍悟：“那好，之后我会再找你，不过也真没想到，你妈那边的事刚完，小江就变成这样，之后你还是有得忙了。”

“哎？我妈？”

路远峰意外了：“你妈没和你说？”

“什么？”

他故意卖关子：“你回去问她吧。”

俞菲哭笑不得地看他，这路医生也真是的，话说一半还藏着，不过他语气轻松随意，倒不像是有大事的样子，就依他所言回去问妈妈好了。她也没时间多想，赶紧坐车回餐厅了，回去之后果然挨了一顿批，由于她是被客人拉走的，大家更是担心她的安全，老板气哼哼地说她再晚回来半小时，他们就要报警了。

俞菲心里觉得很暖，情不自禁地笑了。这些年她频繁换工作，少有这样真心在意关心她的老板和同事。

老板看到她笑，忍不住又训了她两句。旁边的同事倒没说什么，走上前把她落在店里的手机塞到她手里，用实际行动告诉她，手机永远不能离身！

隔了两个小时，俞菲下班了，背着包正往外走，低头时不经意在门口撞到个人。她被撞得退了一步，随即肩头被人握住帮她稳住身子，抬头一看，对方温润英俊的脸上盈着淡淡微笑，让人一见就觉得舒服顺心。

俞菲“啊”了一声，随后道：“柏先生。”

柏楼低头看她，露出温柔的笑：“俞小姐要下班了？”

俞菲点头，不着痕迹地退了一步。

柏楼只得松开握住她肩头的手：“能多留一会儿吗？我特意带我母亲来吃饭，就想让她听你弹琴。”

俞菲注意到他身后站着一位个子不高的妇女，因为一直低着头，半边的身子又被柏楼挡住使她看不清楚妇女的样子。

“不好意思，能下次吗？”

柏楼正要劝说，身后的妇女突然拉了他一下，他转头两人低声说了几句，柏楼才对俞菲说：“那好吧，约好下次。”

俞菲松了口气，刚想走，柏楼又拦住她，他轻轻笑着：“那俞小姐能留个电话吗，毕竟下一次，我不想和你错过。”

俞菲真没理由拒绝，把电话号码迅速报了一遍，也不管他能不能记住，然后转身就走。柏楼没有再拦她。

柏楼的手臂被拉了下，他母亲开口：“小楼，这就是你说的那个人？”

“是啊。”

她的声音是天生的娃娃音：“她好像不太爱理人，小楼，以后别来这儿了。”

那么容易到手的话，还有什么意思呢？他道：“没事的，妈，进去吧。”

“去别家吃吧。”说完，她转身就往前走，但还是不放心，走两步就回头看他一眼。

柏楼打开手机，将数字一个个存进去，唇边带着笑容，他的记性可是一直很好的呢。

饭后，俞菲接到一个电话，是路远峰打来的，他支支吾吾地说："那个，柏舟找你。"

俞菲感觉到心跳加速。

她听到手机翻动的声音，然后便是一片静默，她坐在床上，听着那边的呼吸声，晚风吹到屋里，像是吹开一扇心门。

她低声说："是柏舟吗？"

隔了好一会儿，那边传来熟悉的、音调略上扬的低沉嗓音："嗯。"

听到他的声音，俞菲一时紧张得心跳加速，想起从前他阴暗诡谲的笑容，甚至回忆起他拽着她不顾一切地往深渊里走，不对，现在的人，并不是江时戈。

平复几秒，她才开口："怎么了？"

那边仍是久久不语。

很快，话筒出现杂音，路远峰的嗓音响起："弟妹。"

"他怎么了？"

"没事儿，柏舟他刚才喊了一声你名字，我以为能让他开口说话呢。"显然他在场，柏舟还是不愿意说话，"柏舟要睡了，明天我再联系你。俞菲，你明天要是有时间来我这里一趟吧。既然你决定要帮小江，那么我作为主治医师，是必须弄清小江病情的缘由的。"

"明天我放假，早上八点到你那儿？"

"好。"

挂了电话，俞菲把手机放到床头柜上，注意到旁边的黑色瓷杯，拿到手里捧着，过了几分钟才放回去关灯睡觉。

第二天一早，路远峰看到俞菲时，她正等在办公室门口，简单清雅的装束，侧影单薄清瘦，下颌尖尖，像是在寂静清晨中悄然开放的栀子花，又仿佛是一缕清风，任谁也抓不住她。

路远峰与她接触中时常有这种感觉，俞菲待人随和有礼，可总像是与周遭的一切隔着一层透明的膜，今天你也许还能和她一起说笑玩耍，明天她就能头也不回地离开，这样的人自我保护意识太强，不会沉溺束缚之中，想要留住她太难。

他想起病房里的江时戈，眼帘低垂，随后推开门：“到了就进去呗。”

俞菲：“没事。”

“那不行，要是小江好了，知道我这么怠慢他女朋友，以后可再不会帮我干活了，小江可护短了。”

俞菲脸上一红：“我知道的。”

“准备好了吗？”

俞菲点头。

“我之前了解过一些情况，小江的第二人格出现，除了因为头部外伤的刺激以外，也有他内心缺憾的原因。之所以出现柏舟这个年幼的小孩子人格，应该是因为小江自小父母就不在身边，而他一直不愿意让其他人碰触他，我还在找原因。所以，我需要知道五年前你和小江的事情，放心，我们都有保密协议，除了工作上的需要，不会有任何人知道。”

“没关系。”事到如今她不会再回避了，只要能够帮他，说出以前的那些事又算得了什么。

再叙述从前的事情时，偶尔俞菲会停顿几秒，路远峰没有催促，等待她调整情绪。听到她说出那些刻薄冷厉的话时，路远峰蹙了眉头，等到俞菲说完后，他低叹了声。

“我知道了。”

俞菲木然地看着红漆办公桌：“都是我的错，是我把他变成这个样子的。”

“不要自责，对你和小江都不好，更何况，就算是错了也没关系，纠正过来不就好了，又不是什么弥天大罪，千万别因为这个就消沉了。”

随后两人一同上楼去病房看柏舟，路远峰说：“其实我想让小江出院。”

总住在医院里对他的病情没有帮助，还会让他更加紧张，倒不如换一个让他放松的环境，路远峰想让柏舟回家去，反正秦阿姨也在，应该没问题。

俞菲问："那他头上的伤呢？"

"那个没大问题，我问过了，只要再换几次药伤口就愈合了。"

俞菲稍稍放心，电梯门打开，两人走到病房前就听到柏舟的低吼声，俞菲想也没想马上推门，就看到三个人按住柏舟的手脚，旁边的女护士正在弄针筒。听到声响，几人看过来，俞菲脸色一沉，声音发冷："你们在干什么？"

路远峰走进来："他们要给小江打麻醉针，他该换药了。"

俞菲紧张地看向柏舟，他被人死死按住，手握成拳仍不放弃挣扎，按住他的男护士脑门儿上的青筋都冒出来了。看到护士拿着针筒朝他走过来，他嘴里不住地发出呜咽声。

心脏被攥得发疼，身体比想法更早做出反应，意识到的时候俞菲已经拉住了护士的手，她张了张口，说："那个，让我试试行吗？反正只是换药，不用非得打针吧。"

护士皱了眉，转头看向路远峰。路远峰点点头，几个人随后都走出去。

俞菲上前一步，柏舟缩在墙角，全身紧绷，紧咬牙齿，目光警惕地看着她。

俞菲尽量用最温软的语气和他说话："柏舟，你别怕，我不会伤到你的。"

他显然不信，嘴里发出低低的威胁声，见俞菲走得更近，长臂一伸作势要抓她。

是时候了！

俞菲一把抓住他的胳膊一拉，将他掀倒在床上，他双手不断挣扎，俞菲一跃跳到床上，一条腿横跨在他身上压住他不让他动弹。他想推开她起来，俞菲一只手抓过旁边的被子压住他一条胳膊不再让他乱挥，另一只手按住他手臂上的穴位让他使不上力。

可他力气真大，即使她用全身的力量压制，他仍旧几乎要将她掀翻，但她不能放弃，她不想让他像一只被用作实验的动物一样，一动不动地看着别人在自己身上做他不了解的事情，那种恐惧感对于现在年幼的柏舟来说太可怕。

“不准动！”俞菲突然俯低上身，额头对着他的额头，双眸直直地望着他，“柏舟，你听我说，我知道你听得懂。”

他被她吓得一顿，真的不再奋力挣扎。

俞菲继续说：“你的头受伤了，需要换药，你也不想脑袋那里总是发痒发痛对不对，等下儿会有人给你换药，他们只是把你头上的纱布换一下，我保证他们不会伤害你。如果你觉得疼想要停止随时告诉我，我绝对不会让人伤害到你的，我也不会再这样压着你，但你必须答应我，不要像刚刚那样反抗了好吗？”

他的眸色玄黑如潭，现在多了几分水色，眸光更加清澈明亮，她直直地看着那双眼睛，一刻不曾离开，她用眼神告诉他，她不会骗他。

渐渐地，他紧张警惕的眼神开始软化，长长的睫毛扑闪几下，朝她轻轻地点头。

俞菲从他的身上退开，护士端着纱布进了病房，靠近时，不仅是柏舟，护士也在紧张。俞菲试着握住柏舟的手：“没事的，换了药头就不疼了。”

他抬头看了她一眼，目光带了点儿楚楚可怜，像只任人宰割的小兽。

护士想要给他摘绷带的时候，他浑身开始颤抖，护士不免也对这种情况担心，转头对俞菲说：“要不你给他换，我在旁边告诉你怎么做，就是换下绷带，不难的。”

俞菲点头，在护士的指导下给他换了绷带，柏舟的身体最开始还会微微颤抖，最后竟然气息平稳许多，不仅仅是俞菲，连护士都松口气。

一旁的路远峰看得直在心底啧啧感叹，刚刚俞菲那套动作生猛凌厉得不得了，他在旁边看着都吓了一大跳，没想到平时安静沉稳的她竟然有这么决断的时候，最后还把柏舟哄得乖乖的，他又在心底叹了一声，这样的女人，不怪江时戈要沦陷啊。

换了药后，柏舟的精神看起来好多了，俞菲朝他微微一笑，他看得发愣，随后歪歪头，脸上一红，钻进被子里了。

俞菲疑惑。

这时，路远峰叫她出去，夸她："你还挺有一套的。"

"他现在是小孩子嘛，不能一直用强，也不能老哄着。"说这话时，她的目光仍是看向病房的，显然心思还留在柏舟那里。

路远峰微微愣怔，这宛若清风的人，已经找到归处了。

柏舟被秦茹带回家了，这让俞菲不免会有几分失落，在医院的话她还可以时时去探望，但是柏舟在家里的话，她不好频繁地去看他。

不过很快秦茹主动来找她帮忙，她一口答应了，脸上露出发自内心的微笑，这多少让秦茹宽慰许多，同时也对她增加了不少好感。

秦茹说："你有空去看看他就好，我已经请好保姆。"

俞菲知道她是怕麻烦到自己，笑着说："秦阿姨，没关系的，我愿意去看他。"

秦茹终于放下心。

当晚下班，俞菲先和王颜打了招呼说会晚点儿回家，然后去了柏舟那里。

地址不是原本江时戈的家，而是属于他父母的住宅。说实话，不是在江时戈的那个家里，她是有点儿庆幸的，毕竟在之前，她实在不知道该怎么面对那个贴满照片的屋子。她甚至有点儿害怕秦阿姨他们已经看见那些东西，但得知他们把柏舟送到了他们的房子时，俞菲才放心。

按响门铃，秦茹请她进来。

从最早她就知道江时戈出身必然是非富即贵，单他一个人的房子就是独立小楼，所以在见到这栋别墅时，她也没露出多少惊讶。

秦茹回头看了俞菲一眼，见她并未露出任何羡慕惊讶之色，眼底多了几丝欣赏。

走进电梯，秦茹说："阿时在三楼。"

到了江时戈的房间门口，秦茹掏出钥匙打开门，俞菲愣了下，秦茹主动解释："阿时他总想跑出去，我只能这样。"

俞菲不是不理解秦阿姨，但这样关着柏舟，她心底不忍。

门开了，里面阴暗一片，秦茹按下灯光开关，屋里十分杂乱，一些报纸和书散落在地，更令人瞩目的是门口摔裂的饭碗，精致的饭菜撒了一地，屋内一片狼藉。

秦茹一看地上的饭菜，语气急了点儿："阿时，你怎么又这样！"

屋里没有任何回应。

俞菲探头巡视一眼，终于在书柜边看到柏舟，他坐在地上，目光冷凝，有一瞬间让她以为是江时戈回来了。

没办法，秦茹转身说："我去让李嫂再做点儿，小俞你跟我下去吧。"

俞菲想了想："要不我先陪他说说话吧。"

秦茹答应了，背影说不出的疲惫落寞。

直至她离开，俞菲才走进房间。

他的目光带着最初的警惕，大约是因为她是和秦茹一起来的，他也把她当成"敌人"了。

"柏舟。"她轻轻喊他一声，注意到他神情略有松动，朝他一笑，走到距离他三四步的地方，直接坐了下来。

说实在的，俞菲不知道该怎么劝他，倒不如干脆跟他一起坐在地上比较好。她转头看了看房间的装饰，简单的格局很符合江时戈的性格。

“这就是你的房间啊！”她随手拿起书架下面散落的一个盒子，看到上面的文字举起来，“这个游戏我以前也玩过，最后的通关可难打了。”

他被她吸引了注意力，但一触碰到她的目光，又马上低下头去。这次与往常不同，就连是她，他也不肯多说一句话。

俞菲并不气馁，自顾自地找到游戏机后打开，插入游戏卡，开始玩。看到久违的游戏界面，她心底也怀念不已，在打通第四关的时候，她高兴地“啊”了一声。状似不经意地转头，果然看到他抻着脖子往这边看，注意到她转头了，他马上把脑袋扭过去，还以为自己有多快，她不会发现。

俞菲忍不住笑出声，现在的柏舟真是太可爱了，让她一点儿都联想不到从前的江时戈，不知不觉她也放松了心情。她把手柄扔给他：“来，一起玩。”

她比了比手柄的按键：“看，上下左右，这里是跳，这是攻击，刚刚怎么玩你都看懂了吧？”

柏舟试探地拿起手柄，俞菲点击游戏开始。熟悉的游戏音乐声响起，她的人物走在前面冲锋陷阵，保护在后面慢吞吞的他，可能有些技能即使记忆不再，身体也仍旧熟练，很快柏舟就上手会玩了，眼睛里闪烁着光芒。

俞菲用余光看他，明明是一个人，脸上的神情却这样不同。也许，她现在正经历江时戈幼年的时期，那她是不是可以弥补从前的错事呢？

因为出神，她的人物不小心被打死了，柏舟转头看她一眼，目光柔弱。俞菲温柔地笑笑：“没事，我死了你可以继续打呀，带着我一起赢。”

柏舟神色一凝，专注地看着屏幕，无比认真的模样让她心头微动，有些东西，无论什么时候都不会改变。

等秦茹端着饭菜进来时，就看到俞菲和柏舟并排坐着打游戏，两人的距离虽然不近，但那平和温馨的气氛萦绕在两人之间，像是有条看不见的线，紧紧地将他们牵连在一起。

这样真好，她想。

秦茹推开门，两人齐齐看过来，一人微惊，另外一个则是丢了手柄缩在墙角。秦茹眼帘一垂，感觉有点儿受伤，但很快打起精神，待俞菲走到她面前，她把饭菜递给俞菲："先让阿时吃饭吧，他一天多没吃东西了。"

"好。"俞菲朝他招招手，"过来呀。"

柏舟坐在地上出了神。

她笑容这么好看，令他想要靠近，可他又怕她像医院里的那些人一样，把他骗过去后在他身上扎针，可她叫他的名字，还肯陪他说话，陪他玩——

见他还是不动，俞菲想着他是不是害怕她，就起身想要离远一点儿。看到她往外走，他心底突然慌了，甚至比被碰触还要恐慌害怕，这种感觉来得十分突然，可他真的觉得她走了的话，就不会再来看自己了。

"别……"他张了张口，看到她立时转身，表情微讶变得欣喜，他羞赧地别过脸，低声重复，"别走。"

心软成一片，俞菲弯了眉眼："你过来。"

连她自己都不知道此时她的声音有多么娇柔，她又说了句："你过来。"

他脸上带着红霞，好久之后才一步一步地蹭过去。她很耐心地等他走到她前面，她把手递到他面前，他目光疑惑。

俞菲朝他轻轻一笑："知道我是谁吗？"

"俞……菲。"

"对。"她的目光柔柔地落在他身上，"我不会伤害你的，相信我好吗？"她的手向前伸了伸，用期盼的目光看着他。

这样毫不掩饰的炙热目光让他的脸渐渐灼热，他不知道该怎么形容这种感觉，他害怕，可内心深处又有着极致的渴望，叫嚣地喊，握住她，抓住她！

要相信她吗？

他抬头看她。

灯光下，她柔软的黑色长发披散在肩上，白皙的脸上一双眼睛又大又亮，只看着他笑的模样让他好高兴，他好想让她就这么一直看着自己，不想让她走，他不想她走。

他伸出手，带着犹豫与不安轻轻地覆在她的手心，她马上握住，吓了他一跳，那模样让她想起从林里受惊的小动物，胆小又可爱。

低头看着两人相握的手，俞菲真觉得不可思议，明明之前连被他碰触都会害怕，现在她竟然主动想要他接受自己，这只手比她的大好多，如今却是自己握住了他。

她将他拉到椅子上坐下，把饭菜推到他面前："饿了吧，你闻闻香不香？"

柏舟没动。

俞菲想了下："要不我喂你？"

他抽走被她握住的手，拿起筷子开始大口吃饭。

俞菲露出好笑的表情。

等到他将饭菜都吃完，俞菲奖励一样地拍拍他的脑袋，说了声"乖"。

柏舟把脑袋一扭，故意不理她。

气氛温馨极了，到了晚上，俞菲婉拒了秦茹的留宿回家了。

终于到家，王颜跟秦茹商量事。原来，王颜想和邻居一起出门旅游。

这些年王颜一直困在过去的感情里走不出来，现在想明白了，想出去见见世界，就找俞菲商量。

俞菲哪有不同意的道理。见女儿答应，王颜高兴得不行，显然对这次旅行十分期待的。

看到妈妈十分高兴，俞菲也欣慰地笑了。

夜晚，入梦时她竟然见到了江时戈。

他眉黑如墨，美丽的眼睛充满了杀气，声音恨恨："菲菲，你又忘了我吗？"

她猛然自黑暗中惊醒，微白光线从窗帘透出，才五点多，缓缓闭眼，脑海中又出现那双愤怒美丽的眸，好像他真的在生气，可那分明是不可能的。

王颜一大早就走了，俞菲把她送到车站，回到餐厅上班，下班之后就去江家，这些日子以来已经成为她的习惯。

熟门熟路地敲门，保姆李婶让她进来，前两天秦茹要回美国几天，要多麻烦俞菲照顾江时戈，俞菲应下了，心底也多少为江时戈感到些许的失落。即使到这个地步，秦阿姨也不得不离开，幼年时江时戈的寂寞可想而知，这么念着，心底某处越发柔软。

她走到门口，还没进去就听到里面响着熟悉的游戏音乐声，推开门，他看到她眼眸一亮。

俞菲坐到他身边，说："李婶说你又没吃饭。"

他看她一眼，注意到游戏新一拨儿的攻击来了，又开始继续玩游戏。

俞菲郁闷，突然理解青春期孩子的父母的心情，这家伙竟然理都不理她。

她起来坐到别的地方，目光被书架上的书吸引。她抽出两本看了看，偶然会看到旁边有手写的个人理解，字体俊逸，颇为好看。这笔迹她似乎在哪里见过，想了下，她记起之前在江时戈家的客厅里曾看到一幅毛笔字，内容记不得，但那字确实好看。她陷入思绪，时间过去也不知晓，不知多久才注意到身旁直挺挺地站着一个大家伙。

她抬眼一望，柏舟低头看她，表情怯怯的，像是想和她搭话，又怕她生气。她瞥了一眼游戏机，已经关上了。

她不动声色地翻书，微哼一声："不是不理我吗？"

见她真不高兴了，他开始惶恐，几岁的孩子，最擅长的只有一招。

他蹲下身，睁着一双水润眼睛可怜兮兮地望着她，见她不为所动，脑袋放到她的膝盖上，开始轻轻地蹭。

俞菲被他的头发蹭得直发痒，心里真是又好气又好笑，这个浑蛋，以前碰都不让碰，现在还会用这种方法撒娇了，到底是哪里学来的。不过想想他之前那么戒备他人，现在虽别扭了些，但也乖得惹人怜爱，想到这些，她就心软了。

“你自己下楼找李婶吃饭。”

俞菲知道他不愿意和别人接触说话，但这样下去怎么行，不管他怎么撒娇蹭头，没办法，隔了一会儿，他撇着嘴出门去了。

其实俞菲是担心的，还好没几分钟他就端着饭菜上来了，得意的笑容带着点儿炫耀，直接把饭菜伸到她面前，那意思好像是在求表扬。

俞菲摸摸他的脑袋：“好，知道你厉害，赶紧吃吧，吃完了带你出去好不好？”路远峰说过让他多接触外界才好。

他瞬间笑开。这些天除了去医院，他就没出去过，怎么能不高兴，连吃饭都加快速度，俞菲直喊让他慢点儿。

饭后，俞菲三令五申地跟他说必须听自己的，不能乱跑，他重重地点头承诺。

秋天下午日头正好，微风吹过，舒服宜人。

俞菲拉着他的手走在街头，路过商场门口做活动，还各送了两人一支棒棒糖。江时戈含着甜滋滋的糖果，偶然遇到遛狗休息的人，他还把糖给萨摩耶吃，萨摩耶舔了几口后，他竟然还要吃剩下的，俞菲飞快地拿走，把自己的棒棒糖给他。他朝她粲然一笑，少了从前的光华，多了几分傻气，她倒觉得很是顺眼。

旁边有女孩子注意到他的神情，原本雀跃的声音变成窃窃私语，俞菲拉着他走了。

他在一个小摊边停下，摊主很热情地介绍：“帅哥想给女朋友买礼物吧。”俞菲今天梳着马尾，白衬衫牛仔裤显得很青春，江时戈本就年轻，气质又不似从前冷冽，这摊主就把两人当成情侣了。

她看了眼摊主介绍的戒指，是普通的对戒。她拉了拉他：“走吧。”

他没动，伸手把戒指拿起来，直接戴到她手上，然后把另一枚戴到自己手上，两只手比了比：“我的，菲菲的。”

他动作很快，俞菲还没反抗就让他给戴上了，她问：“你真要啊？”

他只是看着她，目光专注动人。

俞菲对这样的他最是没办法，转头对摊主说：“多少钱？”

摊主头回儿遇到买戒指女方付钱的，不过他才不管这些：“一百就行了。”

俞菲挑挑眉：“一百？老板不要坑人啊。”

“那八十。”

“五十。”说完她准备拿钱，手腕被抓住，他掏了掏兜，拿出一沓百元大钞，抽出一张递给摊主。

俞菲很是意外：“你哪儿来的钱？”

“妈妈。”原来是秦茹给的。

他抓住她的手，低头凝视着她手上的戒指，他戴着戒指的手覆在她的手背上：“我给菲菲买，一人一个！”

说完他抬头粲然一笑：“我对菲菲好，菲菲就不走了。”

她怔了一瞬，眼底带柔：“傻瓜，我能去哪儿呢。”

他嘿嘿乐着，过会儿靠过来用脑袋蹭蹭她的颈肩。温热微扎的触感碰到细腻的肌肤，俞菲浑身燥热，又被摊主和旁人瞩目的视线看得脸上发热，羞恼地推开他，拉他往前走。

走到烤鱿鱼摊时闻到香味，她回头问：“要不要吃？”

他还未回答，不远处有人高喊：“俞菲！”

两人齐齐转头，一个年轻黝黑的男人牵着个女人走过来，竟是何溪，他哈哈一笑："我去，真是你啊！"他转头看向柏舟，"我就说上次在公园觉得这小子眼熟，这不就是小江嘛，你俩真搞在一起了啊！"

俞菲还记得是这人给江时戈打电话出烂主意，当时自己迁怒到江时戈身上，才说出那些狠绝伤人的话，再加上从前他占便宜的种种事迹，她自然对他没什么好脸色，不咸不淡地"嗯"了声，就要拉柏舟走。

她当然没走成，何溪在前面一挡，旁边的女人阴阳怪气地说："干吗着急走啊，一起吃个饭呗。"

俞菲仔细一看，原来这女人是之前在商场店里刁难自己的那个，她竟然和何溪在一起了。不过想想也正常，当年她就是为了何溪才在KTV那么骂自己的。

俞菲冷冷地说："不必了。"

"小江，你说呢？"何溪伸手想去拍柏舟的肩膀。

柏舟动作一闪，露出惧怕的表情。

这神情一看就不对劲儿，何溪与那女人对视一眼，又伸手去抓柏舟。这次柏舟躲在俞菲身后，他觉得这两人带着恶意，直觉地避开。

一个成年男人怎么会露出这种表情……何溪一愣："俞菲，小江他不是傻了吧？"

旁边的女人点头："这不就和我家旁边的二傻子一样嘛！人家还好，见人就笑，这小江怎么还怕人怕成这样啊哈哈！"

俞菲脸色渐沉："和你们无关。"她转身拉着柏舟往回走。

何溪和那女人还不依不饶地追上来，那女人声音变得尖厉讽刺："我说俞菲，以前那么多人追你，结果最后你找了个傻子，真够有意思的。"

俞菲想着自己一个人，又要照顾柏舟，不愿和她起争执。

旁边的何溪眼神一转，心想俞菲身边的男人再怎么样也是个傻子，根本起不了什么作用，胆子大起来，伸手去抓俞菲的胳膊：“别管他了，俞菲，我们去玩吧，要不再去那个KTV好了。”

俞菲怒喝：“你给我放开！”

“哎呀，怕什么。”他给旁边的女人递了一个眼神，“愣什么，上啊。”这俩都不是什么正经人，眼神一对就明白了，把俞菲一个人带走，看她能怎么办。

那女人上前就去抓俞菲和柏舟相握的手。

俞菲一时慌了，握着柏舟的手越收越紧。

那女人刚一碰上俞菲的手，就感觉一阵疾风吹来，然后屁股生疼，她竟被大力推倒在地上。下一秒，柏舟上前一步，挥起拳头重重击向何溪，“砰”的一下，何溪也被打倒在地。

“啊——”

听到那女人的尖叫，看到两人都倒在地上，俞菲精神一振，拉起柏舟，说：“快跑！”

两人急速穿梭人群，直到听不到身后的任何声音，跑到寂静的街道上才停下来。俞菲气喘吁吁，抬头看柏舟时，他倒没怎样，仅仅是呼吸快些而已，心道这家伙身体真好，又想到刚刚他挥拳打人，边喘边说：“你……刚刚干吗打人？”要不是跑得快，哪这么容易脱身。

他一副不高兴的样子，拉住她的胳膊轻轻地揉。在她疑惑的目光下，他轻声说：“他弄疼菲菲了，该打。”

俞菲顷刻呆了。

他以为自己又惹她生气了，小心翼翼地碰碰她的脸：“菲菲不气，我以后乖乖的，不要气。”摸着摸着他觉得有点儿湿，抬起头一看，上面沾染着透明液体，舔舔，有点儿咸。

他不停地说：“菲菲，我错了，不要哭……”他平时很少说话，现在却不停地开口认错。

俞菲再忍不住，上前猛烈地抱住他，声音带着哽咽与颤抖：“不要对我这么好。”

“菲菲？”

泪意更甚，她低喃重复：“不要这样，你不要这样……”

他手足无措地大口呼吸，缓了缓，双臂轻轻地拢住她。

夜色渐浓，微风轻至，吹乱两人的黑发，她紧紧靠在他精壮的胸膛上，感受着他的火热呼吸与热烈温度。这样的夜晚，多像他曾经等在她家路口时拥着她的那晚，他也是这般抱着她，静谧不语，温柔相贴，可现在这更像是一场梦。

两人的事很快让井岚知道了，借着一起吃饭的理由，她将人约了出来，当然，俞菲是带着江时戈的。

吃到一半，井岚要俞菲和她一起去洗手间。到了洗手间，井岚的脸就沉下来了：“你和江时戈怎么回事儿？”

俞菲把江时戈的事情简略地说了一遍。

井岚惊诧不已：“真的人格分裂了？”

俞菲点头。

“那你接下来怎么办？江时戈现在这个样子你总不会打算跟他耗一辈子吧？他要是一直不好呢，你怎么办？”

“我没想过。”

“菲菲，他这副样子能给你什么，就算你愿意一直照顾他，那阿姨呢，你总在乎你妈的想法吧？我知道你可能不爱听我这么说，但我不能看你一辈子稀里糊涂地过下去。”

俞菲明白井岚的话发自肺腑，是为她好，可让她现在放开江时戈，她做不到。

“你就当我是犯傻吧。”

井岚看着她，叹息说：“你真是栽他手里了！”

“小岚，你可能真觉得我犯傻吧，”俞菲轻轻地笑着，“可我现在跟他在一起，真的很快乐，比起从前所有的加一起，都要快活。”

“可是菲菲，你有没有想过，现在和你在一起的人不是江时戈，而是柏舟。”

俞菲心头一震，瞬间愣住。

“那你说，你是想和江时戈在一起，还是柏舟呢？”

她一时语塞。

见她不说话，井岚叹息：“被自己的人格打败，江时戈也未免太可怜了。”

两人走出卫生间，刚刚转弯，井岚就停住了脚步，她转头对俞菲说：“说实在的，如果我是你，可能也得栽。”

俞菲不解其意，顺着她的方向，看到前面站着一个人。

长身玉立的挺拔身姿，漆黑短发，俊美的侧颜，似有感悟般，他转头看过来，目光清澄明亮，看到她时，粲然一笑，风华无限。

井岚凑到俞菲耳边说：“我先自己走了。”

“嗯。”

见井岚离开，俞菲才一步步走向他，腼腆朝他一笑：“怎么过来了？”

柏舟上前，双臂一伸将她拢在怀里：“想菲菲了。”

自上次她主动抱住他后，他便很喜欢这样抱着她，每次都要抱好久才肯放手，比起从前更爱撒娇讨好，虽不再像之前抵触他人，却更愿意与她在一起。

这样下去不行的。

俞菲告诫自己，他只是处于脆弱无助的幼儿期才这般依赖她，这并不是真正的他，怎么能陷落？怎么能眼睁睁地看着自己沉沦下去？

不可以的。

反复这样想着，可她的双臂却慢慢抬起，轻轻地抱住他劲瘦的腰，她温柔地说：“我就在这儿啊。”

我一直都在。

第八章
钟情不悔

回去的时候李婶打电话来，说是家里停电了。俞菲想了一下，反正妈妈旅游不在家，不如带他回自己家住一晚。

对于这个临时决定，显然柏舟很是向往，主动问了她好几个问题。

俞菲哭笑不得："我家可比你家小多了，有什么好期待的。"

柏舟蹭蹭她的面颊："菲菲的都好。"

俞菲被他蹭得直往后靠，轻轻笑出声："就会编好话哄我，是不是有什么阴谋呀？"

柏舟低垂眼帘，蝶翼般的黑色睫毛轻颤："不是的。"

"嗯？"

"我想让菲菲开心，这样菲菲就舍不得离开我，就是我一个人的了。"

他一直是这样想的吗？

俞菲默念，这并不是他第一次说这种话，她也发觉了，无论是江时戈还是柏舟，方式虽不同，但对她都抱有极度的不安，生怕她转身离开。她拨开他额头上的碎发，前几天他就拆了纱布，头上的伤已经痊愈，身上的伤可以通过药物治疗，可心呢？

柏舟也望着她，呼吸很近，浅浅的热气喷在自己的下颌处，她知道他在等自己承诺说她不会离开，但她说不出口，她不想骗他，也不能骗自己。

两人到了俞菲家里。

柏舟一脸新奇地四处看，她带他进了自己的房间："你今晚在这儿睡吧，我睡我妈的房间。"

柏舟嗅了嗅："都是味道。"

自己房间平时都会整理，难道有异味？她尴尬地说："什么味道？要不你先出去，我把屋子擦一遍？"

他摇头："都是菲菲的味道。"

俞菲无法抑制地脸红了，默不作声地想出去，却被他一把抱住。她心跳加速，感觉到他的呼吸喷在自己的发顶上，引起一阵阵的电流，她一惊，自己怎么会有这种反应？

惊吓之间，她推开他。柏舟抱她时，她从未拒绝过，因此即使没用多大力，也轻易让两人分开。

俞菲顾不上他，遮掩说："你先坐。"

匆忙走到卫生间，她看到镜子里脸色红润、眸光泛水的自己低骂了一句，不对不对，刚刚只是产生错觉，那可是柏舟啊！

事到如今，无论是江时戈或者是柏舟，她都不会对他们产生感情了，她只是想帮他好起来，只是这样而已！

推开门，柏舟侧坐在床上，听到声响，他慢慢转过头，看到她时眉梢轻挑，玄黑的双眸一眯，嘴角浮起冷冷的淡笑。

"咚"的一下，她的心脏被锤子猛烈敲击，整个人僵在门口，一动不动。

他静坐着看她，低沉冷淡的熟悉音调，他喊她："菲菲，过来。”

他的声音犹如雷鸣，将她震慑得愣在原地。

不对，他的表情、眼神都不对，这不是柏舟！

恐惧如黑色泥浆蔓延至全身，她脸色倏然变白，连唇都在微微颤抖，是他，是江时戈，他回来了？

想到这里，她惊惧地退后一步。

见到她后退，他站起身向她走来，那姿态宛如巨山压倒，下一刻就要将她覆盖！

痛苦的回忆涌入，她下意识地转身想逃，却被抱住腰肢，拼命挣扎间，耳边是一声声急促担忧的呼唤。

恍然回过神，她转头一看，他的脸上不再是诡谲冷意的嘲笑，而化成双眸柔软的表情。

怎么回事？

“菲菲别走，别走。”这声调是她熟悉的依赖语气，是柏舟的声音。

她仍不放心，按住他的肩膀，微喘着说：“你先放开我。”一开口，她的声音竟软得不成样子，她竟这般怕他吗？

犹豫了下，他松开钳住她的手臂。

俞菲抬头仔细观察他的表情，试探地问：“柏舟？”

他忙点头。

这神情不似作伪，她松了口气，让柏舟坐到床上，喊他一声：“柏舟。”

他连忙应声回答。

他的眼神、声调渐渐令她舒缓心情。

“你刚刚怎么……”一时真不知该怎么说好，问他怎么换了副模样，还是说江时戈真的回来了？那现在的人真的是柏舟吗？

她瞥他一眼，触及他的视线后马上移开。

她的反应令他心痛。

“别怕，菲菲，”他迷茫无助地喊着她的名字，用最笨拙的方式不断说，“对不起，菲菲，不要怕我，是我错……”

在他慌乱的、几乎颠三倒四的话语中，俞菲终于明白刚刚的事了。

其实，自柏舟出现以来，所有人都在叫他另一个名字，他隐隐能够明白一些，表面抗拒，心底仍存有好奇。

他猜测俞菲是不是爱着那个“他”，回忆起脑中划过的画面，菲菲看着那个“他”的眼神，他也希望菲菲能够那样看自己，因此在误以为俞菲生气的时候，他扮作那个人的模样想要让她高兴下，谁知她竟会是这种反应。

“不要气，菲菲。”柏舟轻轻拉着她的衣袖，甚至不敢再碰她，生怕惹怒了她，就再不肯理自己了。

“以后不要这样，知道吗？”

他反复点头，目光紧紧地贴在她身上，暗暗发誓，不要让那个人出现。

心渐渐发软，她长舒口气，站起来说：“你去洗澡吧，然后睡觉。”

他一动不动。

深深的叹息从心底传来，没有办法，她的手落在他的头上：“柏舟，我没生气，不要自责了。”

他仰起头，颤抖地拥住她的腰肢，将脸贴在她的腰腹上，借用这种方式确定她的存在。

俞菲轻轻抱住他的脑袋拢在怀里，一直这样下去就好了。

这个想法一出现，她便狠狠地痛斥自己一句，怎么能有这么自私的想法呢？

她低声哄着：“好了，都多大了，我可不喜欢你这样哦。”

他马上松开她，却不肯放开拉住她的手，半撒娇半耍赖地让她看着他睡觉，直到她答应了，他才欢天喜地地去洗澡。

俞菲自己也有一瞬间感叹自己是不是被他糊弄了。

洗完澡后，看到她还在屋子里等他，他朝她粲然一笑，她不好意思去看他露出来的端正肩膀与修长手臂，轻咳一声说：“躺下吧。”

他的面孔渐渐泛红，走过来突然亲吻她的额头，在她愣怔的眼神中补充说：“晚……晚安吻。”

俞菲掩饰自己的脸红，遮掩道：“睡吧。”

他“哦”了一声，声音里满是喜悦。

对于他这种行为，俞菲知道应该勒令禁止，但一瞧他欣喜的神情，也就当他是小孩儿心性。孩子罢了，热情能持有多久呢，不过是一时的迷惘，他早晚会好起来的。

黑暗中，他探出一只手握住她的，掌心的温度这样温热，像是将热度传来，也感染到她的体温。

时间一点点过去，久到她的心跳已经平息。听到他舒缓的呼吸声，俞菲按了下手机，现在时间已经晚了。

正打算抽出手悄悄离开时，耳朵灵敏地听到咔咔声，声音是从外面传来的，很快，“嘎吱”一声，门推开的声音悄然在黑暗中响起。

她很快辨出，这声音来自妈妈的房间，可是妈妈早就出门旅游去了，屋内也只有柏舟和自己两人。

那，是谁？

她可以确定，除了自己和柏舟，屋子里多了个人。

轻轻的脚步声传来，有东西被翻动的细小声响，她几乎可以确定，来的人是个小偷。

她租的小区本就是个老小区，安全设施形同虚设，不过鲜有盗窃的事发生，没想到竟被她碰上了。

紧张害怕间，她也暗自庆幸，如果自己今天没有陪柏舟睡觉，而是睡在自己房间里，她会遭遇什么？

急促不安的她吞咽一下，不断思考着现在该怎么办？

与柏舟相握的手突然紧了下，她吓得甚至差点儿叫出声，显然他也听到动静了。

他慢慢坐起来，将俞菲拉到床上，握着她不断颤抖的双手，在黑暗中一同听着外面的动静。

俞菲努力保持冷静，不断分析着现在的形势好找到办法。

打电话报警？不行，屋子太小了，一点儿声音都能听到，吓跑对方还好，要是对方着急直接冲进来，根本没有什么招架之地。

她辨出对方应该是一个人，十有八九会是男人，这里只有她和柏舟，柏舟虽然上次打何溪时看似身手还在，可如果对方带了利器的话，更讨不了什么好处，到时候结果如何，她不敢想象。

只希望这小偷赶快走。

可她期盼的事情并没有发生，小偷没找到想拿的东西。想想也是，她家没有值钱的物件，妈妈更是把随身的钱都带去旅游了。想到这些的同时，她听到脚步声朝自己的房间过来了。

俞菲想冲过去锁住门，可这时，柏舟身形一动挡在她面前，然后状似困倦地低咳一声，声音低沉带哑，明显的年轻男人的嗓音。

门口的脚步声顿时停了。

俞菲的心脏怦怦直跳，直到现在才明白，他是在保护她。

可下一秒，她突然想到一件事，心头震动，传出剧烈轰鸣，如遭雷击，甚至超过了紧张感。她浑身不住地轻颤，原来是这样，原来是这样！

她低头轻颤，柏舟以为她害怕，轻轻地握了握她的手，随即下床翻找鞋子。

这声响惊动了门前的小偷，俞菲惊诧地想拦住他的同时，听到外面脚步慌乱，没隔一会儿“咔”的一声门锁打开，随即便是窸窸窣窣下楼的动静。

隔了一会儿，柏舟小心翼翼地再去看，发现那小偷已经逃了。他赶紧关上门，又去看王颜的房间，里面的抽屉柜子被翻动很多，窗户大开，那小偷估计就是爬窗户进来的，他赶紧锁上窗户，关好门才回了俞菲的房间。

他打开灯，看到她蜷缩在床上一动未动，过去摸摸她的胳膊轻声说："那人跑掉了，菲菲不怕。"

俞菲泪眼婆娑地抬头，看到他紧张的神情，眼泪却不住地往上涌。她知道这是柏舟，现在自己应该好好安抚他，而不是坐在这里流泪，可当一看到他的脸，眼泪却不受控地滚出来，话更是含在口中说不出来。

她汍澜地望着柏舟，心里想的是另一个人——江时戈。

刚刚柏舟挡住她的那一刻，她恍然想到谈清让曾对她说的一句话，当时她只读懂第一层意思，现在才明白他真正想说的。

"还好那货车撞过来的时候，小江右转避开了，以前疯了似的玩赛车，到关键时刻还是起了作用的啊。"

她那时以为谈清让说这话是安抚自己不必一直自责江时戈从前的事，同时也在提醒她，可直到现在，她终于明白他想说的意思了。

闭上眼回忆起出车祸的那天，种种场景历历在目，她坐在副驾驶震惊地看着货车撞过来时，江时戈却将车右转避开，多么幸运，他加速躲过去了，可如果没有呢？

当遭遇车祸时，大部分人会因趋利心理将车转开避开自己受击的位置，因此往往车祸受伤最严重的会是坐在副驾驶的人。可那时，江时戈却是把即将被撞的方向转到他那边，因此如果真的被撞身亡，死的那个人也会是他，而不是坐在副驾驶的她。

泪意湿然，她呜咽一声。她想起五年前的那天也是这样，明明不愿意，他却还是回头选择了她。

如今就算恨她，他也在保护她。

怎么可以这样，你怎么能这样？

她在心底不断地呼唤着他的名字，掌心抵在眼皮上，感觉大滴的泪水缓缓流出，这让她怎么放手啊……

柏舟慌乱地喊她，着急得不行。

过了好一会儿，俞菲终于抬起头，她避开他的视线，声音沙哑："没事了。"

"菲菲？"

"我去洗把脸，你睡吧，明天早上再报警。"她说完后径直走出去。

柏舟呆呆地站在房间里，不久后，他听到门关的声音。知道俞菲去另外一个房间了，闷闷地坐到床上，他不知道自己哪里做错了。

夜色渐浓，这晚有惊无险地过去。

可无论是俞菲还是柏舟，都在房间里一夜未眠。

俞菲木然地看着墙面。

就在几个小时前，她还曾抱着柏舟想就这么一直下去好了，可如今再琢磨，那并不是她真正的想法。

她真的只是想和柏舟在一起吗？不是的，如果对方不是江时戈，她怎么可能会愿意？她不过是无法忍受从前与江时戈的相处方式才退而求其次。

柏舟依赖她，顺从她，给她无限的安全感与温暖，可她从不曾为他心动，只当他是个孩子一样宠溺。唯一的意外，便是昨晚那个拥抱，他抱着自己，浅浅的呼吸声，熟悉的味道，那都是她习惯的人的特质，是江时戈的特质。

她思念他。在她心里还没有意识到时，她的身体更早地回应了对他的思念。

从头到尾，她都在自欺欺人。

她喜欢的、钟情的、爱的，都是江时戈。

从未改变过。

在被他欺骗的时候，她接受不了他阴暗的心思，但更令她受打击的，是以为他从始至终的虚情假意，自己的一腔真心竟付之流水，她怎能承认？！

那么就告诉自己，她不爱他，她是喜欢之前的他，但那是他假扮的，现在的江时戈不是她爱的那个人。

就像从前令自己忘却舒服惬意的日子一样，不断地告诉自己忘记，她也就真的忘记了。如今不断地告诉自己不爱他，她也就真以为那些感情都不是真的。

可怎么可能呢？

如果感情能够自我控制，妈妈怎么会陷入回忆那么多年，他又怎会奋不顾身地保护自己？！

她起身拉开窗帘，天空一碧如洗，偶有成双的飞鸟掠过，传来翙翙的羽翼声，她总是希望能够有一双翅膀，脱离这沉闷枯寂的生活。

她已经找到了。

不会再回避，不会再否定，她已经知道心的向往之地。

长舒口气，她打电话给警察。警察来得很快，查询问过一些事项之后，确认没有丢失物件也就走了。

她做了早饭，去敲房门："柏舟，起来了吗？"

门从里面打开，他无声地看着她。

俞菲忙问："你没睡吗？"

他摇摇头："菲菲，是不是我做错什么了？"

"柏舟什么也没有做错啊。"

他忐忑一夜的心终于放下。

"那出来吃饭吧，要是困了，待会儿再睡。"

他"嗯"了一声，又说："渴了。"

"你等等啊。"俞菲转身，找杯子给他倒水。

柏舟转身回屋，隔了一会儿，拿出一样东西说："菲菲，用这个。"

他手里拿着的是一个通体玄黑的瓷杯，普普通通的模样，一直放在床头边。

见到他手里的东西，俞菲突然走过去将杯子夺过抱在怀里，她忍不住地说：“这个不行，这个是给江时戈的，是他的，不能给你……”她很快回神，抬头朝他勉强一笑，“我家没有备用的，先用碗吧，我去给你倒水。”

她转身离开，手上一直紧紧握着那个普通的黑色杯子。

柏舟愣愣地站在原地，突然明白了些什么。

他一直以为菲菲讨厌那个人的，她从来不提关于那个人任何的事情，也不说他的名字，一直以来，她都和身边的人不同。而昨晚自己只是学了那人一下，她的反应是那么惊恐惧怕，更坚定了他的想法，他当时暗下决心不再让那个人出现。

直到这一刻，看到她这么惊慌无措，露出那样的表情珍惜地抱住属于那个人的杯子，他知道了。

该消失的人，是他。

他听到锦帛撕裂的尖厉声响，仿佛有什么东西被撕开。

头上本来愈合的伤口传来剧痛，他捂住脑袋，发出痛苦的低吟。

“咚”的一声，俞菲听到声响后转过头，竟看到柏舟昏倒在地！

医院内，俞菲坐立不安地在走廊里来回踱步，终于盼来了路远峰。

“柏舟只是昏过去了，没大碍的。这种情况是第一次吗？”

俞菲点头。

“奇怪了，先留院观察一天。柏舟昏倒之前发生过什么事吗？”

“没有，他说他渴了，我去给他倒水刚转身然后听到声音就看到他倒下了。”俞菲唇色微微泛白，“不过昨晚我家来小偷了，可是柏舟当时没有表现得很害怕。”相反，他还帮她吓走了那个小偷。

她解释说江时戈家昨晚停电，她才带他回了她家，结果遇到盗窃，心底暗暗自责，过会儿她又想起一件事。

“对了，他昨晚一晚上没睡。”

路远峰问：“他经常失眠？”

“不是，他好像以为我生气了。”

路远峰点头表示明白：“我跟你说点事儿。”

俞菲随他走到办公室。

通过这段时间的治疗，路远峰初步能够诊断出江时戈产生人格分裂的原因，除了外界的刺激外，更多是来自内心深处的渴望，之所以出现柏舟这个年纪幼小的孩子的人格，是因为他自小缺失亲人关爱，所以才处于这个年纪。

不愿意被触碰，却能接受俞菲的原因，大约便是从前和她发生的那段过往。

那时与俞菲发生关系，其实他内心是不愿意的，因不想成为俞菲口中那种下作的人，他的自尊心迫使他离开旅馆扬长而去。可能是终究舍不下她，于是他又回来，整个过程及最后他都是违心而作，压抑着情感，直到听到俞菲那般奚落刻薄的话时，仅剩的希冀也被撕碎。

在反复问柏舟不愿被触碰的原因时，他说了一个词——脏。

他问，谁脏？

柏舟回，我。

不知出于何种原因，柏舟认为自己脏，所以不愿被触碰，但唯独对俞菲例外，那么，也许原因就很明朗了。

要知道柏舟是江时戈的第二人格，并且将他一直隐藏的心理阴影全部放大成行为的人格，只有真正治愈好江时戈内心的症状，江时戈才会好起来，而这其中最重要的因素就是俞菲。

“俞菲，你知道‘柏舟’其实是《诗经》里的诗吗？”他低声轻念，“其中里面有这么一句：‘我心匪石，不可转也。’”

我心匪石，不可转也。

匪石，菲，时。

俞菲怔忪地望着前方，而后慢慢地低垂了眼帘。

他竟是用这种方式，将自己印在他的生命里吗？

路远峰的声音慢慢飘来，他说：“柏舟，就是小江。”

不知过了多久，俞菲抬起头，轻轻启唇：“我想看看他。”

路远峰答应了。

轻车熟路地上电梯走到他的病房，推开门时，他平稳地躺在床上。

一步一步走向他，直到一米处停下脚步，她仔细地看着他的脸，只有在这时候，她才能从他的脸上找到属于江时戈的痕迹。

心下酸楚难当，她真不知该怎么办。

很想抓起他的领子逼问他到底是怎么想的，如果恨她，何必救她？如果爱她，又为什么这样？

想到最后，她只是坐到他的床边，目光柔柔地低头，看到他平缓呼吸的胸膛一起一伏，心下微安。

目光朝上，他的唇轻抿着，像是将一切痛楚都封住的锁。

他一直很痛苦的吧。

心痛的滋味缓慢覆上来，她压抑住心底的情绪，可下一秒突然明白，江时戈他也许和她一样，长久以来一直压制着情绪。

他那时才多大，强撑着把所有沉重的痛苦都咽到肚子里，可那痛苦如影随形地伴他左右，背缚得太多，情感渐渐变质，改变了他。

她在利用完他，又那样不计后果地发泄后，抛下一切离开，甚至因内疚而抹去那段记忆，只留下无助痛苦的他，守着那段不堪的回忆不断寻找她，最后在内心深处烙印属于两人的印记。

柏舟的依赖、敏感、不安都是来源于她不负责任地离去时江时戈内心的阴影。

江时戈也是这般，唯恐她头也不回地离开，宁愿用那种束缚彼此的方式，也要逼她留在他身边。

真是傻瓜！

她在心底低斥，眼睛却胀得生疼。

“江时戈……”

低唤一声，知道他不会再回应自己，片刻她俯下身子，将唇印在他紧抿的唇上，触感微凉，轻轻柔柔。

她想问他一句：为什么还不回来？

可终究还是什么也没说出口，她站起身离开了病房。

听到门被关上，床上的人睁开双眼，他直直地看向天花板，不知在想什么，困意再次泛来，他合上眼皮。

第二天，路远峰告诉俞菲可以带柏舟出院了，他嘱咐：“记得明天再来我这儿啊。”

俞菲点头答应，去病房时，柏舟已穿好衣物等着她了。推开门见到他时和之前一样，他正背对着她看向窗外，她声音带着笑意，喊他：“柏舟。”

他转过头看向她，目光清浅温柔，整个人更是容光焕发。

俞菲走过去牵他的手：“路医生说可以回家了，他们说你还没吃饭，你想吃什么？”

被她的动作怔住，他还没来得及回答，就被她拉起往外走，她边笑边说：“昨天真是吓到我了。”

一路上，柏舟一语不发，俞菲当他是在闹别扭，这样的情况之前也有过，只要把他逗笑就好。

从始至终，俞菲都温柔地和他说话，即使他连眼神都不给她一个。

回到别墅里，知道两人还没吃饭，李婶忙说：“那我去做点儿。”

俞菲硬拉着柏舟上去，让他坐到床上后，看到略微杂乱的房间低叹一声：“跟你说过好几次了，东西拿完要原物放回去嘛。”她将散乱的书都依次整理好。

柏舟坐在床上一动不动地盯着她。

俞菲转身时，就看到他用那种极度专注的眼神看自己，心下“咯噔”一声，轻唤他：“柏舟？”

他慢慢朝她伸出手。

犹豫了一秒，她走过去，刚刚靠近，他便伸手抱住她，脑袋搁在她的肚皮上，像是在感知她的温度。

这分明就是柏舟嘛。

唇悄然弯起，俞菲轻轻拢住他：“别怕，柏舟，我就在这儿呢。”可她还是没有做出不会离开的承诺。

他双臂放开，俞菲知道他撒够了娇，摸摸他的脑袋，说：“你等等我，我去看饭做好没有。”

看着她步履轻盈地离开，他双眸渐暗，越发幽深不见底。

哪怕是做梦，他也没想过有一天俞菲能够这样温柔顺从地待在他身边，就算从前交往时，她也是谨慎害羞，心情大多也藏在心底，更不用说会这般主动抱他了。

他觉得很可笑，也真是讽刺。

过了十多分钟，俞菲端着一个碗回来。听到声响，他转过头来，神情平静，冷然的目光中带着审视。

俞菲的心忽地一跳，随即她轻哼一声：“小样儿，还想装这个模样骗我，是谁说以后再不敢了的。”

修长宽大的手探过来，抓住她的手腕，缠绕住，他低沉淡冷的声音响起，声调陌生又熟悉：“菲菲。”

俞菲的手抖了抖，故作镇定，脸上强笑着：“柏舟，别闹了。”

他似笑非笑地睨他一眼，眸光竟带着别样的风情：“既然你喜欢玩这种游戏，那继续吧。”

他手臂一伸，揽住她的腰肢将她拉在自己的腿上，双臂牢牢地圈住她的身子。

不对，不对。

脑袋里有个声音不断地提醒她、告诫她，可说出口的竟是："柏舟，你别吓我。"

他仍是冷笑着，声音冷如寒泉："不信的话，吻我吧。"

俞菲感觉到自己的心裂开了一条缝。

说没有害怕犹豫是假的，可她还是伸出一只微颤的手，轻轻攀住他厚实的肩膀，将唇递了上去。

轻轻贴合，双目睁着，与他玄黑的双瞳对视，不再回避躲开，最后，是他移开头颅，结束了这个吻。

他目光带着疑惑审视，很意外她的行为，出乎他的预料之外。

俞菲一只手搁在他的胸膛上，清晰地感受着他的温度与心跳，是他，真的是江时戈。

心中五味杂陈，过会儿，她开口问："你好了吗？要不要去路远峰那里再检查下？"

他注意到自己与她手上同样的银戒，刺痛了他的眼睛，冷冷地说："怎么，你怕那家伙再也回不来，舍不得？"

俞菲心口发堵，那种窒息感又蔓延上来，吸了口气她尽量用平常的语气继续说："我只是希望你没事。"

江时戈心底一动，语气变缓，可面上仍是不正经的表情。

"那就是舍不得我了，想我了吗？"他两根手指钩起她尖尖的下颌。

这姿势竟让她体内泛出一阵阵热意，从未有过的感觉令她羞愧难言。

他以为她仍在抗拒，那刚刚她是在假装？正怀疑愤怒间，她轻柔软腻的嗓音低低响起。

"想了。"她说。

他浑身都僵硬起来，她坐在他身上，自然感觉到他的变化，抬眼看到他的表情时，心痛心软一同涌来，到底是怎样的不安全感，让她只是回应了他一点点的感情，就让他这样震惊。

她伸出白皙修长的双臂，动作轻柔地抱住他，声音已带了她自己都没发觉的泪意与柔情："以后不要吓我了。听到没有，答应我，以后不要再这样吓我。"

以后，她说，以后……

江时戈脑中一片空白，什么都感觉不到，唯有怀中温柔顺从的她是真实的。

她的变化令他始料不及，更让他欣喜若狂，甚至使他产生强烈的冲动。

他的掌心握住她柔软的肩头，只要稍稍用力就能将她按在身下，他有种预感，这次，她不会拒绝，甚至会再次伸出双手拥抱他。这是他多年在深夜中想了无数次的绮梦，终于要实现时，他却推开了她。

俞菲滑下他的身体，他站起身，动作利落地穿好衣服。

直到他开门要离开，俞菲问："你要去哪儿？"

江时戈停下脚步："去路远峰那里，你先回去吧。"

他冷淡的态度令她想起最初相遇的时候，他也是这般时而热烈时而冷酷，令她捉摸不定，又放不下心。

她很想和他谈一谈，但她更清楚的是，江时戈现在的状态更重要，那么就等等吧，他总会再来找她的。

没过多久，她也离开了江家。

在车中看到俞菲远去的身影时，江时戈仍感觉自己内心的冲动在不断激荡，何必忍耐，冲过去将她掳回来，也许她刚刚只是虚与委蛇，可能马上就再次离开！

不行。

脑子里有个声音命令，不能这么做！

会离开的始终会离开，就算再紧握，也会像掌心沙一样流失。

直到她的身影消失不见，亢奋的精神还悬在脑中，他去拿抽屉里的烟，发现里面空空如也。

沉默片刻，他启动车子上路。

路远峰看到独自一人进来的江时戈惊诧一瞬，他起身走过去，笑了声："柏舟你怎么又回来了，俞菲呢？"

他瞥路远峰一眼，然后坐下："是我。"

路远峰一时还未回过神，再看他的表情时明白了。

"小江？"

江时戈应了声。

路远峰坐到江时戈身边，问："恢复意识多久了？"

"一天多了吧。"

算算时间，那应该就是他还在医院时就恢复了。路远峰忍不住捶了江时戈一拳："你个浑蛋，那你不和我说，现在你感觉怎么样？"

江时戈一手抵住太阳穴："还成。"

从他恢复意识，所有人都叫他另外一个名字时，他大约就明白了，一直压抑的情感竟然分裂出了第二人格。这是他始料未及的，他侧身问路远峰关于自己另一个人格的情况，路远峰也知道瞒不住他，干脆把资料给他看。

细细读过之后，他心底一沉，一旁的路远峰看到他合上资料夹，问他："你自己来的？"

"嗯。"

"哎？俞菲没跟你过来？"

"她为什么要跟我过来？"

路远峰"啧"了一声："你不知道吧，这些日子以来都是俞菲陪你的啊，从医院到你家跟随身保姆似的照顾你。我跟你说你可得好好感谢我弟妹啊，我看她现在都得瘦了五六斤。而且当初她知道你病了，你妈去找她，她二话没说就答应帮你了，还各种配合你治疗，这年头这样的姑娘可太少了。对了，她不会还不知道吧？"

俞菲，她主动来帮他？

怎么可能？

她不是对自己避之不及的吗？可一联想到不久前她的行为言语，又矛盾起来。

江时戈扶额，深深地叹息一声。看来这段时间发生了不少他不知道的事情，这让他开始头疼。

路远峰拍了江时戈的肩膀一下："说起这个小江我劝你一句，以前的该过去就过去吧，珍惜眼前才最重要。"

江时戈没说话，隔了会儿，问他："有烟吗？"

路远峰从抽屉拿出烟盒扔给他，他抽出点燃，深深地吸了一口气，脑子里高速运转的神经开始缓慢下来。

看过关于柏舟的资料，他很清楚自己症状的起因。

从最初迷恋上俞菲的时候，他就陷入一片泥沼无法自拔。他知道心爱的人永远不会给自己任何回应，她那么美丽、高傲、自信，像只在天上翱翔的火凤。渺小如他，连一个眼神都不会得到。

可终于有一天，负伤的她落在他身旁，他终于有机会表明对她的爱意，却遭遇到前所未有的冷绝。

被当成工具也好，被利用也好，他都心甘情愿，只要能抚慰她的心伤，他可以抛弃自尊。

可当听到她狠绝冷酷的话语时，那一句句话化为冰冷刺骨的刀插入他的心脏处，寒意在血液中流淌，四肢百骸都被冻僵，通体发冷。

他真正无法接受的是，在她眼里，他竟然是那般不堪恶心，将他整个人否定，好像他是下水道里的臭虫，肮脏又令人作呕。

他找不到她，大脑执着地不断回忆她的话，无时无刻不想着，最后连他自己都不记得，什么时候开始恨了。

他恨她的狠绝与无情，但现在回忆，他只是用这种最有力量的情感，让自己不忘掉她。

找到她，设计她，直至最后束缚她，这一切他都从来没有后悔过。

想要留住她，温柔相待是没有用的。

就算出现第二人格，她因内疚暂时留在他身边，那内疚又能保持多久？

早晚有一天，她的内疚和心伤都会化作怨怼，他们会成为一对怨偶，但那并不是他真正想要的结果。

他本来以为只要她留在自己身边就可以了，无论是爱还是恨都没关系，只要她在自己身边不会离开，其他怎样又有什么关系。直到今天看到她对他的笑，不，并不是对他，而是对那个柏舟。

那温柔轻盈的笑容是自己从未见过的，很美，她抱住自己的双臂也很柔软。第一次，他对自己的想法产生了动摇。

"小江，你没事吧？"路远峰问。

江时戈微微摇头："有些事，我要先想明白。"

"需要帮忙吗？"

他语气中透出担忧与关怀，江时戈拍拍他的背："我没事，这阵子辛苦你了。"

之后，江时戈去事务所去找了谈清让。

见他出现，谈清让放下手中的资料夹："感觉怎么样？"

"还成。"

"俞菲知道了吗？"

"嗯。"

谈清让想了几秒才开口："阿时，关于俞菲，我有个事一直没和你说。"他抽出一支烟，"咔"的一声用打火机点燃，深深吸了口之后才说，"那时候，有次下大暴雨，你在KTV前面等俞菲，我过去找你了，记得吗？"

江时戈说："记得。"那次俞菲被何溪他们撺掇非要去那个KTV，他知道那地儿鱼龙混杂，不想让她去，可他那时不会说话，不小心激怒了她，她更是要去，他没法子，只能用最笨拙的方式守护她。

“那次，是她给我打电话叫我过去的。”谈清让点点烟灰，没去看江时戈转过来的视线，“她问我是不是你的朋友，让我接你回去，后来你不肯走，我就又给她打了个电话，说看不到她离开你不肯走，后来的事你也知道了。”

江时戈没说话，拿起烟盒也抽了一支烟，过会儿才说：“你以前怎么没告诉我？”

“当时你马上就进医院了，忙忘了，事后想起来，觉得这事没什么可特意说的。”

江时戈看了他一眼：“那为什么现在和我说这些？”

谈清让出了会儿神，以前他一直希望阿时和俞菲尽早斩断情缘，在他眼里，无论是身份、地位，还是性格、品性，他们都不适合。从小阿时太卑微，高傲的俞菲从没注意到他。

现在呢，俞菲看似性格转为平和，可他知道，她骨子里的高傲未改，她不愿意接受的，杀了她都不会低头。

所以，无论是从前还是现在，他们在一起彼此只会变得伤痕累累，结局凄凉。

“虽然不知道当年究竟发生过什么，但我觉得，俞菲并不是那么狠绝的人。”

江时戈回：“你希望我放过她？”

“怎么做都是你的事，我只负责告诉你事实。”

江时戈从事务所离开。

将车泊在路边，他出了神。

他明白谈清让那番话的意思，现在的她不会像之前那样抗拒自己。

可她的改变并不是因为他，而是因为他的另一个人格，她对那个人格越是温柔顺从，他就越觉得讽刺，就好像自己再一次被抛弃了。

她宁愿选择一个他分裂出来的幼稚人格，也不愿接受真正的他。这令他感到挫败难忍。

他开车回了家，给父母报了平安，秦茹一直问他是不是真的好了，最后问到俞菲，他停顿几秒说她回去了。

江时戈挂掉电话沉沉睡去，梦里竟然出现很多他从未见过的画面。

出现最多的，是俞菲轻盈淡笑的模样。

早上他起得迟了些，他听到俞菲的声音："他还睡着呢？"

李婶回："可能吧，一直就没下楼。"

俞菲"哦"一声，门关上了。

他听到她的脚步声越来越近，能感觉到她站在自己身旁，她要干什么？

俞菲低着头，没打算叫醒他，他穿着浅蓝色的睡衣，双臂露在外面，一只手搁在腹部。她目光朝上，从平坦的胸部，到凸起的喉结，慢慢看向他的脸。

他睡着时总是这样安静，之前她也只有在柏舟睡着时，才能在其中看到属于他的影子，现在他回来了，就在自己身边。

看到他头上有几根翘起的头发，她弯了嘴角，伸手想要去摸，马上触及时突然被攫住手腕，目光冷凝燃着黑火的双眸睁开，她不会认错，还是他。

不知不觉松了口气，她眉目轻缓。

江时戈松开她的手腕，支腿坐起来："你怎么过来了？"

他的语气略冷淡，听得俞菲心头微刺："我来看看你。"

"怎么，没看到你想见的柏舟，很失望？"

听出他话里的凉薄讽刺，俞菲抬起头："你为什么总是这样说话？"

江时戈别过脸："想听甜言蜜语的话，我也可以说给你听，不过可能没有那家伙说得好。"

从这几句话，俞菲终于明白他的意思了。

她无奈地说："柏舟很少说话。"所以更别说什么甜言蜜语了，连讨好都是那般小心翼翼，她只觉得心疼，从没有其他感觉。

她注意到他手上的戒指没了，想来也不会喜欢柏舟和她买的对戒吧，于是，她将右手藏在身后。

她的动作没能逃过他的眼睛，他忽然觉得自己这番话实在是幼稚无比，简直和恋爱中闹别扭的情侣没什么两样，事到如今，她在乎的是谁又能怎么样，只要她留在他身边就好了。

想到这里，他微微一笑。看到她惊吓不安的表情，他心中一沉，面上的笑容不变，朝她说："过来坐。"

俞菲犹豫两秒，坐到他的身边。

江时戈捻起她的长发，突然低头嗅了嗅。

他忽然靠近的躯体让她心跳加速，只能低头掩饰自己的慌张，耳边听到他说："好几年了，你洗发水一直没换。"

俞菲心头一动，闷闷地"嗯"了声。

她以为他还要说以前的事情，那样的话，就又和从前一样了，她看向他，目光澄澈动人，令他笑容一怔。

俞菲主动握住他的手，感觉到他微微一颤，随即觉得有点儿好笑，原来，他也不是和表面一样那么冷静，为什么从前自己都没有发现呢？

"江时戈。"她轻声唤着他的名字，无比低柔的声调，"我不想再兜圈子了，以前的事，我无法弥补，我能做到的，就是现在会留在你身边，所以，你可不可以……"

她顿住了，她想说，你可不可以不要再像之前那样逼她，用那种语气行为对待她，可她又觉得，如果他答应了，又和之前那样装出温柔体贴的模样骗自己怎么办？

"你不走？"

她低低应了声。

他声音含着几分戏谑："是因为我？"

"嗯。"

江时戈突然抽出手，目光冷冷的："所以你是因为我救了你，在以身报恩？"

"不是的！"俞菲急切起来，为什么他总是这样。

她刚想试着开口说出自己的想法，却听到他低笑一声，突然靠了过来，双唇贴在她的耳边低声开口："无论我做什么，你都不会离开？"

湿润灵巧的舌探出，轻柔地划过她的耳郭，热气呼出，撩起一片敏感的肌肤。

全身的血液迅速涌上来，俞菲迅速跳开，捂住耳朵，惶恐地退到身后的书架旁，她的表情如同从前一样，她还在怕他。

江时戈姿态闲适地望着她，嘴角挂着清浅笑意，将狂乱凶狠的利齿隐藏住，只用最温柔的笑容诱惑她，这种感觉，她太熟悉了。

"你的回答呢？"

她哑了嗓子，好一会儿才干巴巴地说："我不知道。"

"不知道？"

"对！"她恼怒起来，实在不知道该怎么办。

他收了虚假的微笑，俊美的脸上一片冷光："你说那话是在逗我吗？"

"不——"她苦恼地否认。不知道该怎么说，她爱着他，却难以接受这样的他，这样是不是太矛盾，有一瞬间连他自己都在怀疑内心的感情。她窘迫地站在原地，恨不得大吼一声，下一秒似乎又灵魂抽离，久久不语。

江时戈知道她在挣扎，看到她发白的脸色，那脆弱无助的姿态，内心深藏的暴戾冲动又浮上来！

他想对她说：何必纠结，人生该及时行乐，现在想不明白的，之后会想明白，现在管那么多何必呢？

脑子里有声音疯狂地叫嚣，快，趁她没有改变主意，快过去，拥有她不是你一直想要的吗？为什么要拒绝自己呢？

他站起身，一步步走向她，她没有发觉。他手臂伸出捏住她的下巴，在她惊讶颤抖的注视下，狠狠地吻住她，不容她有任何逃避的机会。

身体渐渐烧热，兴奋激动的情绪在胸口激荡，他抱起她，和她一起跌入宽大松软的床上。

目光瞧见她指头上的廉价银戒，心头微刺。

他直接伸手拔了下来，一挥手扔到地上，“嗒嗒”两声，戒指滚到见不到的地方。

“不能扔……”她低声开口。

他眉头一皱，上前吻她的额面。

意乱情迷间，他捧起她的脸，突然感觉到手上有点点湿润。

回忆复苏，霎时他的身躯紧绷起来。

目光转冷，他停下动作。

有时候，男女之事讲的无非是当下彼此的情起意动，一旦没了心思，身心在短短几秒钟迅速就会发生变化。

江时戈低眸看着身下侧头无助咬唇的俞菲，她的身体还在微微发抖。

他急促的心跳渐缓，一股莫名的感觉浮上心头。

她为什么要这样呢？

他的手轻轻触碰她的腰肢，她虽然颤抖，仍没有拒绝。

明明这么惧怕，这么痛苦，为什么不反抗？为什么不说不？

他的手撑在她头的两边，慢慢压低身子，动作无比轻柔的吻向她的眼边，那湿漉纤长的睫毛黑亮美丽，他怜爱地舔去那里的泪水。

俞菲感觉到心头有一瞬间的战栗，不同于刚刚身体上的快意。她睁开眼，疑惑地喊：“江时戈？”

他伸手覆上她的眼皮，不让她看到此刻自己的表情。

他信了。

现在的她，仿若五年前的自己，他终于可以确定她对自己的爱，可自己却难以关住内心深处的凶狠野兽。

他的手很快移开，下床出门。

听到关门声，俞菲才缓过神，连忙穿好衣服。

江时戈没有回来，她下楼去找，发现他站在门外的花园里抽烟。她犹豫片刻，走了过去。

他转过身，看向她的目光幽深，夹杂了一些她看不懂的东西。她抿抿唇，走过去拿走他嘴里的烟，扔到地下碾灭。

再抬头时，看到的是他唇边无奈又温和的微笑。

她愣怔一瞬，有多久了，她都没见过他这样笑了。最近的一次，也是那时去他家探病，他抱着她的时候。俞菲突然想，也许从前的那些，不一定都是他设计好的阴谋网，也许在不经意间，他也和她一样，也陷在那个温柔如梦的陷阱里。

“你先回去吧。”他说。

俞菲低头不语，觉得现在的他和刚刚很是不同，少了咄咄逼人的气势。过会儿，她舔舔唇说：“我……我想和你谈谈，但你不要再那样突然吓我了——”

江时戈眼眸渐深，这样低柔温顺的俞菲，即使他产生第二人格也没有放弃他的俞菲，哪怕他受伤也要拥抱他的俞菲，他真的能够拥有她了，她近在咫尺，触手可及，美好得几乎不真实。

伸出的手缩回，他笑了笑：“我要去路远峰那里一趟。”

俞菲恍然抬头，记起他也是恢复不久：“你还会……”

“我不会了。”不会再发病，也不会再像刚刚那样对你。

“那我陪你去？”说完这句话，她的心猛然一跳，怕他又说出那些不正经的话。

柔美精致的侧颜，细密纤长的睫毛轻颤，双唇殷红微润，顺滑黑亮的长发散发着清香，对他无一不是诱惑。

江时戈看了她一会儿，表情突然变得冷然：“我自己去就行。”

她有点儿失望：“那我走了。”

“嗯。”

走了两步，他竟真的不留她，心下来气，她脚下的步伐快了点儿。

“俞菲。”

身后传来他的声音，她身形顿住，嘴角浮起淡笑，脚步声传来，修长有力的双臂自身后拢住她的肩，随后，肩后的皮肤被两片温润的唇轻吻住。

这动作令她浑身一颤，变得僵硬。

他发觉到，很快放开她，低沉的嗓音对她说：“走吧。”

江时戈站在原地，目送着俞菲离开，这是从前重复了千百次的时刻，这次尤为让他不舍。

事实上，他有无数种办法让她留下来，甚至只要一开口，她肯定会转身回到他身边，但是第一次，内心深处萌生出一个疑问，他该那么做吗？

江时戈并没有去路远峰那里，事实上，在他恢复后，路远峰就打算回美国研究所了，主管Bean已经催了好多次了。

江时戈转身回了屋子，坐到床上开始抽烟，一支接一支地抽着，脑子里不断闪现的是梦里陌生的画面。

那些画面不是属于他的记忆，他知道，那是柏舟和俞菲相处的片段。

直到现在，他还是想不通，为什么在那种境地，她那时还会选择他？

他一直以为自己很了解俞菲，到头来才发现，也许他从来没有真正了解过她。

女人真的是一种极致的生物，世界上最美好宽容的人是女人，最阴冷恐怖的也是女人，他知道的那些不过是些皮毛罢了。

他张开手指，手上似乎还残留着刚刚的触感，但令他更在意的，是那点点湿润。

她哭了。

和那时的他一样，内心痛苦难挨，还是想去拥抱安慰她。

可就算她在他身侧，他还会觉得，总有一天，会被抛下。

重重地吸一口烟，吐出浓浓的烟雾，一支接一支地抽个不停，他觉得胸腔很闷，令他焦躁不已，这种感觉就像刚刚开口让俞菲走时的挣扎。

他不想让她走的，更不想放过刚刚那个时机。

无论是毁了她，还是让她不得不留在自己身边，他都有无数种办法，更何况现在她心甘情愿地爱着自己。

可即使是这样，内心的凶兽仍不满足。

他会不断地试探她的底线，确定她对自己的爱，看她会忍受到什么地步，甚至会做出让她痛苦不堪的事情，将她毁掉弄坏，使她和自己一样崩溃下坠，在幽暗的深渊里和他待在一起，只拥抱他，依赖他，爱着他。

但他不能做。

他知道的，一直知道，清醒地看着自己陷入癫狂，又想无所顾忌地将她也拉入泥沼。

可那时手上碰到那点点湿润，他突然想起她误以为自己是柏舟时露出的微笑，温暖美好。他是无法让她露出那种笑容的，对她而言，这样的自己太过沉重。

总有一天，他会毁了她。

到那时，她不会是他爱着的那个俞菲了。

回忆起车祸那天，一想到俞菲会死去，他连手指都在微微颤抖。这种事，他绝不允许再次发生！

耳边好似出现她冷淡缥缈的声音："一个连自己都不珍惜的人，我怎么会相信呢？总有一天，你会把失去的一切都算在我的头上。"

停顿许久，江时戈将烟碾灭，扔到地上，他拿起手机给路远峰打了个电话：“给我订机票吧。”

他要的是一场报复，最后却输得一败涂地。

如果一定是两败俱伤的惨痛结局，倒不如让他独自背负一切阴暗，给她一个光明的未来。

第九章
甜甜的吻

第二天，俞菲照常上班，当晚柏楼来了。等俞菲一曲弹完，柏楼走到她身边，请她弹一首《致爱丽丝》。

这首曲子属于初学者必学的曲目之一，简单易学，对于俞菲自然容易，但她也听过这首曲子的背后故事。这首曲子是贝多芬创作给一位心仪的女性朋友的，虽然她嫁给了贝多芬的朋友，然而他对她的情感仍旧不变。

他点这首曲子，似有暗喻，不过俞菲没有拒绝，因为到了最后，爱丽丝都没有和贝多芬在一起。

柏楼再一次邀请她加入乐团，这一次她没有拒绝，开始认真考虑。

现在妈妈的病好了不少，不必她时时在身边照顾，能够获取一份更优薪的工作自然是好的，尤其是能够在钢琴上有所造诣。

柏楼满意极了，告诉她随时等候佳音。

之后俞菲去了江时戈家，他人并不在，给他打电话，无法接通，又给路远峰打了一个，竟然也是不在服务区。

她的心突然慌了起来，直到从谈清让口中才得知，江时戈走了。

“他去哪儿了？”

“美国。”

“他去看他的父母吗？”

“一方面是吧，不过临走时，他让我给你带句话。”

当确定江时戈真的在昨天离开时，猛然失去了曾经的禁锢束缚，她的心仿佛也空了。

迷茫地站在街头，她不知该去哪里。

井岚接到电话赶到薄羽酒吧时，找了好几圈才看到角落里的俞菲，这里太吵了，她坐到俞菲身边，对着俞菲耳朵说：“菲菲，换个地儿吧。”

俞菲看着井岚，微微摇头。

她这副模样让井岚很是担心。心底似乎有了答案，井岚开口问：“是不是江时戈，不对，那个柏舟出事了？”

“他已经恢复了。”在嘈杂的音乐声中，俞菲的嗓音带着一种颓废疲惫的冷淡。

井岚很是意外，难道两人又发生什么了？

“他不会好了之后就把你甩了吧，这个混账！”

俞菲扭头看她，微微一笑透出别样的风情，显出年轻时特有的光艳：“我倒宁愿他痛快地给我个明确结果。”

“那怎么了？”

俞菲仰头喝酒：“他走了。”

“走了，去哪儿？”

“美国。”

井岚明白过来了。

俞菲低头看着桌子上的杯子，悲伤在心底蔓延。

她真不懂江时戈，从前费尽心思靠近她，哪怕用感情计谋也要将她困在他身边，现在说走就走，头也不回地连她最后一面也不肯见。

她找了很多地方，江家、医院、曾经两人去过的地方，可是通通不见他的身影，直到谈清让接了她的电话，她才知道他已经离开了。

无计可施，正好走到酒吧门口就进来了，一杯一杯地喝酒，直到热意涌上心头，她突然有几分明白江时戈了。

那些年，他就是这样过来的？

抱着希望去寻找一个又一个有过她痕迹的地方，可次次失望而归，没有她的动向，不知何年何月才能再见面，抱着些微的希望，最后的感情化为恨意来坚持对她的寻找……他到底承受了多少痛苦？

对于他的选择，冷静下来想想，她不是猜不出用意，但她并不能赞同他独自决定这一切。

强震的音乐声刺激得心脏阵痛，她深吸一口气，转头说："走吧。"

起身时还有些站立不稳，井岚搂住她的腰，扶着她走出酒吧。出去后，让她扶着墙，井岚说："你等会儿啊，我去打一辆车。"

俞菲默声点头。

周围人群嘈杂，她觉得肚子疼，脑袋也晕，好多年不碰酒，一下子喝多了确实难受。

"Lily，"旁边有人大喊，转头一看，一个化着浓妆的年轻女孩儿拎着包兴冲冲地走出来，很快里面有个年纪稍大的女人追出来抓住她的胳膊，"你回来，王哥就是逗逗你，又不会真把你怎么样，你可别把他得罪了。"

叫Lily的女孩儿嘴唇翕动了下，表情一凝，像是下定决心："姐，这些年我谢谢你了，但我真不打算再干了。"

一个流里流气的男人走出来，手上戴着好几个金戒指，脖子上也是一圈粗金项链，他睨了两人一眼，又骂又吼：“让她滚，我还不信了，婊子还想从良！”

女孩儿闻言皱了眉头，很快又笑出来：“我走了。”

女人不住地劝：“Lily你别犟，赶紧给王哥道个歉，这事儿也就过去了，听姐的，快！”

一旁的男人骂了句：“我告诉你，你今天要是走了，再想回来就没这么简单了。”

女孩儿说：“姐，我知道你是为我好，但我不想这么稀里糊涂地过了，最起码，我得赌一赌。别人怎么说我都不管，我做好我自己就行。”她掰开女人的手，朝女人轻轻一笑，从浓厚的妆容中，那笑容透出几分青春洋溢，在灯光的照射下竟耀眼非常。

女孩儿头也不回地走了，那步子有些颤抖，背影却十分坚定，俞菲默默出了神。

过会儿井岚回来，扶着俞菲上车，送她回家。一路上，她脑中回想起那个陌生女孩儿的笑容，还有她那句话——

“别人怎么说我都不管，我做好我自己就行。”

回到家，王颜见到俞菲这样很意外，和井岚一起把几近昏睡的俞菲架到床上后，井岚就告别走了。

王颜忙忙碌碌地给俞菲换了睡衣，又打来温水给她擦脸。

当温暖的水触及眼皮时，俞菲有点儿转醒了，睁开眼看到王颜，心底乱糟糟的情绪都浮上来，禁不住委屈地喊了一声：“妈……”

王颜握住她伸过来的手，低声回答：“妈在这儿呢，菲菲，难受吗？”

心底有很多很多话想说，疲惫的压力，钱财的困境，江时戈离去的委屈，太多太多，然而到了嘴边只化作一句：“渴了……”有些事情已成为习惯，宁愿自己扛，也不想让妈妈再辛苦难过。

王颜起身去给她倒水，再回来时发现她已经睡着了，低叹一声，给她擦完手脚，坐到床边看着她的脸，目光越发不忍，伸手轻轻抱了下熟睡的她，轻声说：“好孩子，妈在这儿呢啊，不怕不怕。”

好像梦呓般，俞菲“嗯”了一声。

王颜脸色松了几分，关灯离开。

梦中，俞菲见到了江时戈。

“菲菲。”他用熟悉的低沉嗓音喊她。

她焦急地伸手去拉他，却发现自己上前一步，他就退一步。

他低下头，对她说：“我从没有后悔选择回去，以后，你不会再难受了。”这话，正是他让谈清让在电话里转告她的。

她知道他说的是什么意思。

他说自己从没有后悔五年前的那天再回去找她，他选择离开，从此以后，她不用再内疚，也不必担心他会伤害她了。

可凭什么要他决定一切?

她愤怒地想要质问，却只能看着他的身影越来越远，最后消失在黑暗里。

再睁开眼时，天空微白，已是清晨。

她打开窗户，觉得有丝丝冷意传来，已是晚秋了。

阳光透过云朵照到窗台前，她上前几步，伸出手掌，阳光给发冷的身体带来舒服的温暖。

她淡淡一笑，心中已有了答案。

无法改变他的决定，但她可以选择自己的方式。

她不会放弃那近在咫尺的阳光，不再内疚，不再害怕，她等着他再出现，用低沉悦耳的嗓音，呼唤自己的名字。

永兴市，今年没有江时戈的冬天让俞菲觉得异常冷。

俞菲已经辞掉餐厅的工作，虽然很不舍，但也不得不这样做。在经过面试后，她成功地加入了乐团，第一个月的工资就是她之前工资的两倍，所以她和王颜如愿地换了租房。

巡演很密集，前期的准备工作也不少，由于半道而来，和乐团其他人的配合也很重要，大部分时间她都用来练琴，这么一忙起来，她的心反而平静许多。

对，她不要自怨自艾，更不能蹉跎地无力等待，她要奋发努力，让自己变得更好，当他回来时，他会明白，她已强大到不会受到任何伤害。

偶尔，她也会想，去国外时会不会命运般地遇到他，或者他来听音乐会，突然发现舞台上的她。

当然这种事没有发生，生活不是电影，没有那么多奇迹。

更何况，演出期间她实在忙碌，就算身在国外，也没有机会去外面游走。

直到临近圣诞节，终于有一点儿空闲时间出来，在异国他乡，现在已近下一年了。

她抬头看向天空，有雪花悄然落下，鼻尖碰触到冰凉的雪，她伸手摸摸，突然笑开。

拿起手机拍了一张下雪的街头照片，她握着江时戈买给她的手机，心底微暖，就算他走了，她也不孤单。

“什么事这么好笑？”有人走近，将纸杯递给她。

俞菲接过，客气地回：“谢谢。”

柏楼温和一笑：“你还是这么客气。”

俞菲低下头，喝了一口醇热的咖啡，暖意涌上来，她呼口气，白色的雾气在空中蔓延。

在这里，她已经二十七岁了。

不过按照中国的时间，她还是二十六岁，她还有很多时间，足够来爱他，等他。

生活照常进行，偶有旧人出现，最近她接到了一个从前熟悉的长辈的电话。

给俞菲打电话的是以前家里的一个保姆，当年父亲猝然离世，俞菲只能遣散了家里的帮佣，其中有个一直照顾她的王姨，和她家关系最好。当时因为着急搬家卖房子，有一部分东西俞菲还临时存在王姨家里，只是后来她因为要避祸，临时起意离开永兴，这才断了联系。

说来也是巧，王姨本来都忘记这些东西了，因为最近要搬家才发现，正烦恼要怎么处理时，就遇到王颜了。

刚刚就是王颜给俞菲打电话让她去取，只是没想到，这些东西竟成了后来的祸患。

从王姨那儿俞菲搬回来两个大箱子，看胶布情况就知道王姨从没打开过，可能这几年一直堆在角落里，俞菲弄到家里后，纸箱已经快碎了。

她整理了下，发现里面除了一堆发霉的衣服，就是一些用不上的小物件，当时她也不知道怎么想的，把这一堆东西都放里头了。不过再翻翻她也就记起来了，这些东西，都是爸爸的。

她赶紧连箱子带东西都推到自己屋子去，冬天屋里热，很快她的房间就泛起一股说不清的混杂味道，熏得她脑仁直疼，赶紧开了窗户。

俞菲紧赶着收拾，没想到王颜提前回家了。刚进门，王颜就敏感地闻到一股子霉腥味，大声喊："菲菲，在家吗？"

俞菲心一跳，应了一声。

王颜走到她房间，刚打开门就被俞菲拦住了，她也马上闻到冲鼻的味道，皱起眉问："什么味儿？"

"没什么。"

王颜看她这样，知道肯定有东西，推开她："我看看。"进屋一看，两个半米高的纸箱子打开，里面全是乱糟糟的杂物，她刚想问俞菲从哪儿弄来这些东西，注意到地上一件衬衫时蹲下身拿起来看。

"这不是我给你爸买的衬衫吗，你从王姨那儿拿来的？"

“嗯。”俞菲真怕妈妈看到爸爸的遗物再受刺激，结果没想到她的反应倒没有自己想象中的那么大，甚至可以说很平和，表情没有悲伤，而是带了点儿甜蜜的怀念。

“哎呀，这件是他结婚时穿的呢，这都烂成这样了啊，还好我那时候把该卖的都卖了，否则搁到现在也是毁了。”王颜帮俞菲收拾。

“妈，我来吧。”俞菲架起王颜，想让她出去。

王颜说：“那也行，你快点儿收拾，我把袋子给你拿来。”

俞菲诧异：“啊？拿袋子干吗？”

“这孩子，这衣服都这样了，你还打算留着啊？”

“可……这是爸的……”

“没事儿，你爸留给我的东西我还有，这几件破衣服留它干吗？”说完她就出去了，过会儿真找出好几个袋子让俞菲扔走。

俞菲不再顾忌，干脆收拾收拾把第一个箱子没用的东西都装袋子里了。第二个箱子比之前的小一个规格，打开看都是些办公用品，有盏金色台灯擦了擦竟然崭新如昨，于是她留下了。剩下的东西大部分都是没用的，她全都塞到袋子里，最底下的是俞家的相册，这可让她怀念不已，翻了几页突然发现中间夹了两张纸。

她翻看了下，瞬间如遭雷击。

她又仔细地整理了一遍箱子里的东西，确定没有遗漏后，和妈妈一起下楼扔了袋子。

晚饭时，俞菲问：“妈，我们家买过保险吗？”

“没啊，要是早买份保险，咱家哪至于这样，得了，不提那些。”

当晚，俞菲翻来覆去地睡不着，明明已经开窗换了空气，可她还总觉得屋内飘荡着淡淡的霉味，最后闭上眼时，入梦见到了爸爸。她已经很久没梦到爸爸了，梦里的他稍胖略黑，还穿着以前的衣服，笑呵呵地说：“菲菲，等爸爸回来，再给你补生日啊，别生爸爸气。”

她不断地说不生气，想让他留下，可他只是笑了笑，越走越远。

早上醒来后，她觉得胸口很闷，才刚起来，柏楼的电话就来了。最后一个月的巡演马上开始了，俞菲只能收拾行李，和他一同去了法国。

一个月后，巡演圆满结束，这期间俞菲眼界心灵都开阔不少，受益匪浅。最后一场演出结束，团长来问她愿不愿意留下，俞菲万般不舍，还是拒绝了，对方表示惋惜，并承诺希望她有机会再来。

临走时，是柏楼来送的她。路上，他问：“你真不想留这儿？如果是我给你压力太大了……”

俞菲抬手止住他后面的话，她笑了笑：“其实，最主要是因为我家里人。”

说到这个，柏楼很有发言权：“我家和你也一样。”他家里也只有母亲——所以你看，我照样一直在外面也可以。

俞菲有点儿无奈了，总不能说自己妈妈曾经有过严重的心理疾病吧，她轻咳了声：“还有我爸的事儿。”

“你爸不是……”

“嗯，我也是最近才发现有点儿问题的。”她没多说，换了个方向，“其实能有这个机会加入乐团，我对你只有感激，你可千万别误会。”

她一语双关，柏楼这般通透的人怎么会听不出来，他展颜轻笑：“那你之后打算怎么办？”他说这话时，靠近了一步，有点儿暧昧亲昵的距离，语气又是十分关切，更别说英俊脸上盈起的温柔笑意，不断地在放射魅力了。

俞菲别过脸，说：“我朋友给我介绍了个工作，就是在综艺节目里弹琴调节气氛。”她状似无意地退了一步，开玩笑说，“说不一定你以后还能在电视里看到我呢，不过你最近准备比赛挺忙的吧。”

柏楼弯了弯嘴角：“如果你真出现在节目里，多忙我都会看的。”

俞菲笑了声，不知怎么作答。

她不得不承认井岚曾经说的，作为一个男人，从各方面来说柏楼都是一个非常优秀的男人；但她能感觉到，在最初他并非对她有意，虽然不知为何半路突然态度改变，但这样的男人，算计太多，就连感情也是精打细算，工作已够疲惫。如果私下还要和伴侣你来我往地算计感情，她真受不了那份罪。因此，无论柏楼再对她表示好感，温柔关心，她也不会动心。

因为这个人是空心的。

何况，她还有江时戈，越了解现实，她越是明白，这世上没有几个人，能够那样倾其所有地去爱一个人。

只有那个傻子，在她伤害他又忘记一切时，还锲而不舍地在人海中找她。

“你还在等他？”柏楼突然开口。

“嗯。”

他指的人自然是江时戈，在俞菲加入乐团后，有人看出柏楼对她有意，甚至有个吹萨克斯的白人大叔一直撮合两人。一次聚会中，俞菲说自己还在等自己的男朋友。在对方不依不饶地追问下，她说出江时戈曾找了自己五年，所以自己是不会放弃他的。

对方听后哂笑低语，话语中透出讽刺。

一直随和淡笑的俞菲骤然冷下脸色，将杯子重重放在吧台上，冷声说：“你做不到某种高度没关系，但你不能因为自己做不到而去嘲笑去做的人。”语罢她转身离去。

从此，乐团内再无任何人来置喙她的感情，那个大叔在下次见面时也对她道歉了。

柏楼看了她几秒，低声说：“你很坚强。”

俞菲摇摇头：“他才是。”她转头望向街头，目光所及都是陌生的人种，背井离乡，失去一切，他从前抱着怎样的心情去美国找她，又是什么样的决心让他再度离开。

冷风忽吹，扬起她黑色的长发，一缕缕飘散，像是美丽的玄色绸缎，她的侧影坚定窈窕，透着一种女人独有的刚毅。

柏楼看得入迷，本想放弃的心思又活络起来，他伸手去拿她手上的箱子，说："我送你去机场吧。"

俞菲避开了："我自己去就行，祝你比赛顺利。"

柏楼盯着她的脸，很久才说："我会赢的。"无论是比赛，还是你。

俞菲只是笑笑，没再作答，转身离开，留给他一个优雅决绝的背影。

柏楼看着俞菲离开，那窈窕曼妙的身姿令他神往，更让他坚定了自己的信心。一个女人再坚持，又能抵挡多久男人的温柔相对呢，要知道，大部分女人都是感情生物，只看眼前，不在乎结果的。

思绪飘过，他转身想回去，电话就来了，是他的母亲李琴，年近三十的他，母亲每次打来电话自然最关心的都是他的感情。

听母亲安排了相亲，他已经皱了眉头，可语气仍是温和的："妈，我最近在准备比赛，没时间回国……嗯？你说俞菲？不是的，她已经离开乐团了。"

他叹息一声："没有骗你，她刚和我说是因为她父亲那边的事才不得不走，相亲的事等我比赛之后再说吧。"

"好，再见。"

有点儿诧异这次母亲竟然痛快地没再磨他，不过她也知道这次比赛对他的重要性，这次比赛对他的职业生涯有着非常大的影响，不能马虎，没再多想，他转身回去。

远在美国的江时戈在凌晨接到了好友的电话。

谈清让说："俞菲出事了。"

在听到这个消息之后，他连夜买了飞机票。

将近一年未见，井岚再看到江时戈的时候，心底冒出的情绪是愤怒："你来干吗？"她大步冲到他面前，想指着他鼻子骂他一顿，结果对方轻飘飘的一个冷漠眼神瞥过来，她的底气顿时少了八九分，只剩下一点点的勇气强撑着说，"你……你离菲菲远点儿啊，可别再来祸害她了。"

江时戈听到俞菲的名字面色稍缓："我只是来确定她有没有事。"

"医生说了，睡一觉就好了。"言下之意就是你可以走了，可怎么也不痛快，她忍不住嘟囔，"亏我以为你还是个好人呢，哼！"

江时戈自然知道她这么生气是知道他设计俞菲的事，他问："接待她的医生是谁知道吗？"

井岚愤愤不平，不过还是告诉了他。

在确定俞菲确实没事后，江时戈离开了医院。

俞菲是在江时戈离开后一小时醒的，在知道他来过之后，她表现得极度冷静，脸上几乎是面无表情，冷冷地发问："他去哪儿了？"

井岚气死了："他回家了！"

多可恶的人哪！竟然连看都不看菲菲一下。她正要批斗一番，却见俞菲拔掉手上的点滴，直接下床穿鞋："我先走了，医院这边你帮我顶一下。"

井岚张大嘴看着胳膊还缠着纱布的俞菲风一般地离开。

当俞菲走到江时戈家门前不禁停住脚步，她希望这扇门打开，可又害怕里面出现一张陌生的脸。

可事已如此，怎能退缩，她按下门铃。

门开了。

俞菲看到了江时戈，他瘦了些，皮肤不似从前那般白皙，却仍是白玉般光滑，时间似乎在他身上停驻，没有发生多少改变，可自己呢？

当江时戈开门看到俞菲时，连他自己都说不清此刻的心情，时间停滞了数秒，俞菲用没受伤的那只手拉开门走进去，声音冷静得有几分平直："我有个事问你，问完就走。"

她换鞋进去，再次看到屋内熟悉的沙发时还是禁不住移开了视线。

江时戈好似正常地问她："什么事？"

她侧头望向身旁的高大男人，他神色淡然，透着几分冷冽，所有的情绪都隐藏在那冷漠的表情下，他好像真的已经斩断一切，甚至能够这样自如地面对她。

他终于不再偏执地停留在从前的时间里，而是真正的迈步向前，变得成熟。

然而她却突然觉得面前的人陌生。

江时戈去厨房拿出一瓶水，拧开盖子放到茶几上。

"坐吧。"

他姿态客气，但他的客气刺痛了她的心脏。

俞菲坐到沙发上问他："什么时候回来的？"

江时戈目光沉静："今天，回来办点儿事，听清让说你出了车祸就顺道去看了看。"他顺应接招，谈笑自如。

俞菲像是从头被浇了一盆冷水，心也沉到了谷底。

"你要问我的事就是这个？"他直截了当，像是有点儿不耐烦了。

她从前就知道，除了对她，江时戈待人一向冷淡，哪怕是他的那几个好友，他也是少露笑颜，唯有对她，温柔贴心，时时在意。

只是现在，这种特权已经不在。

那么没必要再说什么多余的话了，即使性子趋于平和，可俞菲骨子里仍是骄傲的，你既无意我便休，她绝不是死缠烂打的那种人。

她微微垂下眼帘，盯着放在自己前面的那瓶水：“我想问问你，之前那场车祸你有印象吗？”

江时戈道：“我自然记得。”

吞咽一下，她回忆起昨天的事故，想到那辆面包车冲过来的气势，背上渐渐出了一层冷汗。论概率而言，人这一生遇上车祸的次数不会太多，可她竟在短短一年间遇到两次，这都不是让她真正怀疑的地方，她吸口气说：“上次车祸那个撞我们的人一直没找到，警察那时候跟我说，那车可能是故意撞过来的，你怎么想？”

她抬起头，江时戈淡淡地移开视线，伸兜想拿烟，发现没有。他边打开抽屉，边说：“当时太急记得不太清，但那货车确实过来得有点儿怪。”他拿出烟盒在她面前比了比，“行吗？”

俞菲点点头：“这是你家，你随便。”

江时戈点起一支烟，淡淡的烟雾在两人间散开，像是一层有形的隔膜。他问：“那事和你现在这起车祸有关系？”

“我觉得有。”俞菲心情开始浮躁，语气也不像刚来时那么冷静，“昨天我出门，有辆面包车突然撞过来了，最开始我没有看到，后来突然半路出来辆私家车，结果两辆车碰到了。我在旁边被吓到不小心跌倒，这才进了医院。”她抬抬受伤的胳膊示意了下，一动起来牵扯到伤口她疼得“嘶”了声。

江时戈看到那被衣物包裹的纤细手臂垂直地放着，很想拿开上面的遮掩物，亲眼确定那伤到底怎么样，有没有伤到骨头，是不是很疼。

然而他只是低下头，抬起手重重地吸了一口烟。

俞菲看着他英俊的侧颜，高挺的鼻梁下有淡淡的阴影，他一语不发，像是毫无兴趣，厌倦又疲惫。

在这样怪异又平静的气氛下，他们彼此都沉默着，像是久违的陌生人。她从前痛恨他冷酷地用尽办法钳制她，可真正到了他放手的那一天，她却觉得心底最脆弱的一处要彻底被击溃。

之前，柏楼问过她为什么要这样没有希望地去等一个已经离开的人，其实答案他也知道，不过他并不想听到俞菲的答案。所以他换了个方向，他问："那个人等了你五年？"

她说是。

柏楼端着酒杯浅酌，轻轻地笑了声："我挺佩服那哥们儿的。五年，真不容易。"

"知道吗，从古至今，专情这个词大多适用于女性，女人可以为了爱独守一生，可男人就不一样了，对男人来说，这世上的诱惑太多了。"一个正常的男人，都不必多优秀，如果他为了一个连影子都瞧不见的女人专情，不说亲戚，就连身边的朋友都会来劝他另寻新爱。在大多男人的观念中，这种守情实在没有必要，甚至会沦为笑柄，无论是家庭压力，还是社会舆论都是不小的阻碍，更别说投怀送抱的各色美人，在长久的岁月里，几人能坚持下去。

"不过，如果是自己把持不住没坚持下来，可能心中还会留有愧疚和遗憾，但如果是已经得到再放弃，那么，就是真的放弃了，也不会再回头，男人就是这样。"

专情时可以独善其身，绝情时可以冷酷斩断。

柏楼说的这段话无非是劝她早些放弃，她明白他的意思，虽没有想要回应的意思，但她也知道，他说的是事实。

这样也好，她想着。

过了片刻，她说："我昏迷后，那辆面包车马上就掉头开走了，和之前那次一样，开到没有监控的地方，司机逃了。查过之后，车也是偷来的，和之前那次的情况一模一样。"这些，都是刚刚在车上，井岚和她说的。

江时戈抬头看她，墨黑的眼眸渐沉，深邃又动人："你觉得是同一个人？"

"可能吧，我也是猜的。"她低语着，"也许和我爸那件事有关，希望是我多想吧。”

“你爸？什么事？”

俞菲别过脸：“也没什么，我要回去了。”

江时戈盯了她几秒，说：“我送你回去。”

“不用了。”她拒绝了。既然已经这样，何必再有牵扯。

她起身离开，他跟在后面。身后的脚步声缓慢而坚定，让她的心又开始跳起来，换上鞋子，果然看到他打开鞋柜要和她一起出去。

这时候她才想起，这人身体里有着让她都无可奈何的坚持，就算自己拒绝，可他想做的事，谁也阻止不了。

移开目光，她不再看他，视线却被鞋柜最底层的一双白色高跟鞋吸引住，在清一色的灰黑男鞋中异常显眼，心下立刻酸楚难当，连站立的力气几乎都要被抽光。

似有了悟时，下一秒又浑身僵住，仿佛痛到绝境，又在灰烬中燃起光芒。

原来是这样。

她上前一步，弯下腰。

江时戈看到那黑色顺滑的长发软软地在自己面前垂下，随后她手臂一伸，从鞋柜里拿出那双白色的高跟鞋。

他瞬间愣住，注意到她的视线，他不敢与她对视。

俞菲看着手上的高跟鞋，很简单的尖头样式，皮质光滑白净，从缝隙处还可以看出有少许的灰尘，可见应该是他刚回来才将这鞋擦干净。除了他穿的那双鞋，剩下的鞋他都没管，却只将这双女式高跟鞋擦得干干净净。

她站到他面前，盯着他的脸。他眼帘一垂，随即又看向她，笑了笑说：“怎么了？”

她一言不发，嘴角抿着，将手上的高跟鞋在他面前摆了摆，问：“为什么不扔了？”

他没有回答，只是说：“哦，正好你可以带回去了。”

心脏闷得要窒息，一下下地抽痛，可眼前的人双手插兜，还挂着一副无所谓的笑容。

压抑着情绪，眼眶渐红，她忍无可忍，抬手将两只鞋都扔到他身上，他像是感觉不到疼，低头看了一眼，又抬头无奈一笑。

沉默，在无声地蔓延，像是从前再追不回的时间，慢慢流淌。她站到他面前，两人几乎是紧贴着，伸手攥住他的衣领，紧盯着他的眼睛："你为什么回来？"

江时戈看着她的眼泪慢慢流出来，心疼得想要去擦，可他还是没动："你胳膊不是伤了，别这么弯着。"

她哽咽一声，又问："你留着这鞋做什么，干吗一回来就擦它？"这双鞋是她的，是那时，在失去他的联系来找他的那天她穿的，更是在无意知晓他的阴谋后惊慌失措逃走时留下的，为什么他一直留着？只回来这么短的时间，他还记得擦这鞋，却在她面前装成这副云淡风轻的模样！

"你说啊！"她愤怒地高喊。看到他好看的眉渐渐皱起，这神情如此熟悉，像是从前他挣扎的某个瞬间，她终于感觉不再陌生，那个活生生的江时戈就站在自己面前。

心底划过一道闪电，照亮一切灰暗不明的地方，她终于知道了那个答案。

眼泪流过脸庞，她又靠近一步，伸出双手轻轻抱住他，脸颊搁在他的胸膛上面，略微粗糙的衣服摩擦着自己的脸颊，她闭上双眼，身体也在微微颤抖，她说："江时戈，你要不要我？"

他浑身僵住，一动不动。

她的声音充满了泪意，带着不顾一切的坚持，大声说："你要不要我？"

在她的心即将崩溃的时候，一只宽大温热的手轻轻地捧住她的脸，轻柔地擦掉她的眼泪，他终于开口，声音带着久违的心疼与喑哑。

他说："菲菲，别哭了。"

他的嗓音一如从前般熟悉低沉，可听在她的耳朵里，眼泪却流得更凶。

江时戈抱住她颤抖的身体，擦干她脸上的眼泪。

她从没在他面前哭过，就算以前他把她逼得再狠，她都从没这样示弱过。想到这里，他紧紧地抱住她，力道大得像是要揉碎她一样，他压低了声音，掩饰内心的动摇："菲菲，别哭了，都是我的错，以前……我不该那样，可我忍不住，我总是觉得你离我太远，就算你在我身边，我也无法安心。每次你对我笑笑，我就开心得不行，你伤心，我比你还难受，你一切的情绪都会放大给我，可我如何你却丝毫感觉不到，所以每天、每天我都在想把你关起来锁住，只有这样我才能放心。"他感到怀里的人一怔，马上又开口说，"但我不能那么做，我不会的，菲菲，别怕，我会离你远远的，不会伤到你，所以，不要哭了。"

俞菲的脸埋在他的胸膛上，听到他的话，忍不住呜咽一声，她没有放手，双臂反而更加用力地环住他。

他就是抱着这种想法离开的吗，这个傻子。

江时戈将唇轻轻印在她的额头边，话里含着难以察觉的痛苦与挣扎："看，我只能让你痛苦，可我看到你为我哭，我却觉得高兴，这样是不是太不正常了，明明你这么难过，我怎么能这么想？"

他将自己的想法都说了出来，最后对她说："我在你身边，只能让你痛苦。"

"别说了。"她抱住他的颈项。

他被她拉弯下腰，脸侧了侧，他不想让她看到自己的样子，可她却强硬地捧着他的脸，令他与她对视，她的眼睛泛红，目光却柔得发亮，那里面蕴含着一种坚定的情感，渐渐感染了他。

她说："你不会的，我也不会让你伤害到我的。"她咬了下唇，"阿时，我只问你一句，你要不要我？"

他哪里还能抵抗，不顾一切地抱住她，急切地一遍遍地说：“我要，我怎么能不要，菲菲，我的菲菲……”

他不断地呼唤她的名字，让俞菲的眼泪又流出来，只是这次不一样了。

她伸手摸着他的脸颊，感到下巴微刺，她知道他一定是得到自己出事的消息就连夜赶了过来，连梳洗都顾不得，心软得更痛。她吸口气说：“阿时，不要怕，我相信你不会伤到我的，你相信我吗？”

他将脸颊贴在她的掌心里，缓缓说：“我相信。”

这世上他只相信她，为了她，他愿意斩断黑色的羽翼，心甘情愿地降落，只因太过深爱。

江时戈把她手臂上的衣袖往上一拉，看到下面白色的纱布，问她：“疼不疼？”

俞菲点点头，注意到他的眼神，又赶紧摇头。

江时戈忍不住笑开，继而低叹一声：“怎么把自己弄成这副样子，也不好好照顾自己。”

眼帘一垂，她鲜见地撒娇说：“因为你不在了啊。”

江时戈浑身一僵，薄唇渐渐抿起。

俞菲靠在他身上，立刻感觉到了，赶紧又说：“不是怪你，这是意外嘛。”

他低下头紧紧盯着她，郑重地说：“以后不会了。”

这是他给她的承诺，俞菲终于放下心：“嗯。”

红唇翘起，她这才开始打量屋子，一看才发觉到什么，江时戈顺着她的目光看向对面光秃秃的白墙，心下一紧，好一会儿才开口说：“那些照片，我后来都处理销毁了。”

俞菲闷声应了下，江时戈的心却又提了起来，她在他的怀里仰头，尖尖的下颌弧度美好，与修长的脖颈成一条直线。她说：“阿时，你还怪我吗？”

江时戈怔了下，闭眼摇头："我之前让清让转告你，那些，都过去了。"

俞菲握住他的手，慢慢缠绕，她声音低柔："我妈之前跟我说过一句话，她说，谁都有过去，但人都不能抱着过去过一辈子。"她笑了笑，清澈的目光对着他，"所以，你以前的那些也一起忘了吧。"

"咔"的一声，江时戈听到一个细小的声音，像是钥匙拧动时开锁的声音，又好似爆炸，在他的身体里不断轰鸣。

他们静静地对视，眼里都是彼此，那一直笼罩的白雾渐渐消散，只余彼此清晰的身影。

直到这一刻，他们心里同时响起一个声音：找到你了。

他自然地低头亲吻，她仰头承接，这次没有之前的狂热，只是浅尝辄止。

他不舍地吻了吻她的额头和鬓发，问："饿了吗？"

俞菲摸摸空空如也的肚子，低低"嗯"了一声。

"想吃什么？我这里没有东西，叫点儿东西吃吧。"

"去我家吧。"她一直想给他做菜却没能实现，现在终于有机会了。

江时戈听了之后不同意："你胳膊受伤了不能动。"

"又不是残废了，只是擦伤。"她从他怀里起来，坚持要去，这是她一直以来的心结，现在机会来了等也等不下去。

"你的手这样了能做什么？"没等她申辩，他又搂住她纤细的腰肢，"菲菲，等你手好了再说吧，我们时间多的是。"

他这段话倒真是让她不再那么坚持了，也对，自己胳膊这样也做不了什么精致的菜，她也没必要这么心急。最后依从江时戈的话，打电话叫了外卖。

这顿饭吃得两人都心猿意马，没吃两口就又抱又亲地腻在一起，等到双方都呼吸不稳才说好好吃饭。

饭后又是长长的亲吻，天色已经落幕，俞菲想留下，江时戈却说不行。

他搂着她纤细的腰肢，说：“你出事了你妈肯定担心，今晚你得回去。”

俞菲想想也是，点头答应了。

江时戈问：“对了，你刚才说你爸是怎么回事？”

俞菲神色一凝，过一会儿说：“你明天来我家吧，我详细跟你说。”

江时戈点头：“行，那我多留一天。”

他说完这话，俞菲想到他已经回美国工作，恐怕很快就要回去了。这多少让她有点儿失落，两人分别多时，刚刚和好，真想时时和他待在一起，好好聊聊这一年来发生的事，可他们的时间又那么少，感觉还没说几句话，已经接近午夜。

时间晚了不得不分开，江时戈留在国内的车好久没开，于是打车送俞菲回去，到了地方他才知道她搬家了。

两人下了车，看到陌生的小区，江时戈眼帘一垂，这一年间，她也有很多自己不知道的改变吧。

“那我上去了。”俞菲站在楼门前，声音低低的。

“嗯。”

她转身离开，又有点儿舍不得，大约是不放心，对两人的未来仍怀着不安定的心情。

“菲菲。”江时戈喊了她一声。

她转身去看，一下子就被抱住，鼻梁撞到他宽阔坚硬的胸膛，最初有点儿疼，很快心底又泛起蜜意。

“明早我再过来。”

额头蹭了蹭他的胸膛，俞菲闭着眼“嗯”了一声。

他抱着自己，像一个暖炉，初春的冷风吹在身上也不是那么凉了，她也分不清，是身上暖还是心里暖。

江时戈慢慢松了手，手掌贴在她的脸颊上，心疼地说：“回去吧，脸都是冰的。”

她还想再待一会儿，可自己也不是青春期少女能够任性地撒娇，更不想让他在这深夜的冷风里冻着，用力抱了他一下，大步转身离开，最后甚至是小跑着，好像生怕自己会后悔一样。

江时戈看得弯了嘴角。

他还站在原地，直到看见俞菲房间的灯亮了，才提步离开。

俞菲回家后挨了王颜一顿训，私自离开医院，连电话也不拿，要不是联系到了井岚知道她没事，她非急疯了不可。

王颜问："怎么，那小子回来了？"她指的自然是江时戈，他一年来都没出现，加上今天又有气，她口吻自然不好。

"嗯。"俞菲的声调柔柔的，平时绝没有这样的感觉。

王颜睨俞菲一眼，她不知道两人发生了什么突然会那样，之前母女俩谈过之后，王颜也尊重俞菲的想法。这下人回来了，可瞧给女儿高兴的，被她训了这么久，还笑呵呵的。

王颜一看女儿这样都懒得再说了，只嘱咐以后必须打电话给她报平安。

俞菲认真答应了。

临睡觉前，王颜说："改天把他叫过来吧，我有话说。"

俞菲愣了愣，问王颜什么事，王颜囫囵地敷衍她，只叫她让江时戈过来，她答应了。

当晚俞菲上半夜睡得并不安稳，总觉得今天的一切像一场梦，一年多没见的人，今天终于见到了，心里满满的开心。可她又怕这真是一场梦，好久才昏昏沉沉地睡过去，一夜无梦。

早上，她是被手机振动吵醒的，一个陌生号码，接起之后听筒里响起熟悉的低沉嗓音："菲菲，醒了吗？"

"醒了，"她坐起来手指拢了拢眼前的头发，"你现在过来？"

江时戈的声音含着笑意："怕是刚醒吧，小懒猫。"

被他戳穿俞菲脸上有点儿热，心底又十分高兴，以前交往时，他总是用话撩拨她，说出的话虽然也是温柔贴心，但似乎总是在试探她的感情。可现在不同了，他会用这种亲昵的叫法来调笑自己，那层白雾一样的膜已经彻底消失了。

她一看时间已经九点多了，小声嘟囔："我平时不会睡这么晚的。"

江时戈低声笑了笑，听得她浑身热起来："你在哪儿呢？"

"你家楼下。"

"啊？"她站起身走到窗户那儿，一打开往下看果然楼下站着个人。江时戈像有所感应，抬头一看，就见到穿着蓝色睡衣的俞菲探出头来。

"那你赶紧进来啊。"这天还冷着，也不知道他站多久了。

没一会儿门铃响了，俞菲打开门，高大伟岸的男人站在门前，她突然想到从前，这样的他站在狭小老旧的房间里，衬得自己的房子都亮丽起来。

江时戈进门："你妈不在家？"

"她跳舞去了，中午还有聚餐，晚上才回来。"俞菲拉住他的手，果然冰凉一片，"这么冷你就在楼下等着，傻不傻。"

"没等多久。"他脱鞋进来，俞菲家里没有男士脱鞋，不过地板光洁干净，也不碍事。

俞菲才不信他的话，没等多久能手脚都这么冰："以后从家里出发就给我打电话。"

"好。"

"吃饭没？"

江时戈摇头。

俞菲转身去厨房找了找食材，没剩多少东西，热了热昨晚的米饭，她做了个番茄蛋花汤，做好后江时戈过来帮她端到餐桌上，两人坐下来吃饭。

吃之前，俞菲还从她屋子里拿出一个通体玄黑的杯子倒了水放到江时戈面前。

“这是你的杯子。”

江时戈拿起来看了下，笑笑：“专门给我买的？”

“嗯。”

江时戈挑了下眉：“我是不是可以理解为，我也是这家里的人了。”

他暗示的话让她红了脸，可看到自己买了许久的杯子终于握在他的手里，心底微动，她也就没有否认。

她的反应让他很是开心。

吃了一会儿，俞菲转过头一看，就见江时戈正默默看着她，她心里一紧，问：“怎么？”

江时戈喝了口汤，咂吧了下，才说：“只是没想到还能和你一起吃饭，我本来以为这辈子都没机会了。”

俞菲愣怔了下，心底泛出一阵阵酸楚。

江时戈看到她眼角发红，忙说：“我是高兴，菲菲，别哭。”

忍下眼中的泪，她去抓他的手，吸了口气说：“阿时，我在这里的，你也不要走，以后我们好好过。”

江时戈笑了，语气很是温柔，几乎发觉不到其中隐含的情绪：“我不走，菲菲不赶我，我就一直在你身边。”他什么都不怕，只怕她会后悔，会厌倦了他。

其实，不安的人不只是俞菲。

俞菲站起来抱他，声音带了哽咽：“我怎么会赶你……”

他的气息萦绕在她身边，他稍稍抬头，鼻尖擦着她的下巴，寻到了她的唇，她双手搁在他的肩膀，整个人好像没了骨头，一摊水似的盈在他的怀里。

“吃饭吧。”过了好一会儿，江时戈抽出手松开她。

俞菲这才发觉自己的胸口露出一片春光。她一下子羞红了脸，酥麻的舌头动了动，皱眉说："好咸。"

江时戈侧头看她。

俞菲拿起勺子喝了口汤，马上被呛了下，自己是怎么弄的，这汤怎么这么咸，抬头一看，江时戈扬着眉，眉梢嘴角尽是笑意。想起他刚刚闷头喝着她给他盛的汤，她反应过来了："这么咸你也喝。"

"这是你做的啊！"他这句话说得俞菲一阵感动，下一句就变味儿了，"不过菲菲，以后你还是不要下厨了。"

"我是不小心失误了，平常不是这样的。"

江时戈笑着去捏她的手："今天你好像失误了很多。"

俞菲憋红一张脸，佯装生气收回手。

江时戈咂吧了下嘴："真挺咸的。"

俞菲当真了，问他："我给你倒一杯水吧。"

"不用，"他起身弯腰，凑到她面前，低低地说，"有苦同当就行。"

温柔缱绻的吻分了又合，那咸咸的滋味渐渐化在两人口中变成了甜。

最后江时戈意犹未尽地吻了吻才分开。

两人吃好饭，俞菲带江时戈进了自己屋子。她是有心要做正事，江时戈却是会错了意，双手去搂她的腰，她挣了一下没挣开，没等他的手往上移，她从书架最上面抽出两张纸，递到他面前，他的手立刻停在半空中。

"这是什么？"江时戈接过那两页边沿泛黄的白纸，低头仔细查看。

这是两张复印重影的保险单，应该是废了的所以只有这两张，内容都是中间的合同内容，不是签字页，也没有保险人。

江时戈知道俞菲不会无缘无故给自己看这种东西，他弹了下纸，问："谁的？"

俞菲的脸上还有未褪去的红晕，她双眸黑白分明，清澈冷静：“我爸的。”

江时戈意外了，他当然知道俞菲父亲六年前就过世了，这才造成俞菲离开永兴市。

“其实我也是猜的，但我问过我妈，家里没有办过保险，可这又是在我爸留下的东西里找到的。”她坐到床上，长叹口气，“但我爸要是真办了保险，不会不告诉我妈的啊。”

江时戈半转身，眼眸一沉，视线落在纸上，思绪却慢慢飘远。不久，他轻声开口：“菲菲，你有没有想过，也许你爸没有死？”

俞菲的父亲俞大海没念多少书，但脑子活，属于早年下海经商的暴发户，亲戚都是贫农，整个一窝的血吸虫，咬住就不放，没办法，谁叫这些亲戚中你家钱最多，有事自然都找你了。

俞大海孝顺，为了父母的面子，一直忍气吞声，后来父母早早去世，直到连续找他要钱要房、最会撒泼抵赖的二叔家的表哥抢走了他暗恋的姑娘，他最后的顾念也没有了。

破釜沉舟地把老家的生意都甩了个干净，俞大海揣着钱只身去了永兴，偶然遇到了年轻貌美又单纯的王颜，一见倾心，结婚生了俞菲。

从俞菲出生起，不说锦衣玉食，那也是要什么有什么，在她的概念里，钱这个东西是最不缺的。

所以当父亲出意外逝世，知道家里已近破产的时候，她的震惊不亚于父亲的离世。之后她才知道，父亲冒着风险，亲自去外省采货，就是因为这批原料的重要，更是扭转局势的关键，谁料天灾人祸避不过，在山道上出了车祸，连车带人和司机许能一起掉入山崖，尸骨无存。

之后俞菲变卖家产，离开永兴，如果那时知道父亲有买过人身意外保险的话，也不会是这个下场。可按照妈妈的话，她是不知道的，否则早就说了。当年她查找父亲的遗物里也没有发现保险合同，可现在突然冒出这两页东西，实在是让她意外又迷惑。

听到江时戈这样说，她一时震惊得说不出话，皱着眉，不敢置信："不可能吧。"

江时戈坐到她身边，表情也是沉重的："我也是猜的，你爸当年死在外地，没找到尸体，但从另一个角度想，也没人能证明他在车里。你又没找到保险合同，如果他死了，再找人冒充你们去领保险金，也不是不行，这样既能摆脱外债，又能得一大笔钱。"

"不会的！"俞菲大声否认，"我爸不会做这种事，而且他如果活着，怎么会不来找我们？"

江时戈刚刚是按照事情分析，一时没照顾到俞菲的情绪，想想也是，如果自己的生父竟然为了骗取保险金而抛弃妻女，怎么能让一直备受宠爱的俞菲接受？

江时戈伸手揽住她的肩膀，安慰说："你别激动，我也只是猜测。"

俞菲扭了一下没躲开，叹了一声："不可能的，如果我爸真的没死，他又能去哪儿呢？"

"谁都有难言之隐。"他之所以会认为俞大海活着，并不单单是猜测，他思虑许久，决定说出来，"菲菲，其实，我好像见过你爸。"

俞菲彻底傻了，怔怔地看了他好久，伸手大力抓住他的手，那力道让他都皱了眉，但他忍了下来。

"什么时候？你确定？"

她激动的表情让江时戈的脸色沉了又沉："我不能确定，我只曾经无意中看过你家的一张合照，在上面看到过你爸的样子，但我后来回想，确实有点儿像。"

俞菲说不清自己是激动多些还是开心多些，心跳得飞快，大脑似乎也空空如也，全神贯注地听着江时戈的话。

"你为什么不早说？"

“我也是刚想起来，”江时戈沉默了下，“记得上次我们出车祸的那天吗？”

俞菲点头，但她记得更多的是关于车祸的事情，而江时戈说的是之前：“我去加油站的时候看了给我们加油的那人一眼，当时就觉得有点儿眼熟，那人举止也很奇怪，但我没放心上，后来出了事，而你现在找到这两张复印合同后又出了车祸，所以我觉得是有人故意做的。”

江时戈由于职业原因对人的观察会多些，这两件事联系起来确实疑点多多。

俞菲还是难以置信：“你说那个加油工是我爸？”

“有可能。”

“可我爸绝不会想杀我的！”

江时戈按住她的肩膀，沉声道：“冷静点儿，菲菲，我知道你肯定接受不了，我也相信你爸不会害你。”

俞菲长长地呼吸几次，感觉心跳不那么快了，闭着眼睛，脑子里混沌一片。

江时戈抱住她，轻声说：“现在你爸的生死暂且不说，菲菲你想，如果你爸办了保险，总要有人去领保险金的。”

“你是说同伙。”俞菲抬起头，眼珠转了两圈，“我想起来了。我爸走了以后，办手续要我妈的身份证，可找不到了，后来又托人临时补办的。”

江时戈心底一沉：“那就差不多了，如果想要这件事不曝光，那么想杀你的人差不多会是这个人。”

“那我爸……”

江时戈柔声道：“别想太多了，现在都只是猜测，最近你不要常出去走动，我会托人去查。”

俞菲心头颤动，不断涌出复杂茫然的情绪，想到自己爸爸还可能活在世上，可能又会被人杀害，更不知道妈妈知道这些后会怎样，一时情绪激动，眼泪都逼出来了。

江时戈把她搂在怀里，吻着她的额面和眼泪，湿润的泪水碰触着双唇，像是要把他的心都融化了，从不曾见过这般脆弱的她，他也开始后悔自己的冲动，怜爱地自责："我不该说这些的。"

"没有，你是为我好。"她的声音哽咽着，吞咽了几下继续说，"我只是不明白我爸为什么那样做。"虽然是猜测，但想想细节，爸爸离开时的匆忙，事发后的种种疑点，再加上现在发生的一切，其实她已经开始相信江时戈说的了。

江时戈的手抚摸着她的头发，轻柔的动作抚慰着她的心，温柔微暖的掌一下一下抚着，带给她一波波的温暖，就像无声地说，我在这里。

她真的庆幸此刻自己不是孤身一人，不必再像从前，一个人扛起所有。

眼泪又流出来，她埋首在他胸前，听到他怜惜心疼的叹息声。她闭上眼睛，感受着他的温热，不想再失去了，她不想再失去爱自己的人了。

就让她贪心一点儿，让时间多停留一会儿吧。

俞菲睁开眼时，江时戈就坐在身边。

"你醒了。"

她坐起来，好一会儿才说："我睡着了？"

"嗯，"他拨开她脸颊边的头发，柔声问，"还难受吗？"

"没事了。"睡过之后，思绪反而清醒多了，她抬起头，"要查我爸投保的那个保险公司吗？"

江时戈朝她笑笑："我已经托人去查了，放心。"

俞菲欣慰感动的同时，觉得现在的江时戈十分可靠，更让她觉得讶异的是，自己对他的依赖，分隔一年，本该多少会有点儿生疏，可他们没有，反而像一直在一起的爱人，无论是心灵还是身体，都紧紧依靠。

她想说谢谢，可又觉得太客气，最后她靠了过去，轻轻依偎在他的肩头上。

说实在的，江时戈有点儿意外，没人比他更知道俞菲的独立与骄傲，从前在一起时，她有麻烦，只要是自己能解决，绝不会找他。可如今她自然流露的依靠让他欣喜异常，他觉得自己受到了意想不到的鼓励。他伸手拍了拍她柔顺的肩膀，说："别怕，有我呢。"

显然他误解自己的情绪了，她本想说自己不怕，也没有担心，千言万语聚到心头，最后轻声地"嗯"了下。

没多久，江时戈说要回去了，时间已经不早，他还要赶去机场，美国那边的事还要办，他让俞菲近期不要常出门，出去最好也约朋友一起，等美国那边的事情一办完，他会马上回来。

俞菲点头答应，起来要送他出去，刚开始他没让，最后也没拗过她。

出门时，俞菲主动把他的围巾拿到手里要给他戴，顺滑细密的手感略微熟悉，好像在哪儿见过这围巾一样，还没多想，江时戈已弯下腰，靠在她眼前，她抬手绕了两圈把围巾给他戴上了。

两人牵手出门坐车去机场，路上江时戈问俞菲关于保险单的事她有没有和别人说，俞菲说没有，于是江时戈嘱咐她先不要说出去，连王颜都不行。

俞菲自然明白，这件事到底如何还不知道，而且更担忧妈妈知道会让她的病复发，最要瞒住的就是她了。

江时戈把两张保险复印单拿走，说是先寄给谈清让，让他去找点儿门路查查。

没多久到了机场，分别时多是伤感不舍，两人加起来见面还没有一天，中间俞菲还睡着了，想到这儿，她很是遗憾。

看到她失落的样子，江时戈忍不住笑了："舍不得我？"

俞菲利落点头："嗯。"

江时戈愣了下，靠近抱住她，声音柔得不能再柔："我也是。”

俞菲脸上发烫，江时戈本就是一副清冷淡漠的模样，声音又低沉而富有磁性，所以每当他柔情地说出这些话时都让她备感心动。这样的男人，是属于自己的，窃喜在心头萦绕，那种不舍的感觉更深了。

她刚想抬臂抱住他，不知从哪儿冒出一个声音：“俞菲？”

俞菲和江时戈同时抬头，表情都不善，柏楼看到不免神情也凝住。

“是你。”江时戈先开口。俞菲一看，他的表情已冷静下来，目光锐利如刀。

柏楼上前几步，唇边是如常的淡笑，他问：“你怎么在这儿？”

俞菲说：“我来送他的，你呢？”

“我刚下飞机，初赛要开始了，就回来拿点儿东西。”他转头看向江时戈，双眸含笑，“说起来我们见过几次了吧。”

“是啊，”江时戈直视他，神色淡淡，“菲菲之前受你照顾，麻烦了。”

柏楼沉默了下，继而彬彬有礼地笑：“客气了，小俞很优秀，我也不过是举手之劳。”

江时戈握住俞菲的肩膀，慢慢贴合：“是啊，不过该谢还是要谢的，改日柏先生有时间一起吃个饭如何？”

柏楼眯眼微笑：“诚意之至，就是不知道江先生要走多久，或是像之前那样？”

江时戈表情一顿，轻轻地笑了：“自然不会，等我回来，会和菲菲一同邀请你的。”后半句压低的语调，宣扬自己的主权立场。

柏楼还待说什么，广播提示音响起。俞菲也觉得尴尬，转头对江时戈说：“过去吧，时间到了。”

江时戈低头粲然微笑，柔声回：“好，我会尽快回来的。”

这话他之前说过了，现在重复显然是说给第三个人听的。俞菲脸皮发热，推了他一把："知道了。"

"乖乖待在家里，不准出去，知道吗？"

他是真当自己是小孩子了，在外人面前她还是有点儿害羞的。她小声道："赶紧走吧，真是的。"

刚刚还说舍不得自己，现在又催着让他走，有时候确实挺搞不懂她的。江时戈眯了眼，想吻吻她，又知道在别人面前她大约会拒绝，于是改为亲了下她的额头，转身离开登机，不曾回头。

俞菲看到他的身影远去，也要离开，就和柏楼一道出去。

柏楼挣扎良久，还是开口："俞菲，这就是你想要的吗？"

"什么？"

柏楼的脸上第一次没有了笑容，他侧头看了看她："你等了这么久，等的就是一个占有欲这么强的独占者？你有没有想过你以后的生活没有一点儿自由，这就是你想要的？"

俞菲愣了下，脸色发沉："你为什么这么说？"

"难道不是，他想离开就离开，可却要求你哪里都不准去，这是不是太不尊重你了？"他注意到俞菲发冷的表情，语气转缓，表情也变得很是关切的样子，"我只是担心你，不想让你往火坑里跳。"

"他不是火坑，"就算是，她也早就跳过了，更不曾后悔过，"我想你误会他刚刚的话了，他不让我出去是另有原因的。"

柏楼不解："什么原因？"

这要解释起来就麻烦了，何况她也没有打算将事情告诉他。

她摇摇头，说："总之，不是你想的那样，谢谢你的关心，但我没事的。"出了机场，她快走两步，转头说，"我要回家了，再见了。"

柏楼说："我送你吧。"

"不用了。"她淡笑拒绝，"他回来我们再一起请你吃饭，先走了，对了，比赛加油！”

俞菲转身离去，像只振翅飞远的蝴蝶，彩色的羽翼翩然挥动，却越走越远。

柏楼站在原地，手掌不知不觉地握拳。

这两个人都一样，离开时潇洒利落，没有一分不舍，就连犹豫的回眸都没有过。

原因他自然知道，俞菲不愿与他有过多的牵扯，她对他一向是避之不及，而那个江时戈，多半是没把他放在眼里。

因此，本想放弃的心也再次被提起来了。

最初遇到俞菲，的确是欣赏她音乐中特有的情感，现在的人弹琴只有技巧，空无感情，更没有任何感染力，而当他在餐厅听到俞菲的琴声时，却被触动了，想要她加入乐团也是临时起意，并无他想。

可是后来每每去餐厅听她的演奏，看她的一颦一笑，他渐渐动了心。

他是靠单亲妈妈抚养长大的，为了他的梦想，母亲一直很辛苦，到了而立之年，母亲自然担忧上他的婚姻。

他一直对感情不甚上心，直到遇见了俞菲。

不是不知道她心中一直有一个人，可他坚信陪伴是最好的爱情，只是没料到那个人竟然回到她身边了。

柏楼陷入感情的岔路口，到底是该搏一下还是放手？

这一个月中，俞菲遵循江时戈的劝告，几乎都待在家里，最初实在不适应，后来网购了一台新电脑，开始了网游之路，渐渐地在家里也不那么难熬了。王颜只当她想休息，也没多说。

在美国的江时戈专心致力于研究所的实验，终于有了突破，事情告一段落，他便请了长假。

托谈清让查的事情也有眉目了，俞菲父亲确实办过人身保险，可受益人不是俞菲，更不是王颜，姓名暂时没查到，但可以确定，保险金被领走了。

难道真的爸爸还活着，和别人密谋骗了保险金？俞菲不敢相信。

这些日子在家中煎熬，井岚看不过去，约俞菲出门，俞菲答应带着江时戈一起。

出门的时候江时戈觉得从前受的那些苦都值了，她现在能够在自己身边，怎么都值了。

走过去抱住她，轻柔地亲吻她的双唇，她也闭上了眼，轻轻抱住他劲瘦的腰。

江时戈搂着俞菲，想到曾经那样高傲独立的俞菲，如今这样小鸟依人地依偎在自己的胸膛上，信任依赖着自己，他心底就涌出无限的欣慰。她终于留在自己身边，他可以认为，她是真心想要留在自己身边吗？

他内心的某处始终是不安定的，但他没有去触碰，已经够了，现在已经够了。

俞菲抬头，突然笑出声："你嘴上都有我的唇彩了。"

"那还给你。"他低下头寻她的唇。

俞菲挣开他的手臂躲开，不好意思地说："别闹了，还在外面呢。"

江时戈轻笑："那这话是不是说得晚了点儿？"

俞菲红着脸去翻兜："没拿纸巾，我回去拿。"

江时戈说："前面有商店，我给你买吧。"

"行，那我在这儿给你看车。"

江时戈笑了笑，捏捏她的脸："怎么，还怕被人偷啊，车丢了没关系，我最怕你被人偷走了。"

俞菲想了下："你说柏楼？"

江时戈不置可否。

她抿着唇，伸手去拉他的衣角，小声说："要走早就走了，还等谁来偷啊。"

江时戈闻言眯了眼："哦。"

再抬头看时，他淡然微笑，不知是不是沾染了她唇彩的原因，他玉白的精致容貌中透着一股子柔媚，勾人似的诱惑，这副满足的模样也让她瞬间明白他说这话简直就是在引诱自己表白。

真是个坏蛋！

"你快点儿去给我买吧，最近小区有人故意划车，专挑贵的划，到现在还没找到人呢。你等等，我给你擦擦。"俞菲伸手把江时戈嘴上染上的唇彩擦掉，再看他脸上的笑容似乎又多了些什么，脸颊又开始热了。这家伙从一开始就喜欢用这种很有深意的浅笑勾引她，现在她可有点儿防备了，伸手去推他，"赶紧去吧，我脸上还有呢。"

"我也可以给你擦啊。"他笑着说。但俞菲知道，他才不会像她那样用手。

最后，江时戈独自去前面的商店买纸巾，路上他想着，可不能那么容易就让她擦掉，刚刚她紧张又脸红地说那话时的表情真好看，还想再看一次呢。

可回去时，车子还好好地停在那里，俞菲人却不见了。

第十章
太过深爱

起初江时戈以为俞菲在和他闹，可找了两圈都没见到她，打电话也不接，他觉得奇怪，俞菲不是那种不知轻重的人。

一定出事了，他有很强烈的预感。

江时戈开车在周边找了两圈，始终没见到俞菲的身影，给井岚打了电话问是不是她先过去了，也是没有。

最后江时戈决定报警，虽然没到规定时间，但他将事情原委说了，又找了熟人，警察很快调了监控。

江时戈注视着模糊的监控视频，看到俞菲站在他的车旁，隔了一会儿侧头往远处瞅，她在等他。

他觉得眼眶发热，她在等他。

不一会儿，视频里出现一个男人，个子不高，微胖，从后面接近俞菲，拿东西按住她的口鼻，没几分钟她身子就软下去，男人又拖又拉地将她弄到一辆面包车上，然后开车消失。一分多钟后，他出现了。

江时戈低着头，拳头握得死紧，才一分多钟，哪怕他快一点儿，菲菲也不会……

一旁警察注意到他的情绪，劝说："你别自责，这人一看估计就埋伏挺久的了，早晚都得出事。现在我们正在排查各个路口的监控找这辆车，放心，人跑不了，现在最重要的是你能提供给我们的线索。"

江时戈深吸口气，将两人曾经遭遇车祸和无意中发现保险单的事情说了，并把自己的调查和猜测都一一讲出。

警察边听边记录，连连点头的同时在心底暗叹，这被绑的女人不是他女朋友嘛，怎么思维语言这么清晰有逻辑，一点儿慌乱的样子也没有。

警察抬头打量两秒，说："得通知下她的家人。"

"我来吧。"

王颜赶到警局的时候已经快晚上了，看到江时戈上去就是一巴掌，可因为身高问题只打到他的下巴。

江时戈一动没动，王颜嘶吼着："菲菲呢！你把菲菲还给我！"说着扑上去又哭又打。

这才是亲人被绑家人的正常反应，可警察却觉得无奈了，上去拉王颜，两个人才按住。

"大姐，你别着急，我们正在找，你别激动。"

"我女儿没了啊，警察同志您一定要帮我啊！"王颜哭得泪眼婆娑，抓住警察的袖子死死不肯放。

"我们会尽力的！"

江时戈走上前来，表情十分冷峻："你最近有没有觉有什么不对劲儿的地方？"

王颜愤恨地瞪着他："说这些有什么用，菲菲……"

"你再哭闹也无济于事！"江时戈看出王颜已经接近精神崩溃，但越是这样，事情更加麻烦，他必须让她坚强起来，"只要你能想出一点，也许就能够成为找到俞菲的线索，现在你哭闹的每一分钟都在耗费时间，俞菲的危险就更多！”

江时戈走近她，声音不再严厉：“你仔细想想，如果那个人真的一直在埋伏等着俞菲，一定会有蛛丝马迹，你也想救菲菲的不是吗？”

眼泪滑过脸庞，王颜愣了几秒后又低头呜呜哭出声。

警察走到江时戈旁边：“那事你跟她说了没？”

“还没。”

警察叹了一口气，这可怎么说？

“警察同志，我想起个事儿，不知道算不算线索。”不知什么时候王颜停下哭泣，“前几天，我回家晚了，就感觉有人跟着我，但我也不确定……”

“嗯，如果是这样，那么看来这人可能真的一直在你们家附近，而且非常了解室内监控的位置，原本小区门口那个监控坏了，今早才修好，也是赶巧，否则根本不知道发生什么。”

王颜问：“我家菲菲不会有事吧？”

“我们会尽力找人的，如果有人打电话联系你们，一定不要轻举妄动，先联系我们。”

王颜点头，警察和江时戈对视一眼。

江时戈说：“我来说吧。”

他坐到王颜身边，也不在意她敌对的眼神：“我们怀疑，抓走俞菲的可能是她爸或者是她爸的同伙，他们一会儿带你去看监控让你认人。”

“轰”的一声，王颜脑子都像被炸开了：“什么？菲菲她爸……大海？你编什么瞎话，我家大海早就走了！”

江时戈知道现在说这些不是时机，可现在也顾不得什么，将车祸和保险单的事情说出。

王颜张着嘴愣了好久。

他已经做好王颜发狂的准备，可她听完后沉默几分钟：“我要去看看那个监控录像。”

江时戈带她去看了录像，她反复看了几遍：“我不能确定，但如果是大海，不会这么对菲菲的……”

警察说：“如果他真的涉嫌诈骗逃窜，你不能用以前的印象去衡量他现在的行为。”

王颜垂着头，喃喃低语：“大海不会的。”

江时戈起身出门打了个电话，动用自己所有的关系去寻找俞菲。警察劝他们走，说有情况会立刻通知他们，王颜不愿意。

最后，江时戈和王颜等在警局，深夜这么静，只有电话铃声偶尔响起。

江时戈坐到王颜身边：“俞菲她会没事的。”他双目望着前方，冷峻的脸上严肃异常，“我保证，她会没事的。”

好一会儿，王颜握住他的手：“嗯。”

这世上俞菲最亲的两个人一起等待，他们都在担心同一个最爱的人。

不知过了多久，警察从办公室冲出来，朝两人喊：“找到了！我们的人已经过去了！”

江时戈和王颜同时站起来，过了会儿，王颜激动地哭出声。

通过查看监控录像，和嫌犯前几次对监控地区的了解，很快排查出一名安装监控公司的司机，车牌号也是公司的车。在深夜进行抓捕之后，在他的车上发现了乙醚、绳索等物，确定俞菲就是他抓的，可令人没想到的是，俞菲并不在他家。

警察将人抓捕回来进行审讯，对方拒不回答，王颜知道人抓回来赶忙问对方是谁，结果她听到了一个熟悉的名字——许能。

是她家之前的司机，是和她丈夫一同去山里出了车祸的人，他妻子曾到她家大闹，扬言要杀了她全家。

可谁能想到，他根本没死！

俞菲昏昏沉沉地转醒，目光所及是陌生的房间，一动发现自己的手脚都被绑着。她想起来了，自己在路边等江时戈，突然被人按住，呼吸都是异味。

她被绑架了？

可是，谁会想绑她？

她脑子里掠过一个又一个问题，还没想清楚，门被打开了。

进来的人是个妇女，细眉长眼，皮肤很白，个子不高，她看到俞菲醒了惊讶了下。

“你醒了啊。”对方有五十多岁了，可嗓音却是如少女的娃娃音。

俞菲确定自己不认识对方，“嗯嗯”两声，示意要说话。

那女人笑着过来把俞菲嘴上的胶布撕开，见俞菲没有大声呼喊，夸赞地说：“你还挺识趣，我这屋子的隔音很好呢。”话里的意思无非是她怎么喊都没有用。

俞菲晃了晃昏沉的脑袋：“为什么抓我？”

女人盯着俞菲的脸看了许久：“我叫李琴。”

见俞菲露出迷惑的神情，她道：“你这样的大小姐肯定不会记得我。”她这话说得讽刺，搭配尖锐的娃娃音更像根刺一样扎到心口。

俞菲瞪大眼睛，瞬间想起来了。

从前家里富裕时，她爸给她找了几任家庭钢琴教师，其中有个女人就是娃娃音，后来她发现此人水平一般，就给辞退了。

竟然是她绑架自己？

她总不会因为多年前的事含恨至今才绑架自己吧？

俞菲尽量让自己冷静：“你以前教过我弹琴。”

“对。”

“你现在放我走，我可以当什么都没发生过。”

“谢谢你难得的好心，但算了吧。”

俞菲心底一沉。这时，李琴打了个电话，对方没接，她很不高兴，嘟囔着：“这人老是在节骨眼儿上出差错，活该一辈子窝囊。”抬眼瞧了俞菲一眼，“你倒是老实。”

俞菲抿唇不语，眼神小心地扫着，准备抓紧时机自救。

这时候，李琴冷不丁地开口：“你这模样，怪不得小楼喜欢你。”

小楼？

“你说你好好的为什么偏偏招惹我家小楼，还要查以前的事，这不是自寻死路？”

俞菲心头一惊：“你就是领了我爸保险金的人！”

李琴笑了笑：“是我，你倒真聪明，和你爸不一样。”

“你把我爸怎么样了？”

李琴咯咯地笑，施舍一般：“好，我让你死个明白。实话和你说吧，你爸就是我弄死的。我和你爸是同乡，早年是好过的，后来你爸走了，我就嫁给了别人。我老公意外死后，我带小楼到了永兴，联系到了你爸，我两三滴眼泪就骗得他承诺好好照顾我们母子。说来我真是苦命，好日子没过多久你爸就拿不出钱了。你爸生意遭挫，资金链断了，是我给你爸出了诈死骗保险金的主意呢。”

忽地，李琴脸色一变，眸光森然：“可我想出了这么精妙的主意，他俞大海竟想着他自己家，不想管我了！要不是我他能有机会翻身吗？真是个白眼儿狼！你看，你爸为自己打算，我也得为我和孩子打算啊，所以我只能让他真的去死了。”

李琴清脆的娃娃音提高音调：“你猜抓你的人是谁？猜出来我就让你死得痛快点儿。”

俞菲的大脑一片空白，末了觉得脸上湿润，才知道自己流了泪，爸爸是真的死了，那天江时戈说的那个加油工并不是爸爸。爸爸就是被眼前这个疯女人害死的！

李琴咯咯咯咯地笑：“被绑了都不哭，听两句以前的事还哭上了。”

俞菲咬牙切齿地说：“我爸被蒙了眼，竟没看出你的蛇蝎心肠！”她相信爸爸没有背叛妈妈，他大约是见了从前故人生活困窘落寞才出手帮助，结果却被毒蛇反咬一口，没了性命。

李琴冷了脸：“现在说这些有用吗？”她站起身又打了一遍电话，对方还是没接，她有些焦躁。

俞菲已经猜到对方一定是她的帮手，也肯定是和爸爸有关系的，害死了爸爸，又和她有联系的。

“许叔，你的帮手，杀了我爸，又绑了我的人就是他吧！”

李琴笑了：“你比你爸聪明，俞大海可蠢多了。”

“我爸不是蠢，他是信了不该信的人。”

“是他自己命短，怨不得旁人。”

俞菲冷冷地看向李琴，这女人太毒了，她杀了人，没有任何悔过，甚至还扬扬得意。

俞菲心中越怒，脑子反而越冷静：“你杀了我爸，现在又想杀我，你有没有想过后果，我爸是在山里出事，没有证据，可我不一样，我在大街上消失，多少会有人看到，这里是市区，你把我弄出去要费多少工夫，难道你真的认为自己能够全身而退了？”

果然，李琴脸色一顿，心中直骂许能，这件事根本就是许能的擅自行动，现在却要她一起承担！

她不理俞菲，俞菲却又开始说话转移她的注意力：“你就确定许叔不会跑了？保险金的钱你拿走了，他有家不能回，现在又被你叫来杀我，我那两次车祸也是他做的吧。”她说这些都是为了扰乱李琴的心，给自己争取时间，她相信江时戈能够找到她！

李琴冷笑一声：“他当然不敢跑，我手里还攥着他的把柄呢。”她的目光在俞菲的脸上、身上留恋了一下，“别以为我不知道你的心思，你逃不了的，谁让你勾引我家小楼，死了你也不冤。”

俞菲很奇怪，自己暗查爸爸的事情她怎么会知道，还有，她说了两次自己勾引什么小楼是怎么回事？

她张口欲问，突然听到门外传来声音。李琴反应比她更快，将胶布重新贴在她嘴上，拿出一把剪子在她脖子上比了比，压低声音威胁道："敢出声，现在就杀了你！"

俞菲假意顺从，看到李琴关上门。门外，李琴的声音柔软可亲："小楼你怎么回来了？"

俞菲听到一个年轻的男声回："我想拿以前的小提琴，还是那把用着顺手。"是柏楼！

"那行，一会儿咱俩出去吃饭吧。"

"行。"

俞菲霎时全明白了，滚到门边用脑袋哐哐撞门，她感觉外面的声音顿住了，很快，李琴慌乱的声音传来："是我养的狗在闹了，你不在家，妈刚买的。"

"哦。"柏楼应了一声。

俞菲心里更急，又开始大力撞门，直到自己头昏眼花累得浑身是汗，突然感觉到嘴上的胶布因汗水湿润开始松动，她伸舌顶了顶，终于将胶布一角顶松。

她大声喊："柏楼！柏楼！"

门终于被打开，她看到西装革履的柏楼一脸震惊，他身后站着慌乱的李琴。

"俞菲？"柏楼震惊得说不出话来，"你怎么……怎么会在这儿……"

这时候李琴冲出来挡在他面前："小楼，你别管！"

"这是怎么回事？妈，你怎么……怎么把俞菲给……"他带母亲去过一次俞菲从前工作过的餐厅，那回之后她一直反复问他和俞菲的关系，他一直模棱两可，可她怎么能把人这么绑来呢？

俞菲催道："柏楼，快放了我！"柏楼显然不知道他妈的事，他会不会帮自己？

赌一把吧！

柏楼要去解俞菲的绳子，可李琴又拦住：“别，小楼，放了她，妈会死的。”

“俞菲，我妈一时糊涂，你能不追究吗？”柏楼问。

俞菲连连点头，现在最要紧的是赶紧离开，要是那个同伙许叔来了，就算有柏楼恐怕也难以脱身。

话都说到这份上足够了，可李琴还是拦着，柏楼严肃起来：“妈你这是干什么？”

李琴流着眼泪，那样子要多可怜就有多可怜：“儿子，你帮帮妈，我是你妈啊，她不能放走啊！”

柏楼看着自己的母亲，又看了看俞菲，陷入两难。

俞菲撞得昏沉沉的脑子好了些，断断续续地说：“柏楼，你……让我走，我不会……追究……”

李琴怨毒地瞪了俞菲一眼，对柏楼说：“小楼你别信她！”

柏楼叹气：“妈你别闹了，快放开我。”

“小楼你听妈说，她……她说她爸让我害死了，今天就是找上门来杀我的，小楼，不能放她走啊。”

柏楼浑身一僵，不可置信地望向俞菲。

俞菲喘着气：“不是的，是她害死我爸骗了我爸的保险金，还把我绑来。柏楼，别再让你妈错下去了，让我走吧。”

“她说的是假话，你别信，我是你妈啊，小楼，你不信妈妈的话吗？”

柏楼脑袋发昏，一下子无法接受两人的话，什么害死人、绑架、保险金？

他低头看着两人，皱着眉，至亲与心上人，他该信谁？

俞菲看到柏楼的脸上露出茫然挣扎的神色，在亲情面前，多少人会选择妥协。

俞菲给自己争取时机：“柏楼，你听我说……”

李琴阻挠："别听她的，她都是骗你的！"

到了这地步，她竟然还想迷惑自己的儿子然后杀了自己吗？想起李琴刚刚讽刺自己爸爸的话，俞菲觉得从心底涌出一团团火，她对李琴高喝："你闭嘴！"她迅速将自己父亲被杀与自己被绑来的事简短地说了一遍。

李琴想要阻拦的时候，俞菲已经说完了。

"胡说！你污蔑我！"要不是柏楼在场，李琴恐怕当场杀了俞菲都有可能。

俞菲说："好，有本事报警，让警察来！"

李琴刚想说好，可下一秒神色一变，想要使激将法，她可没这么傻，现在最重要的是稳住自己儿子。她正想哄柏楼离开，可柏楼的下一句话让她整个人愣住了。

"妈，你一直没告诉我的那个在永兴的亲戚是俞菲的爸爸。"柏楼脸上一向的温柔笑容不在，"一直给你钱的那个男人，是他吗？"

李琴惊慌失措间失去了马上否认的最佳时机。她一直以为自己做得天衣无缝，事实上也确实如此。

俞大海因旧情一直资助李琴母子，两人虽未发生关系，但因自身也知道这件事不太光彩，只有司机许能知道，所以李琴和许能密谋害死俞大海，没人会想到她有嫌疑。

可这世上哪有不透风的墙，和李琴来永兴市的时候，柏楼年纪不小了，就算考上了音乐学院也付不起学费，可没想到妈妈拿出一大笔钱，问起来源，只说是从一个远方亲戚手里借的。

这句话处处都是漏洞，可当时狂喜的柏楼没有发觉，谁又会怀疑自己的妈妈呢。

之后的某一天，母亲突然得了一大笔钱，要送他去国外读研，钱还是那个远方亲戚资助的，说是之后还要他还。带着一腔热血，他去了美国，但内心深处，他还是有很多怀疑的。

所以当俞菲说出一切的时候，从前疑惑的点被线串起来，终于明白了真相，原来他的光辉是由别人的血命换来的！

柏楼抱住头慢慢蹲下身，痛苦地发出低吼声。

“儿子，你别这样啊，妈真的错了。”

柏楼无动于衷，李琴怨毒的目光飞到俞菲身上，她看到茶几上的剪刀。

俞菲也看到了，忙喊：“柏楼……”

这焦急细弱的声音再次刺激了他的神经，他抬起泪眼斑驳的脸，半跪在地去解俞菲手上的绳子。

“不行！”李琴扑过来按住柏楼的手，“儿子，她走了，妈就完了！”

她这样就是承认俞菲说的话了。柏楼感觉自己脑子又被沉重地击了一拳，好一会儿他才说：“够了，妈！”

李琴眸光闪过一丝狠厉：“小楼，你走，剩下的事妈来办！跟你没关系！”

“怎么会和我没关系，你……你不是想把俞菲也……”他简直不敢相信眼前的女人是自己温柔的母亲。

“妈都是为了你啊！”

柏楼瞬间甩开母亲的手，像是沾到了什么冰冷肮脏的东西：“不，你不是，你一直把自己未完成的愿望强加到我身上，你只是利用我来完成你的愿望而已。可我不在意，就算我没有那么喜欢音乐，我还是会为了你去学，多苦多累也没关系，就因为你是我妈！”

李琴突然哀号出声。

“可是你不能害人，用别人沾着血的钱来铺路！”

李琴的泪水不断地往外涌：“妈没办法呀……”

柏楼的目光带着浓浓的失望，他伸手掏兜拿出电话报警，刚说两句话，李琴就扑过去抢走：“小楼你这是逼着妈去死啊！”

“把手机给我！”

李琴双手捂住手机，不断摇头。

正当这时，“叮咚”一声，门铃响了。

三人一同看向门边，俞菲先反应过来，大喊：“救命！”

李琴手脚并用，爬过去要捂俞菲的嘴，柏楼伸臂去拦，只听“砰”的一声，门被打开，几名警察鱼贯而入。俞菲探出头，看到警察身后的江时戈，他也看到她了，还来不及再说什么，眼前一黑，她再不知事物。

俞菲再醒来时，侧头看到窗前的阳光照射在桌子上，旁边是一个玄黑的杯子。

她在自己的家里。

终于放松了心情，她坐起来。

房门被推开，王颜见到她醒了三两步走到她身边，摸着她的肩膀问：“菲菲醒了，哪儿难受吗？”

她摇摇头。

王颜一脸紧张：“真不难受？”

俞菲安抚她：“我没事。”

“饿不饿？”

俞菲点头。

“等会儿啊，妈把菜拿到微波炉里去热下。”走到门口，她又回头看了眼俞菲，俞菲回以她微笑。

起身去卫生间看到自己的样子时，俞菲愣了两秒，她的额头上贴着很大的纱布，伸手去碰。

王颜看到，说：“别碰，那儿全都紫了。”

大约是那时撞门太狠的缘故吧。

俞菲仔细洗脸，出来吃饭时，王颜将俞菲晕过去之后的事情和她说了。

警察找到了许能后，没发现俞菲，就料定他有同伙，可许能咬紧牙关就是不说，最后是江时戈逼破他的心理防线让他把李琴供了出来。警察找到李琴的地址进去时，柏楼和李琴还在纠缠，调查后认定柏楼不是同伙，问了来龙去脉之后就放他走了。李琴和许能自然收押待审，面对他们的将是牢狱。

“妈，我没事了。”俞菲握住王颜的手，“事情都过去了。”

王颜逼退眼底的泪后对俞菲说：“我知道的，你别担心我，好了，你去洗个澡，一会儿小江就过来了。”

“哎？”江时戈吗？妈妈对他的称呼什么时候改变了，以前都是江医生的啊。

俞菲不知道在她被绑架期间，王颜对江时戈印象的改变，现在的王颜，已经对江时戈坦然放心。

“快去吧，你醒了我就给他打电话了，估计没几分钟就过来了。你看你这么憔悴，让小江看到不是更着急了吗？”王颜告诉俞菲，找到她后江时戈一直守着她，他从事情开始到现在都熬了整整两天了。怕江时戈再出事，王颜昨晚才把他劝走了，答应俞菲醒来马上告诉他。

被王颜催着到浴室，俞菲盖住脑袋上的纱布去洗澡。

果然，没多久江时戈就来了。

王颜开门让他进来，看他精神好些了终于放心，问他：“要喝点儿什么？”

江时戈回：“不用了。”

“那哪行，我给你倒杯水去。”王颜转身去厨房。

江时戈坐下，听到浴室里传来的水声心沉了下，王颜走过来把水杯放在他身边：“昨晚休息好吗？”

江时戈转头看她轻点头：“还好。”他看向王颜，见她神色如常，不免有点儿讶异。

因为柏楼的配合，基本上警察已经知道有关俞大海与李琴的事情了，并也将事情告知了王颜，不只是俞菲，其实他也在担心王颜的状态。

这时王颜也抬起头，注意到他的视线似有了悟。

“我知道你想问什么，你怕我会变成以前那样吧，但我为什么要变呢？为了一个都死了五六年的人去伤害我女儿吗？”王颜笑着摇头，“那太不值了。”

“攥着从前有什么用，眼前的才是真实的，何况菲菲……”王颜深吸口气，“我以前那个样子菲菲从来都没有放弃过我，喃，我怎么能让一个骗我那么多年，又间接害了我女儿的人再次毁了我的生活呢？就算是为了菲菲，我也会坚强，毕竟，我是她妈，该是我站在她面前为她遮风挡雨啊。”说到后面，她有几分哽咽，沉默良久才缓过气。

江时戈静静听她继续说。

“俞大海娶我时说了会对我好，我得承认他对我的确不错，但如果不是唯一的话，那也就没什么意义了。我知道你想说什么，也知道菲菲担心什么，放心，我很好。”王颜抬起头，看向江时戈，“你能答应我，对菲菲好吗，不要像她爸那样，自以为是一碗水端平，要爱，就是唯一的。”

“我答应你。”江时戈的声音郑重认真，他缓了缓又说，“妈，以后除了菲菲，还有我了。”

王颜抬头一愣，泪水滚出眼眶，末了笑起来，千言万语只汇成一句话：“哎，妈知道了。”

俞菲出来时，看到坐在客厅里的妈妈。

王颜指了指她的房间：“他在里面呢。”

俞菲打开房门，看到坐在椅子上的江时戈，侧影英俊如画，看到他转过头后温柔沉静的双眼时，她愣在原地。

他站起身，快步走到她面前，展开双臂抱住她。他身上的气息那么好闻，怀抱如此温暖真实，无一不是在诉说他真的就在她身边。

俞菲攥住他胸前的衣服，默默流下泪来。她不敢在妈妈面前哭，遭遇危险时又不能哭，只有在他面前才能够全身放松地释放自己的情绪。

江时戈抱住她颤抖的身体，收紧了手臂。

“真应该把你关起来的，否则也不会让你遭遇这种事。”他低叹着。

俞菲忍不住笑了：“你不会，而且这件事责任又不在你。”她从他的怀中探出头，眼睛发红，目光却柔得发亮，“我相信你会来救我的。”所以，她才会在看到他的那一刻，终于放下心昏了过去。

江时戈眼帘低垂，将唇印在她盖着纱布的另一侧。

温软的触感贴在她的额头上，让她情不自禁地闭上眼，耳边传来他的低语：“还好你没事，还好。”

他庆幸的语气让她知道其实他也在担忧惧怕，轻轻弯了嘴角，她睁开眼看到江时戈温柔的模样，伸出手贴在他的脸颊边。这样的他让她真正意识到，现在站在自己面前的男人不再是从前那个稚嫩的小江、伪装的江时戈或是迷茫无助的柏舟，他只是江时戈，她的阿时。

“阿时，我在这里……”她朝他微微轻笑，“我会永远在你身边。”

江时戈微愣，知道她在许诺。他额头抵住她的，轻启唇：“为什么呢？”

俞菲环住他的脖子，轻声说：“因为，我爱你呀。”

江时戈身形颤动，慢慢将她抱在怀里，其实，他一直是不确定的，无论从前还是现在，她都从没有说过她爱他，现在，他终于可以确定放心了。

他将唇贴在她的耳边，用极致温柔的声音说：“宝贝儿，我也爱你。”

俞菲脸热了起来，看到他对她绽开轻笑，阳光照在他的脸上，是那样温柔明亮，仿佛某个艳阳天，他怀抱花朵，紧紧注视着她，轻声坚定地诉说对她的爱意。

她早就沦陷在这温暖的阳光当中了吧，与他的相遇，让她即将枯萎的人生，再次迸发出绚丽的光彩！

俞菲紧紧拥抱住他，往后的每一天，他们都将一同度过。

只因深爱，从未改变。

番外
江先生永远的心上人

六岁的江露露正和一群小伙伴玩过家家，又萌又可爱的她自然当仁不让是公主，每次只有在这时候她才能找回一点儿存在感。

一群小男孩儿正你争我抢地要当王子，剩下的小女孩儿都等得不耐烦了，有一个和江露露关系好的小女孩儿凑过来，问她："露露，你怎么天天都可以出来玩呀，你爸爸妈妈不督促你写作业吗？"

江露露摇摇头："不呀。"她每晚都写一点儿作业，假期结束正好写完，不累又方便。

小女孩儿露出羡慕的表情，说："你爸爸妈妈真好。"要是能管管你就更好了，她也想当一次公主嘛。其实江露露也让别人当公主，但每次男生们都不答应。

江露露听完她的话郑重其事地说："才不是呢！我爸爸妈妈好坏的！"

小女孩儿呆呆地"啊"了一声："怎么坏啊？"

“他们都不带我玩！”

“露露。”低沉的嗓音从远处传来，一个身材高大的男人从远处走到他们身边。

一群小孩儿目光都被吸引过去，小女孩儿们更是觉得这个哥哥好帅，比起那群争吵的男孩儿帅多了！

那个“哥哥”对江露露说：“回家吧。”

江露露把脑袋一横：“不要你，我要妈妈来。”

“外面热，妈妈就在车里等着你呢。”

江露露哼了声：“我就要妈妈。”

江时戈也不哄她，淡声说：“那好吧，你慢慢玩，我和你妈妈去看外婆去了。”说完转身离开，没走几步他停了下又说，“既然你不去，那外婆做的蛋糕就我和妈妈吃了。”

江露露转过头看着渐渐走远的男人背影，终于忍不住喊着跑过去：“啊啊……不行啊，外婆是给我做的，你们不准吃……爸爸等等我啊！”

一众小女孩儿看到江露露狂追前面男人的样子，联想到她说爸爸妈妈对她不好的话，都觉得她太可怜了，以后还是让她当公主吧。

江时戈停了脚步，回头看矮矮的小人儿露出一丝好笑。

江露露噘着红红的嘴唇，伸出双臂，说：“爸爸我好累，抱抱。”

“你都六岁了，要学着自立，妈妈就在前面，走吧。”说完，他大步朝前。

江露露气得咬牙，拜托呀，她才六岁，自立什么啊，他就是不肯抱她嘛！

气鼓鼓地跟上去到了车上，她还得坐在后面。

俞菲拿出一张纸巾，温柔地说：“外面很热吧，看这一头汗，妈妈给你擦擦。”

江露露扬起一张秀气小脸，江时戈把纸巾接过去了，对俞菲微微一笑：“我来吧，你别动。”

又来了！

江露露忍不住自己伸手抽出纸巾，说：“不要了，我自己擦。”

俞菲笑着露出自家女儿果然独立的欣慰表情，江时戈看她一眼，把纸巾递给她后开车去了。

江露露独自擦汗看着自己老爸对老妈嘘寒问暖，浑然忘记车后还有自己这么个闺女，她心里简直要苦死了。

从小到大都是这样，当然不是说爸爸妈妈对她不好，相反，他们对她很好，但爸爸只对妈妈那样温柔地笑，妈妈也是只会对爸爸用那种非常特别的语气，她也好想要啊。

小时候，江露露不理解，长大后她明白了，自家爸妈简直就是每天都在花式秀恩爱，虐她这么个单身狗。

她也好想找男友啊，可是看到自家老爸，瞬间对学校那些歪瓜裂枣幼稚的男生无感了。

十四岁的江露露横躺在客厅沙发上，刷手机时看到知乎首页有提问：看到秀恩爱的情侣，单身狗们有什么感受？

江露露精神一振，马上点开，开始回复：

谢邀。

对此，我有绝对的发言权，这个问题简直是给我量身定做的一样。

让我说说长达十四年（忽略儿童期）的虐狗感受吧。

我们家有一对无时无刻不在秀恩爱的爸妈，而且秀得超级自然没节操，曾让幼时的我以为自己就是被捡来的小孩儿一样。

就说吃饭吧，我爸还得先喝个汤试试温度才让我妈喝，从来都是先给我妈盛，好吧，我是第二个，我爸爸最后。

然后吃着吃着还你看我一眼，我对你笑一个的，简直彼此只有对方，我每次吃饭都恨不得赶紧吃完，因为真的看不下去了。

再说买衣服，从我长大可以独立之后，都是我爸爸给我钱我自己去买的，因为每一次逛街我爸爸都只陪妈妈买衣服，让妈妈试试这个，试试那个，童装区根本不去！

我抗议要他陪我买衣服，我爸直接甩我一句：以后让你男人陪你买，我是负责陪你妈妈的。

以上语句还适用于：

“我的吻是给你妈妈的。”

“女孩子大了不要让男人抱，我只能抱你妈妈一个女人。”

“别总闹别扭，都攒着以后让你男人哄。”

那时我才十岁。

有次不知道因为什么妈妈和爸爸吵了一架，我妈洗完澡头发湿湿的不理我爸。

我爸什么也没说，回屋拿了吹风机要给我妈吹头发。

我妈当时很生气的，我妈生气的时候我爸都不敢惹她，她就不让我爸吹，还说：你管我头发湿不湿。

我看不到我爸的表情，可他叹了一声后说：“你会头疼，我就心疼，你说我怎么不管。”

天啊，当时躲在门口偷看的我简直受到了暴击。

后来我从爸爸妈妈的对话里知道妈妈以前发生过一件很危险的事（具体什么的我就不细说）。反正因为这件事我爸爸很紧张妈妈，我知道后也就理解爸爸了，也就不会因为爸爸妈妈恩爱不理我而生气啦。

当然还是不断在被虐中，只有去外婆家我才能得到一丝喘息。

我爱外婆！

但直到现在我还是躲不过不断在秀恩爱的爸妈。

就在刚才！

我买了一袋糖回家，我妈看到了也要吃，边吃边说太酸了。

然后我爸就贴过去了，注意，是直接亲过去然后……（自行想象），反正最后那糖就到我爸嘴里了，他还说：“挺好吃的啊。”

我当时就傻了……

我妈脸爆红。

哎，现在回想起来我妈那样还挺好玩的。不对，这并不是重点，重点是我才十几岁啊，我爸在我面前这样真的好吗？

当然随后我妈以讨论我爸这样的错误行为被叫到卧室里私谈去了，然后到现在还没出门，你们懂的。（手动拜拜表情）

都一个小时了……我还没吃饭，在默默打字回复问题。

所以你们应该知道，单身狗被虐的苦了吧……

开玩笑啦，虽然时时在被虐，我也担心按照我爸这个标准我还能不能找到男友了，除了因为我爸对我妈的好之外，也有颜值的原因，我爸颜值爆表，我妈也超美，我知道很多人会不信，但事实就是事实，所以我真的蛮担忧的……

不过，我还是很幸福的……

爸爸妈妈会一直恩爱下去的。关于这点我坚信不疑。

哦哦！我爸出来了，今晚不出意外会是我爸做饭喽，我去让他给我做我喜欢的菜……嘿嘿……

最后上一张图。

暗夜，阳台，高大的男人自后抱住女人，贴合着她的身体，好似在她耳边低语，女人侧影柔美，红唇微弯，如夜色一般的美，恰如黑夜中，燃起的一盏灯，照亮了一切。

此回复迅速被点赞成第一，最后一张图虽然只有背影，但也验证了那句“我爸颜值爆表，我妈也超美”的话，随后在网络上各大平台疯狂转载。

几天后，江露露在屋子里听到门外的俞菲平地一声吼：“江露露！你给我出来，你到底写了什么啊！”

完了，江露露一缩脖子，妈妈肯定是发现了，妈妈要是发起火来简直是神挡杀神啊。

爸爸，快来救我！

【大鱼家族】

小花读者福利群首次开放招新了！！！

天气热热热热……大鱼小花读者群开张，送礼送不停！

1 群群号：149365431

敲门暗号：一本大鱼或小花出版的图书名

（满员后可加2群，2群群号：625085019）

暑期福利 三重惊喜

（1） 2018红包福利

2018年12月30日前，每逢周五、周六晚上8点，群主随机掉落红包雨，拼手速，拼颜值，拼运气的时候到了！

（2） 免费送书福利

每天都有一名值班的编辑小哥哥小姐姐陪你们聊天互动游戏问答，随时可能会有各种神秘礼物掉落砸中你！

最新大鱼家族图书、大鱼公司文化T恤、编辑私藏小礼物、手机壳、笔袋、大鱼淘宝店优惠券等应有尽有。

（3） 大鱼小花定期招募

定期招募兼职小记者、兼职书评员、团购宣传员等，一经采用将获得兼职报酬，进群可第一时间了解相关信息！

招新目标人群：所有喜爱大鱼家族和小花阅读品牌的图书小说的小可爱！有你我们更有爱~！

大鱼

有爱的青春陪伴者

请沿虚线剪下

大

集印花，送惊喜！